東西怪奇実話

世界怪奇実話集

屍衣の花嫁

呈一 編訳

推理小説ファンが最後に犯罪実話に落ちつくように、怪奇小説愛好家も結局は、怪奇実話に落ちつくのが常道である。なぜなら、ここには、なまの恐怖と戦慄があるからだ——伝説の〈世界恐怖小説全集〉最終巻のために、英米怪奇小説翻訳の巨匠・平井呈一が編訳した幻の名アンソロジー『屍衣の花嫁』が、60年の時を経て、〈東西怪奇実話〉海外篇としてここに再臨！　怪奇を愛し霊異を尊ぶ、古き佳き大英帝国の気風がノスタルジックに横溢する、遠き世の怪談集。ハリファックス卿やE・オドンネルら、英国怪奇実話を代表する幽霊ハンターが集結！

東西怪奇実話

世界怪奇実話集

屍衣の花嫁

平井呈一 編訳

創元推理文庫

FOREIGN TRUE GHOST STORIES

edited by

Teiichi Hirai

目次

東西怪奇実話

世界怪奇実話集

屍衣の花嫁

I

訳者記。――故子爵ハリファックス卿（前英国教会連合会々長）に、有名な「怪談実話集 上下」の著がある。この人の曾祖父にあたるハリファックス公は、上院議員で詩文に長じ、当時の文人アジスンやスチールのパトロンだったことで著名な人であるが、その血筋を引いてか、曾孫のハリファックス卿も文事を嗜《たしな》み、この人は怪談をひじょうに好んで、九十四歳の高齢で死ぬまで、知人友人から折にふれて聞きあつめた妖異な経験談を書きとめ、その草稿を深く筐底《きょうてい》に秘めていた。歿後、長子がその草稿を取捨選択して「ハリファックス卿怪談集」を編んで出版したのが、今世に流布している。詳しいことは解説にゆずるとして、本書の第一部には、このハリファックス卿の著書や、クロー夫人の「ナイトサイド・オブ・ネイチュア」、イングラムの「イギリス幽霊屋敷史」など、怪談実話としてはやや古典的なものを中心に、昔から伝統的に有名なものを幾つか拾ってみた。

インヴェラレイの竪琴《たてごと》弾き

原編者註。――この実話は、ハリファックス卿の旧友で、多年、卿が主宰していた英国教会連合会のセクレタリを勤めていたH・W・ヒル氏の寄せたものである。

一

アーチボールド・キャンベル卿は、一九一三年の復活祭に薨《こう》ぜられた。卿が病あつく、クームから家郷なるインヴェラレイへ行かれたという報道は、私も拝見した。嗣子《しし》のナイアル・キャンベル氏は、ちょうど復活祭のために渡仏中であったが、父君危篤の報をきいて、ただちに帰国された。インヴェラレイへ行かれる前に、アーチボールド卿は、自分はこんどはもう帰れまい、ついては自分の死後のことで、いろいろ申し残しておきたいことがあるのだが、と言われていた由を私は友人から聞いたので、さっそくその旨嗣子のナイアル・キャンベル氏に書を呈したところ、ナイアル氏からねんごろにも葬儀万端の次第書を送られて、そのうち一度ぜひ折り入って話がしたいから、自分が帰国したら、お手すきのおり、一夕独身者クラブで会食をしたいが、というご返事であった。

明けて一九一四年の五月二十八日に、当主のキャンベル氏とクラブで会食した。キャンベル氏は今はアージル公である。この席上で、私はキャンベル氏の先考について、かねがね伺っていた話を披露《ひろう》した。私の申し上げた話で、前から割り切れないでいたことが氷解したので、よく言って下さったといって、キャンベル氏はたいそう喜ばれた。そこで私はその時、西スコットランドの新聞紙上で読んだ話を持ちだした。それはカラスの話で、先考が亡くなられる時に、おびただしいカラスの群が谷間から群がり下りてきて、インヴェラレイの館のあたりを舞いまわっていたという。なんでも、キャンベル家の当主か、あるいは近親のものが死ぬ時には、かならずそういうことが起るということであった。

キャンベル氏は、その話は事実だと信ずるが、家の者はカラスのことなどあまり注意して見なかったと言われた。そのかわり、当主はその時、ロック・ファインに「ギャリー船（訳註・往時大ぜいの奴隷が櫂でこいだ大きな帆船）」が現われたことを話された。それはどういうのですかと私が説明をお願いすると、当主のお話では、この「ギャリー船」は昔の兵船のような小さな船で、一族の首長か近親のものが死ぬ時には、かならずそれがロック・ファインに現われる。船には三人の人が乗っていて、その一人はセント・コロンバに関係のある聖者らしいというお話であった。先考逝去のさいには、その「ギャリー船」が音もなく静かにロックへ上がってきて、ある特定の地点に上陸するのが見られた。やがて船は陸をすすみ越え、セント・コロンバにゆかりのある聖地で、キャンベル家の先祖代々の菩提所の境内で消えてしまった。先考他界のさいに、それは大ぜいの人々――よその人も入れて――つまりキャンベル家の者にあらざる人、ハイランダー人にあらざるサクソン人までが実見しているのである。「ギャリー船」が陸の上を通った時に、その他国人は「見ろ、あの妙な飛行船を！」といって、大きな声でどなったそうである。

二

その年、一九一四年の八月に、私はインヴェラレイにしばらくご厄介になった。八月の十八日、ちょうど中食がすんだ時刻に私は着いたのである。着いた日の午後、書斎でお茶が出て、公爵と令妹のエルスペス夫人、アージルとアイルズの僧正達、家令夫妻、サムエル・ガーニー氏、それに私が出席した。いまでもはっきり憶えているが、一同が大テーブルのまわりに腰かけてお茶を頂いていると、いきなり私のすぐそばで、なにか書物でもバタンと落したような、えらい物音がした。まるでそれは、書棚の本をぜんぶ持ちだして、書斎のぐるりをめぐっている画廊の床へたたきつけでもしたような音であった。

私は顔をあげたが、なにも言わなかった。じじつ、物を言った者は一人もなかったが、私は公爵と令妹がチラリと目まぜをされてから、私の顔をじっと見られたのを見た。部屋の中に同席していたほかの人達は、べつになんの物音も聞かなかったような印象を、私はその時受けた。

お茶がすんでから、公爵は、令妹になにかひとことふたこと言われ、やがて私のことをご自分の部屋へ連れて行かれて、こんなことを言われた。「あなたね、今お茶の時に、なにか物音を聞かれたね。妹と私は、あなたがあれを聞いて、ほかの連中には聞こえなかったと見たのだが」

公爵はそういって、じつはこのお城のあちら側には幽霊が出て、さっきのようなああいう物音が、もう何年となく聞こえるのだと語られた。いつかの日曜日の晩などは、公爵が書斎で仕事をしておられたら、小一時間も続けて、あんな音がしていたということであった。「そのことについては、いずれ妹から話があるでしょう」と公爵は言われた。

翌日、令妹のエルスペス夫人は私を散歩につれだして、私にその話をして下さった。あの音を聞いたのは私だけなので、令妹は私のことを「選ばれた人間」の一人として、たいへん好意を寄せて下さったのである。

令妹はあの時、お茶のはじまる前に、書斎へはいったら、そこに「老人」がいるのを見たので、これはきっと音がするなと予期しておられたそうである。この「老人」というのが、「竪《たて》琴《ごと》弾き」の幽霊で、この男は昔、アージル大公の跡を追ってこの谷へやってきた、モントローズ方の者の手によって、インヴェラレイで絞首刑にあったのだという。「竪琴弾き」はいつもキャンベル家の格子縞を着て現われるが、なにも害はしない。令妹は姿も音も、両方を見もし聞きもしておられるが、公爵には物音だけが聞こえるのである。

私はこの話を聞いて、奇異の感に打たれた。というのは、現在の城は比較的新しく、一七五〇年に造営されたもので、その前に城のあった廓内に建てられてはいないからである。おそらくこの気の毒な老人は、昔自分が首を吊られた立木の生えていた場所に現われるのだろう。

エルスペス夫人の言われるには、きのうわれわれがお茶に招ばれた時に、夫人は画廊に「老人」が立っているのをはっきり見られたのだという。その時いっしょに出席していたほかの連中、ハイランドの僧正たちやノーフォークのずんぐり男（サムエル・ガーニー氏はノーフォークの若者だった）のことは、夫人は頭から軽蔑していたが、それより驚いたことには、サクソン人の私があの物音を聞いたのに、家令夫妻がなんにも気がつかれなかったことであった。私は僧正が城に見えられたのだから、この機会に「老人」の霊を安らげておやりになったらいかがですかと言ってみたが、夫人はそれには耳もかさず、あれは私どもの味方、というよりもある意味では護衛者で、けっこうあれでしあわせなのですし、だれにも危害はあたえない男なのですから、と言っておられた。

その時以来、私はしばしば竪琴弾きの音を聞いた。一九一八年に、私はほとんど死ぬか生きるかの長病をして、それが治ってからインヴェラレイへ行った。その時は「緑の書斎」の上にある「アーチの部屋」にご厄介になったが、その部屋には書斎と同じように櫓《やぐら》がついていた。二週間ほど滞在している間、そこの寝室と、居間につかっていた櫓に、しじゅう私は、誰かそこに人がいるような感じがしてならなかった。

私は自分のそういう感じを誰にも洩らさなかったが、ただ公爵の伯母君で、亡くなられたアーキングラスとクラモンドのキャランダー夫人だけには、あなたの寝室はどちらかと尋ねられたので、その旨を洩らすと、夫人は、「ああ、存じていますよ、私も見たことがありますよ」とおっしゃって、すぐ口に指をあてておいでだった。

いよいよインヴェラレイを去る時に、エルスペス夫人が門衛所まで送って下さった。なぜあの部屋へ私を入れて下さったのかといってお尋ねすると、夫人はお答えになった。

「おからだがよくおなりになるようにと思ったからです。この前、わたくしの叔母のメアリ・グリンがこちらへ参って具合が悪くなりましてね。あの時も、もしあのお部屋へ入れなかったら、叔母は亡くなったかもしれませんの」

竪琴弾きを見た人は、まだほかにもあった。ジョージ・キャンベル夫人は、「アーチの部屋」と同じ棟にある「水色の部屋」で老人を見られたし、この方の令嬢の一人は階段の上で見られたし、夜分になると、ときどき竪琴の音が聞こえることがあった。昨年の秋、ヤン・キャンベル夫人が城に逗留《とうりゅう》なさった時には、ご自分の竪琴を持っておいでになり、やはり私がご厄介になった「アーチの部屋」に寝起きをされて、竪琴は櫓に立てておかれた。夜になると、その竪琴をだれかが弾くのが聞こえたという。もちろん、「老人」が弾いたのである。夫人は前に来られた時も、それと同じ経験をされたことがあった。

三

一九二二年の十月の末近く、私はかさねてインヴェラレイに逗留した。ちょうど公爵は体のお加減がすぐれず、ブレダルベーン侯の葬儀が明日あるが、とてもそれには参列できないものときめて、早目に御寝になった。

その晩「緑の書斎」には、エルスペス夫人、ヤン・キャンベル氏、ウォルター・キャンベル卿のお孫さんで公爵の第二嗣子にあたる十九歳の青年が同席していた。「緑の書斎」にも、まるい大きな櫓部屋がついている。その櫓部屋で、まもなく一同は、大部な書物を投げちらしたような大きな物音を聞いた。と、二、三分たったと思うと、櫓部屋から書斎へはいる入口の扉がスーッと明いた。なんにも目には見えなかったが、ただ何物かが書斎へはいってきて、勝手にそこらで静かに四股《しこ》でも踏んでいるようなけはいがした。エルスペス夫人とヤン・キャンベル氏は、これはてっきり「老人」にちがいないと見てとったので、公爵に告げに急いで二階へ駆け上がって行かれた。公爵は、きっと老人はブレダルベーン卿の葬儀があるので現われたのにちがいない、幽霊は一族の重だった者が死んだ時には、いつも現われるから、と言われたそうである。

それから数日後に、公爵は手紙で、そのことを私に知らしてよこされた。同じ日に、エルスペス夫人からも同じく手紙がきて、ちょうど葬儀の行なわれた刻限には、竪琴弾きはだいぶ活溌に動いたとしてあった。「老人」としては、一族の葬儀に首長が欠席された、その遺憾をあらわしたつもりだったのだろうと思われる。

鉄の檻の中の男

原編者註。――この話は、ハリファックス卿のひじょうに気に入りの話で、「本篇は、リーユの旅館に出没する幽霊について、ペニマン氏が書いた記事の正確なる写本なり。右実証なり」という但書がついている。

いつぞやあなたは、近年「怪談実話」として世にあらわれた佳作で、今後三、四十年もたったら、世間はその話に一体どれだけの信用をおくだろう、それが見たいものだと言われました。そこで、ここに私の古い馴染の故W・A・コート卿の令嬢が、一年ほど前に私に思い出させてくれた事件を、これから申し上げることにしましょう。令嬢は、その話を記したアルバムを私に送ってきて、これをご一読の上、この話のなかに真実性があるかどうか知らして頂きたいと言ってきました。この人は、うちの母や家族の者とも長年昵懇《じっこん》にしていたのですが、その事件はついぞこれまで聞いたことがなかったので、こんなことが事実あったとは信じられなかったのでしょう。ところが、その話を読んでみて、私は大いに驚きました。明らかにその話は、当時存命だった自家《うち》の誰かが書いたものでもないし、そうかといって、私どもと親しかった人が書いたものでもありません。名前など間違いだらけでしたが、そのくせ部分々々には事実に近いところがあります。正直のところ、私はそれで迷ってしまいました。なにしろもう、だいぶ長い年月がたっていることですし、その間《かん》いろいろ雑事にとりまぎれていましたから、事件を正確に思いだすのがなかなか厄介でしたが、それでもやっとどうにかこうにか思い出せましたので、それでご要望におこたえするしだいです。

一七八五年でしたか八六年でしたか、秋もだいぶふけてから、父と母と私、それに私の妹たちと弟が一人（ほかにもう一人、ハリーという、まだ大学へ行くには年の若い、ウェストミンスターの上級生がいました）、この同勢で大陸へ渡ったことがございます。私ども子供たちはフランス語を習うのが目的で、二、三のフランスの町を歩きまわってから、両親はリーユにしばらく滞在することに肚をきめました。リーユにきめたのは、いい先生が見つかったほかに、その近くの指折りの大家のお家何軒かに、紹介状をもらってきていたからだったのです。最初に泊った宿がばかにぶあしらいだったものですから、父はまもなく家を一軒さがしはじめました。

やがて、ちょうどかっこうの場所に、父は一軒の大そう大きな、普請もよくできている屋敷をさがしあてたので、私どもはまだ見もしない先から、その家の話で持ちきりでした。なんでも、そのへんの土地としても、家賃が目立って安いというような話でした。そこでさっそくその家を借りることにして、足もとから鳥が立つようにして、私たちはそこへ移りました。

そこへ移って三週間ほどたってから、私は母と銀行へ手形を持って現金にかえてもらいに行きますと、銀行では大きな六フラン貨で金を払い出してくれたので、とても母と私では持ちきれないところから、行員に持たせてやると言ってくれました。宛先を聞かれましたから、プラース・デュ・リヨン・ドルの家を教えてやりますと、先方はびっくりした顔をしました。そして言うのに、あの家は幽霊が出るというので、長いこと借りてがつかなかった家だ、なにも選りに選って、あんな家にお住みになることはありますまいと言うのです。(先方はまじめな、真剣な調子でした。)

母と私は一笑に付したものの、それでも行員には、どうかその幽霊の話は、うちの奉公人たちの耳には入れてくれるなとかたがた頼んでおきました。家までブラブラ歩いて帰る途中、母が冗談らしく「ねえベッシー、私たち、あの二階で歩く音にときどき目がさめるだろう、あれがきっと幽霊なんだよ」と申しました。私は母とひとつ部屋にやすんでおりましたが、そういえば、ここのところ三晩か四晩つづけざまに、頭の上でノシリノシリと歩く足音に目をさまされていました。きっとだれか召使でも歩いているのだろうと、母も私も思っていたのです。召使はイギリス人の男が三人、――一年ほど居ついている給仕に御者に馬丁、それからやはりイギリス人の女が三人――母の小間使で女中頭、それと私の小間使と乳母。このイギリス人の召使たちは、私どもといっしょに本国へ帰る連中で、うちから暇をとろうなんて考えている者は、一人もありません。そのほかの女中はフランス人で、下男頭、コック、給仕、それにルイという子(この子は帰るときイギリスへ連れてきましたが)、これもフランス人でした。

銀行へ行ってから三、四日たった夜中のこと、私どもはまたしても二階の足音に目をさまされましたので、母が小間使のクレッスエルに、この上の部屋には誰が寝ているのだい? といって尋ねますと、クレッスエルは、「いいえ、奥さま、どなたも寝ておりませんですよ。大きな、ガランとした屋根裏部屋でございます」との答でした。

それからまた一週間か十日ほどしてから、ある朝、朝食のあとでクレッスエルがやってきて、母に申すのに、フランス人のお下《しも》の人達が、ここの家には幽霊が出るから、みんなしてお暇をとろうと、よりより話しあっているというのです。

「じつはね奥さま、ここのお家の跡とりの若い人について、妙な話がございますんですよ。このほかにも、どこか田舎にも地所のついたお屋敷があるんだそうでございますが、その跡とりの人は、叔父御さまの手で、ここのお家の鉄の檻のなかに監禁されておりましたんだそうでございますの。その若い方は、それなりどこかへ消えてしまって、その後ふっつり姿が見えないものですから、ここの家で殺されたのだろうと、世間では想像しておりますんだそうで。その叔父御さまは早々にここのお家をお出になって、その後、こちらさまでお借りになった方の父御様《ててご》にこの家を売りましたんだそうで。とにかく、私どもみたいにこんなに長く居ついていた人は、今まで一人もないそうで、長いこと借りてがなかったんだと申しますですよ」

「お前、その話を本当だとお思いなのかい、クレッスエル?」と母が尋ねますと、女中は答えました。

「はあ。げんにこの上の屋根裏部屋に、ちゃんと鉄の檻が置いてございますもの。なんでしたら、皆さんしていらしって、ご覧になって頂きとうございます」

そんなことを申しているところへ、たまたま、知合いのサン・ルイの十字勲章をつけた、年とった士官の方がたずねて見えたものですから、さっそく私たちはその方にもおもしろ半分に今の女中の話をして、ごいっしょに鉄の檻を見に、その方を二階へお誘いしました。二階へ上がると、そこはむきだしの煉瓦《れんが》の壁をめぐらした、細長い、大きな屋根裏部屋で、なにもなくガランとしており、ただ奥の隅のところに、なるほど壁にぴったりと寄せて、鉄の檻が置いてございます。野獣でも飼っておくような、背はそれよりすこし高めな檻です。四フィート四方ぐらいの大きさで、高さは八フィートもありましょうか。うしろの壁についている鉄の環に、錆びた鎖の輪でしっかりくくりつけてあります。

こんないやな物のなかに、人間が押しこめられていたのかと思うと、みんなゾーッと薄気味わるくなってきて、いっしょにいらしたフランス人の士官も、私どもと同じように気味悪がっておられました。夜なかに足音が聞こえるのは、たしかに誰もいないこの部屋のあたりだということが分って、どこかに私どもの知らない秘密の道があるのではないかとも考えられたりして、あまりいい心持がいたしませんでした。そこで、なにかほかにあるかもしれないから、よく身のまわりに気をつけてみようということになって、それが見つかるまで、いいから今までの部屋にいよう、ということになったのです。

この屋根裏部屋を見てから、十日ばかりたった朝のことでした。クレッスエルが母の着がえにまいりますと、大そう顔色が青いので、母がなにかあったのかと尋ねますと、

「はあ奥様、みんなもう、死ぬほど恐がっております。ミセス・マーシュ（私の小間使）も私も、ただいまのお部屋では、とてももうやすめませんです」

「おや、そう。それなら、私たちの隣りの小さな控えの間へきて、寝たらいいだろう。だけど、

なにがお前たち、そんなに恐いのだい？」

と母が申しますと、クレッスエルが言うには、「はい奥様、昨晩、私どもの部屋のなかを、誰か通ったんでございますの。二人ともその姿を見たもんですから、もう恐くて恐くて、布団をかぶって、朝までガタガタ震えておりました」

私は思わず吹きだしましたが、クレッスエルは泣きだしてしまいました。その様子を見ると、ほんとに顚倒《てんとう》しているようすなので、私はせいぜいなだめてやり、話にきくと、なんでも大そういいお家があるとかいうことだから、まもなくそちらへ移ることになるだろうからと言いきかせました。二人の女中は、やがて私どもの隣りの部屋で、安眠できるようになりました。

この女中達が恐い目を見たという部屋は、広い大階段の最初の踊り場にひっこんだ入口の扉があり、そこをはいると通路があって、通路に面して、よい部屋がいくつか並んでおります。母の部屋の入口は、この大階段に面しています。クレッスエルの古い部屋には、奥にも一つ扉があって、そこから裏梯子へ出られるようになっております。

部屋をとりかえてから二、三日たった晩のことでした。母が私とチャールズに、刺繡の枠を寝室から持ってきておくれと申しました。あしたの朝する仕事の手順を、母は今夜のうちにつけておきたかったのでしょう。お夕飯のあとでしたから、家のなかはかなりもう暗かったのですが、階段の下にはランプもあることですし、扉を明けっぱなしにしておけば、刺繡の枠は見つかると思って、私とチャールズは蠟燭を持たずにまいりました。階段の下まで行って、ひょいと上を見ますと、背の高い、瘦せた、髪粉をつけた鬘《かつら》をかぶって、髪をうしろへなで上げた人が、すぐ目の前を登って行くのが見えました。てっきり女中のハンナだと思ったので、「ハンナ、威かそうたって駄目よ」と私たちは大きな声をかけました。とたんに、人影はひっこんだ戸口へすっとはいったと思うと、そのまま姿が消えてしまったので、私たちはなんだ、ハンナはクレッスエルの元の部屋から裏梯子を降りて行ったのだろうと察しました。

刺繍の枠をとって戻ってきて、私たちはハンナが散歩から帰ってくる前に、頭痛がするといって、それはおかしいね。ハンナは、お前たちのいたずらを母に話しますと、母が、「あら、うに部屋へ下がったんだよ」というので、すぐに私たちはハンナの部屋へ行ってみますと、そこにアリスが仕事をしていて、ハンナさんはもう一時間も前からグウグウ寝ておりますよといって、すましていました。しばらくしてから寝間へ行きしなに、私たちはクレッスエルに会ったので、階段で人まちがえをした話をしますと、クレッスエルはたちまち顔色をかえて叫びました。「それです、私どもが見たのとそっくりです!」

そんなこんなのところへ、兄のハリーが十日ほど遊びにまいりました。兄は、家のずっと奥のべつの階段を上がった二階の部屋でやすんでいましたが、ある朝、朝飯に下りてきた時に、母さん、ゆうべはぼくを酔っ払い扱いにして、あんなフランス人の下司野郎《げす》を見によこすなんて、ずいぶんひどいじゃないですかといって、母にプリプリ当っておりました。「ぼくは飛び起きて、ドアを明けたらね、階段の下のところに寝間着をだらしなく着た男が、月あかりに見えるんだ。よっぽどなにか着ていたら、あとを追っかけてって、貴様おれをのぞきに来やがったなって、叱りつけてやろうと思ったんですよ」

母は、べつに私はだれもお前のところへ見せにやったりなぞしなかったよと、兄に念を押すように言っていました。ちょうどその日私どもは、三、四年イタリアへ行かれるという、ある若い貴族の持ち家をお借りすることに話がきまりました。美しいお庭のある、見るからにすがすがしいお家でした。いよいよそちらへ引っ越す一日二日前の晩、リーユから三、四マイル離れたところにおすまいの、アトキンズ氏夫妻とご子息さんがたが、馬に乗ってお見えになりました。私どもは、召使たちがここの家を恐がっていること、知らないうちに人のはいってくるような家に住んでいるのは、ふるふる厭だというようなお話をいたしました。クレッスエルと私の小間使が幽霊を見た部屋には、だれも寝る者がないこともお話ししました。するとアトキンズ夫人が、こちらのお母様のお許しがあれば、ぜひそのお部屋で寝てみたい、飼犬のテリヤを番につけておくから、ちっとも恐いことはないからとおっしゃるので、母はべつに異論のない旨をお答えしました。旦那さまのアトキンズ氏は、表門の締まるまえに、男の子さんと奥さんの手まわりの品を持って、これは馬でお帰りになりました。

翌朝、アトキンズ夫人は冴えない顔色をなすって、いかにも寝不足らしいご様子でした。いかがでした、恐い思いはなさいませんでしたかと伺うと、じつはゆうべはグッスリ眠っているところを、だれか部屋の中を動いている人に起されましてねと、夫人は白状なさいました。いつもはだれか押し入ってくる者があれば猛然と飛びかかる犬が、耳一つ動かさずにすくんでしまい、とたんに夫人は、炉棚のランプの光で怪しい姿を見たのでした。夫人はしきりと犬をけしかけたとおっしゃっていましたが、じつのところは、どうやら恐怖にちぢみ上がってしまわれたようなご様子でした。旦那様が迎えに見えた時に、夫人はまだそれでも懲《こ》りずに、「あれは夢よ。あなたがた夢を見ていらっしゃるのよ」と、おどけたかっこうをして言っていらしたその負けず嫌いがおかしくて、あとで私どもはお腹をかかえてしまいました。

アトキンズ夫妻がお帰りになったあとで、母はいつもの伝で、「わたしはあれが幽霊だなんて、片時だって考えたことはないけれど、あんまりみんなが恐いものを見ないうちに、早くこの家は出たほうがいいね。私だって、夜、自分の部屋で怪しい人影なんか見れば、そりゃお前、びっくりして恐くなるのは知れているもの」

新しい家へ移る三日前のことでした。私はその日いちんち遠乗りをして、疲れて床にはいりました。むし暑い晩でしたので、ベッドの帳《とばり》は私の寝ている側と、足もとのほうを明けておいたのです。ぐっすり眠っているうちに、どうしたひょうしですか、（もうその時分は、二階の足音にはいつのまにか馴れっこになっていましたから、そんなものでは母も私も目をさますことはなかったのですが）ひょいと目がさめました。私どもはいつも灯火はつけっぱなしでやすむことにしています。その灯火で、私は長いガウンを着た、一人の痩せた背の高い男の姿を見たのです。怪しい影は、窓と入口の扉のあいだに箪笥《たんす》がある、その上に片方の肱をかけて、しょんぼり立っておりました。ひょいとこちらに向けたその顔を見ますと、面長な、痩せた、青白い顔で、私のほうをじっと見入った、その陰鬱な若い男の顔を、私は生涯忘れないでしょう。むろん私はゾッと恐くなりました。でも、それ以上に気がかりだったことは、母が目をさましはしないかということでした。さいわい、母はすやすや深い眠りに落ちていたようでした。その時階段の上の時計が四時を打ちました。もう一ど思いきって簞笥のほうへ目をやってみるまで、かれこれ一時間、私は床のなかに体を固くちぢこませて寝ていたのですが、ようやくの思いで簞笥のほうを見やると、ドアを明けた音も聞こえなかったくせに、もうそこにはなにも見えませんでした。

それから朝まで、私はまんじりともしませんでした。やがていつものとおりクレッスエルがやって来ましたから、私は大きな声で言ってやりました。「ゆうべお前、簞笥の上へ鍵を置くのを忘れたでしょう。はいるなら、おはいり。起きて上げないわよ」すると、クレッスエルは、鍵は忘れなかったというので、私はえっとびっくりして、急いで起きて見ると、なるほど鍵はちゃんといつものところにありました。母にその話をしますと、母は目をさまさせずにおいた私のことをひどく恩に着て、もうもう、こんな恐い家には一晩たりともいるのはよそうねと、きおい立ったように言い立てました。で、その日朝食をすましてから、さっそく引越しをはじめ、その晩から新しいすまいのほうで眠ることができました。

いよいよ家を立ち去るまえに、私はクレッスエルと部屋の隅々までよく調べてみましたが、秘密の出入口はどこにも見あたりませんでした。

*

原編者註。――この話の冒頭に、世にあらわれた「佳作」という言葉があるが、この「佳作」というのはコーンヒル・マガジンに掲載されたS・ベアリング・グールド(訳者註・

1834-1924. 英国宗教家。宗教書、民俗学、小説、怪談等の著多数あり）の小篇にちがいない。

作者は、A・Cなる人から受けとった手紙を同封して、ハリファックス卿に書を寄せている。

拝啓

コーンヒル・マガジン十一月号只今落掌《らくしょう》しました。あなたの「鉄の檻の中の男」を拝見して、はからずも今から三十年ほど前、自分がリーユのオテル・デュ・リヨン・ドルで経験したことと暗合しているのをおもしろく思いました。ご同様に私の経験もあなたにおもしろかろうと思って、あえてこの手紙を書く気になりました。

一八八七年の五月、私は友人両名とブロンニュからブルッセルへ旅行をしていました。友人の一人は、長い汽車の旅には不慣れな年配の婦人で、だいぶ疲れたようすが見えるところから、同行の妹さんの案で、リーユでひとまず降りて、一晩泊って行ったほうがよかろうということになりまして、リーユに着いたのは晩方で、土地は不案内だし、翌朝すぐに発つつもりでしたから、駅の近くのオテル・デュ・リヨン・ドルというのへ飛びこんだところ、古風な家で、扱いもわざとらしからぬ、おちついた家でした。

さっそく二階の部屋にきめ——、友人両名の大きな寝室には、扉口が二つあり、一つの口は階段の右手の踊り場へ出る口、今一つの口は、控えの間、あるいは更衣室といった小部屋へはいる口で、その小部屋のつきあたりの扉口から、私の部屋へ行き来ができるようになっています。はじめこの入口が私の寝室の入口かと思ったところが、よく見ると、もう一つべつの扉が部屋のはずれにありました。宿の主人の話だと、ここの扉はいつも錠をかけぱなしなんだそうで、主人は明けようとするけはいもなかったのを、友人がなんでも錠をあけて、鍵をこちらへ貸しておいてくれと強引に言いはり、明けてみると、そこは踊り場から入り込みになった小さな部屋で、私の記憶だとちょうど階段のてっぺんに相対する位置のようでした。バケツだの箒だのがつっこんであるところを見ると、女中の使う納戸部屋とおぼしく、主人がそこの錠をあけたがらなかったのも、なるほどむりないことと思いました。

友人両名は、部屋の係の女中から、今晩は二階のお客さんはほかにないから、ゆるりとおやすみになれますと言われたのに気をよくして、まだ宵のうちから床へはいってしまいました。なるほど、客はどうやら私たちだけと見え、季節にはまだちっと早いから、こんなところなのかなと思って、べつに驚きもしませんでした。

私はちっとも疲れていなかったから、友人にお休みの挨拶をのべてから、国へ出す手紙を二、三本書こうと思って、自分の部屋に坐りこみました。夢中で筆を走らせているうちに、いつのまにか時間が早くたって、かれこれ十一時を過ぎていたのに違いありません。ふと気がつくと、さっきからしんとしていた家の中に、人の足音が聞こえます。例の納戸部屋へひらく扉の外を、わりあいしっかりした足どりで、だれかが行ったり来たりしているようです。あなたの小説には、「ゆっくりと引きずるような歩調」と書いてありますが、私の聞いたのもまさにそれでした。

きっと下男でも遅く上がってきたのだろうと思って、べつに私は気にも止めていなかったのです。すると、若いほうの友人の部屋とこちらとのしきりの扉に、ノックの音がしました。私はとうにもう友人は寝こんだものと思っていたのですが、それがドアを明けて、こちらをのぞいて、どうなすったのといって尋ねるのです。友人は戸の外の足音を聞いて目をさまし、てっきり私が部屋の中をあちこち歩いているのだと思ったらしいのです。それから私は言ってやりました。自分はさっきからこの椅子を離れずにいる。あなたの聞いた足音は、私も聞いているのだが、どうもこちらの扉の外の踊り場のところを歩いているらしいのだと。そこで友人と二人して、私の部屋の扉を明けてみました。そして灯火をつけて納戸部屋と踊り場を調べてみましたが、どこもかしこもしーんとしていて、人の影らしいものは見えません。足音はすぐそこに聞こえたようだったけど、きっと二階あたりのが響いて聞こえたんだろうということにして、二人は扉をしめて鍵をおろし、友人は自室に帰り、私も床にはいったのですが、それでも寝つくまで、引きずるような足音はなんどかまた聞こえていました。

翌朝、一番列車で私たちはリーユを発《た》ちました。それっきり、私はその夜の出来事を考えませんでした。しかし完全に念頭から去ったわけではありませんでした。その証拠には、二カ月ほどたって本国へ帰る途すがら、ふとまたそのことが頭にのぼってきました。そして、もしもあの出来事が、私の母の知合いの怪談好きな婦人の上にでも起ったら、どうだったろうと考えてみました。きっとその婦人だったら、あなたと同じように、リーユのプラース・デュ・リヨン・ドルの幽霊屋敷についての記事を書いたにちがいありません。そうなると、私が一夜泊った家というのは、おそらくほかならぬその家で、私が聞いたあの怪しい足音は、あのホテルの生きている居住人の足音ではないような気がしてくるのです。
あなたの小説に出てくる家と、私の泊った家とは、どうも同一の家だとあなたもお考えになるかもしれないと思って、この手紙を書いたしだいです。不一。

A・C

CUMNOR HALL.

THE

HAUNTED HOMES

AND FAMILY TRADITIONS OF
GREAT BRITAIN

BY

JOHN H. INGRAM

ILLUSTRATED EDITION

LONDON:
REEVES & TURNER
83 CHARING CROSS ROAD, W.C.

(All rights reserved)

イングラム『英国幽霊屋敷考』扉と口絵

GLAMIS CASTLE.

グレイミス城

グレイミスの秘密

訳者註。──グレイミス城はスコットランドの有名な古城で、史実・伝説がいろいろ伝えられている。シェクスピアはここを舞台にして、悲劇「マクベス」を書いた。この城には昔から言い伝えられている怪異の伝説がいくつかあって、古来の怪談実話集、またゴースト・ハンターの記録に、この城の出てこないものはない。

原編者註。──ストラズモア公の生地、グレイミス城について書かれたものは頗《すこぶ》る多い。この実話はヨークの大司教令夫人、ミセス・マグレガンが女流作曲家ミス・ヴァージニア・ガブリエルの聞書を録して、ハリファックス卿に与えたものである。

一八七〇年に、わたくしたちは、長らくのグレイミス訪問から帰ったばかりのヴァージニア・ガブリエルに会いました。一八六五年にわたくしたちの義兄が亡くなってから、いろいろの怪異があのように次々と盛んに起りましたが、ヴァージニアは、そういう謎めいた怪異の話もたくさん持って帰ってきたわけです。義兄が亡くなる前に、礼拝堂はすっかりきれいに掃除をされて、あらためて厳かな献堂式も挙げられたのでしたが、巷説《こうせつ》はもっぱら、幽霊がクロード（ストラズモア卿）一家を城に住みつかせないように脅かしているというふうに伝えられておりました。

わたくしはヴァージニアから聞いた話で、あとでストラズモア夫人がそれは事実だと保証して下さった話を、これから逐一書いてまいろうと思います。義兄の葬儀がすみました直後に、どうやら弁護士と代理人が、クロード一家の秘密をひそかに明かしたもののようです。クロードは両人から話を聞いて、妻にそのことを伝えました。「お前も知っての通り、わたしたちはこれまでこの城の秘密の部屋だの、一門にまつわる怪異の話などを、しばしば冷笑してきたが、わたしは今その秘密の部屋へはいって見てきたし、一門の秘密の話も聞いてきた。お前がもしおれの機嫌を損じたくなかったら、今後このことについては、ぜったいにおれに言ってくれるな」

ストラズモア夫人は従順な人でしたから、夫の意に逆らうようなことはしませんでしたが、ただし夫以外の人たちには、かなりあけすけに話していたようです。ことに実母のオスワルド・スミス刀自《とじ》は第一の実説宣伝者でした。

クロードは、城内の造作直しや改造をいろいろやりました。礼拝堂へ行くのに、以前は大客間から上がるようになっていたのを、階下のホール——いうところの地下室から、階段で行かれるようにしたのなどがその一つです。ある日、家人がロンドンへ行った留守中に、礼拝堂で工事をしていた職人が、どこだか長い通路の口にあたる戸口を見つけて、なにげなしにそこから下へ降りると、やがて青くなって飛びだしてきて、親方に事の由を告げました。工事はただちに中止されて、工事監督はロンドンのクロードと、エジンバラの弁護士ダンダス氏に電報を打ちました。二人はできるだけ早い汽車で着くと、さっそく職人を呼んで、何を見たか、何を見なかったかについて厳重に調査した結果、クロード一家は補償金をもらって、城を移転することになりました。

秘密を明かされてから、クロードはすっかり人間が変ってしまい、黙しがちな、なにかというと怒りやすい、しじゅう怯えたような心配の色を顔にたたえた男になったことは、疑うべくもありません。それがあまりに目に余るほどだったものですから、嗣子《しし》のグレイミスなども、一八七六年に成年に達したときは、自分はもう学問を受けるのはふるふる厭だっていって、頭から拒んだくらいでした。

ヴァージニアはさらに、城内のいくつかの寝室にある戸棚の話もしてくれました。その戸棚には、どれにも輪のついた大きな石がはいっていたそうです。クロードはその戸棚を全部石炭置場に改造して、丈夫な厚板で前を張り、そのなかへいつも石炭をいっぱい入れておくようにして、穿鑿《せんさく》好きな来訪者がきても、そこが問題の戸棚だとは分らないように作り直したそうです。ヴァージニアは、新宅開きのときの不思議な話——一八六九年の十一月に、新しい食堂で催したダンスの話も話していました。その時招《よ》ばれた客たちは、みんな夜中の二時、三時ごろまで、愉快にダンスをつづけました。大時計のかかっている大階段の踊り場に、三間つづきの部屋があって、ストラズモア夫人の妹のストリートフィールズ、トレヴァニオン夫妻（ストラズモア卿の妹）、リンダーティスからきたモンロー氏夫妻に、それぞれその三室があてがわれていました。そのうち、モンロー氏夫妻があてがわれたのは「赤い部屋」で、そこの衣裳室に小さな男の子さんを寝かしておきました。この衣裳室には、外へ出る扉口がありますが、そこは扉が固くなかなか明きません。ちょうど真夜中ごろ、モンロー夫人はだれかが自分の上にかがみこんでいるような気がして、ハッと目がさめました。じっさい、頭に髭がさわったのを感じたということです。蠟燭は消えてしまっていたので、夫人は夫を起して、マッチをさがしてもらおうと思って呼び起しました。と、人の影が、衣裳室へスッとはいっていったのが、寒月の青白い光のなかに見えました。彼女はベッドの裾に身をのばして手さぐりすると、マッチが見つかったので、それをすりながら、「あなた、マッチここにありましたよ」と衣裳室へ声をかけました。

すると驚いたことに、夫は自分のそばにちゃんと寝ています。そして眠そうな声で、「うるさいねえ、何をしているんだよ」とムニャムニャ言うのです。

とその時、衣裳室からキャッという子供の声が聞こえました。二人は急いで飛んでいくと、子供は恐怖にふるえながら、「大きな人がきた、大きな人がきた」と夢中で口走っています。それから夫婦して子供を自分たちの部屋へ連れてきて、しずかに寝かしつけていますと、いきなり重い家具でもぶっ倒れたような轟然たるものすごい音が聞こえました。ちょうどその時、大時計が四時を打ちました。

それっきりで、あとはなにごとも起りませんでした。翌朝、モンロー氏は細君にむかって、ゆうべの変事についてはなにも言うな、ここの主人が聞けば気を悪くするだろうから、人にもぜったいに喋るなと、かたがた言い含めておきました。ところが、朝食が半分すんだころに、ファンニー・トレヴァニオンが欠伸《あくび》をしながら、眠い目をこすりこすり下りてきて、ゆうべは寝られなくて困ったわといって、こぼしはじめました。この人はふだん寝る時には、灯火をつけっぱなしにして、小さな飼犬をベッドのそばに置いて寝る習慣にしているのです。その犬が、ゆうべは夜なかに吠えて、彼女のことを起しました。目をさますと灯火が消えているので、夫と二人でマッチを捜していると、ものすごい轟然たる物音がして、大時計が四時を打った、それからもう恐くなって、朝まで一睡もできなかったというのです。

もちろん、モンロー夫人はこの話を聞いて驚きました。そして自分の話を披露しました。どう考えても解《げ》せないままに、三組の夫婦は、今夜はおたがいの部屋で寝ず番をしていよう、ということに話をきめました。その晩は怪しいものはなにも見えませんでしたが、昨夜と同じような轟然たる物音が聞こえたので、三組の夫婦は急いで踊り場へ飛びだし、恐いもの見たさの顔を寄せ合って立っていると、またしても大時計が四時を打ち、それっきり、あとはもう物音は聞こえませんでした。

わたくしたちは、その年はグレイミスへはまいりませんでしたが、そのかわり、今いうようなグレイミス城の怪奇談で頭をいっぱいにしながら、タリアラン城と申す城を訪問いたしました。このお城は見るからにモダンな、住みごこちのよさそうな大きなお屋敷で、ウィリアム・オスボーンとおっしゃる愉快な老人ご夫婦がおすまいで、もちろん幽霊の「ゆ」の字もない、明るいお城でした。九月二十八日の晩、わたくしはそのお城にご厄介になって、その晩、自分がグレイミスの「水色の部屋」にいる夢を見ました。この「水色の部屋」というのは、一八六二年にわたくしが主人といっしょに、グレイミスをお訪ねした時に、主人と泊ったお部屋なのです。そこの衣裳室には、有名な落し戸とかくし梯子があって、その梯子は応接間の隅に出られるようになっております。夢のなかで、なんでも暗いお庭先で馬の番をしておりますと、お夕飯の銅鑼《どら》が鳴ったので、どうかわたくしのことをお待ちにならないで、先へ召し上がって下さいといいながら、大急ぎでわたくしが二階へ駆け上がって行きますと、廊下のところで、「水色の部屋」の衣裳室から出てきた女中さんに出会いました。見ると、女中さんは両手に錆びた鉄屑をいっぱいかかえていて、それをわたくしに差し出して見せますから、「まあ、そんなもの、どこにありましたの?」と尋ねますと、ただいまお部屋の炉をお掃除していたら、炉の中に輪のついた大きな石があったので、それを持ち上げたら、石の下の穴の中からこれが出てまいりましたと申します。

「じゃ、わたし、それ持って行きましょう。こちらのご主人は、お城の中から出てきた物は、なんでもご覧になりたがる方だから」

わたくしはそういって、「水色の部屋」の扉を明けながら、ふとこんな考えが頭に浮かびました。——「そうだ。話によると、このお城でなにか物が見つかると、かならず幽霊が出るということだが、はたして幽霊がわたしのところへ出るかしら?」と思いながら部屋のなかへはいると、あっと驚きました。炉ばたの肱かけ椅子に、雲つくような大きな男がドデンと控えているのです。とても長い髯《ひげ》を垂らしていて、ベンベンたるお腹をしていて、息をするたびにその大きなお腹が波を打っています。わたくしはもう恐くなって、体じゅうガタガタ震えながら、それでも炉の前まで行って、そこにあった石炭箱に腰をかけて、幽霊をにらみつけてやりました。大きな呼吸をしているくせに、幽霊の顔は死人の顔なのです。それをわたくしははっきりと見ました。

黙って睨めっこばかりしているわけにもいかないので、とうとうわたくしは鉄屑をかざして見せて、「ごらん、これをわたしは見つけたよ」といってやりました。じつは見つけたのは女中なのですが、嘘をついてやったのです。

すると幽霊は深い溜息をついて、「そうじゃ。おぬしはおれの重石《おもし》になっていたものを持ち上げた。この鉄はな、遠い昔からおれの重石になっていたのじゃ」

「遠い昔って、いつからだえ?」自分の好奇心の危険なことも打ち忘れて、わたくしは押し返して聞いてやりました。

「一四八六年からじゃ」と幽霊は答えました。その時、扉にノックの音が聞こえたので、わたくしはまあよかったとホッとして、

「そうだ、あれはカロライン(私づきの小間使)だ。わたしの着換えに来てくれたのだ。あの子にも、この恐ろしい幽霊が見えるのかしら」

そう思いながら、「おはいり」と声をかけたとたんに、ハッと目がさめました。

カロラインが窓の鎧戸《よろいど》をあけています。朝日が部屋のなかへ明るくさしこみました。わたくしはベッドの上に坐っていました。気がついてみると、寝間着が汗でグッショリ濡れていました。やがて着換えをすまして、階下へ下りてまいりましたけれども、今見た夢がいつまでも頭

を離れませんでした。あとでわたくしはいろいろ考えてみましたが、夢に見た部屋は、ことごとく自分の憶えている現実の「水色の部屋」と変りがないのですが、ただ暖炉だけが違った隅にありました。現実の部屋の内部は、いちいち間違わずに憶えているのに、炉の位置だけが逆なのはおかしいなと思って、それが妙に気になったものですから、その次の年、グレイミスへ行った時に、もう一ど「水色の部屋」を見ましたら、どうでしょう。暖炉の位置は夢の中で憶えていたほうが正確で、目がさめていた時の記憶のほうが間違いだったのです。これには、なんだか自分の目というものが、まったく信用おけないような気がいたしました。それでわたくしはクロードに、こちらのような年数の古いしかもこんなに壁の厚いお家で、かりに暖炉の位置を変えるとなったら、とてもむずかしいし、まずできないことでしょうねといって尋ねて、うかつな自分を冷やかしてやりました。

この暖炉の部分のわたくしの夢は、アルカンド博士やオックスフォードの若い方たちに、たいそう興味をもたれました。なんでも、人間の脳髄は、外界の影響に煩らわされない時はつねに正確な印象を受けるという定説の大きな裏づけになるのだそうです。その夢をここには書きましたけれども、人にはめったに話したことがありません。

それから一、二年たってキャッスルタウン卿のご令嬢のウィングフィールド夫人が、どこかの水上パーティーでわたくしの弟のエリックに会われたおりに、わたくしの夢のお話が出たそうですが、夫人も夢では妙な経験がおありなのでした。あいにく、その後わたくしは夫人にお目にかかる折がないのですが……

お話を総合してみますと、ウィングフィールド夫人がはじめてグレイミスへいらっしたのは、どうもわたくしたちがタリアランへまいった同じその日か、でなければ同じその週のうちのように思われます。夫人は「水色の部屋」にお泊りになりましたが、それまでベアディー公やその眷族《けんぞく》の幽霊の話は、なにも聞いておいでになりませんでした。で、いつもなさるように蠟燭をつけてお床へはいられたのですが、蠟燭の光がたいそう明るかったので、目がおつきになるまでなにか読んでいらしたそうです。ところが夜なかに、だれか部屋の中にいるような気がして、床の上に起き上がって見ますと、暖炉の前に、長い髯を垂らした大きな老人が坐っている。それが首をこちらへグーッとまわして、夫人の顔をじっと見すえました。よく見ると、長い髯は息のさしひきに大きく動いているくせに、顔は死人の顔でした。夫人はさして驚きもなさいませんでしたが、さすがに幽霊とことばを交わす気にはなれなかったと申すことでした。しばらくするうちに、老人はスーッとかき消えるようにいなくなったので、夫人はふたたびまた眠りに落ちました。

翌朝、オスワルド・スミス氏がグレイミス城の秘話をいくつか夫人に語りだした時に、夫人は言われました。「ではわたくしもゆうべ見たことを、お初にあなたにお話ししましょう」

ウィングフィールド夫人の見られたのが夢なのか、あるいは本物を見られたのか、いずれにしても、この暗合は奇妙でした。ところが、それから何年かたって、あるときグレイミスからコータッチへ馬車でいく途中で、母がわたくしに、お前のあの夢を、ストラズモア夫人のお耳に入れたことあるかいといって尋ねました。わたくしがあんな話、お話しするほどの話じゃありませんものと答えますと、母は、そんなことはないからお話しなさいとしきりに申すので、わたくしはその時ごいっしょだったストラズモア夫人にその話をいたしました。幽霊が言った年号のところまでまいりますと、ストラズモア夫人は膝をのりだされて、ファンニー・トレヴァニオンのほうを向かれて、「まあ、ずいぶん不思議だことねえ」と言われますから、わたくしは申しました。

「でも、これは正確な年号ではございませんでしょう？　たしか千五百何年ではございませんの？」

「いいえ、一四八六年なんですよ。今からざっと四百年前なの」と夫人は答えられました。

わたくしも、その年号は前にいつか聞いたことがあったのでしょうが、つい胴忘れをしていたのです。

一八七〇年以後は、毎年わたくしどもはグレイミスへまいり、母の誕生日はほとんどいつもあちらで過すことにしておりました。聖ミカエルはあすこの礼拝堂の守護神になっておりますが、世間では先代があすこをあらためて献堂した時に、魔除けのつもりであれを祀ったのだなどと嘘を言っております。「マルコルム王の部屋」というのは小さな部屋で、これは気味のわるい部屋ですが、行けばわたくしはいつもこの部屋におりました。でも、そこで夜分臥《ふ》せったことはございません。母が夜なかに目をさますのを厭がり、ひとりで臥せりますと気が落ちつかないと申すので、グレイミスへまいれば、いつもわたくしは母といっしょに臥せりましたから。

わたくしどもは、べつになにも怪しい物を見たり聞いたりはいたしませんでしたが、幽霊を信じておいでの方たちに言わせると、これは、私どもがライアン家の血筋の者だから、それで幽霊が現われないのだと申されます。母方の祖母のアン・シンプスンはライアン家の出の人で、この祖母などは、なんとかして幽霊が見たいと申して躍起《やっき》になっておりました。グレイミスの並木道には、「白衣婦人」の幽霊が出ると昔から言い伝えられております。これはなんの害もない幽霊ですが、祖母はこれが見たいといって、よく自分の部屋の窓に顔を押しつけては、並木道をのぞいているのを、よくわたくしは見かけました。ある年のこと、わたくしどもが城へまいりましたら、なんでもストラズモア夫人と姪御さんとグラスゴー夫人が、今までとはまるで違うべつの窓から「白衣の婦人」を見たというので、一家中ひっくり返るような騒ぎをしていたことがございますが、どうもこの時の話は、なんだか雲をつかむようで、とんと筋の通らない話でした。

もう一つ、ブレチンの司教長のニコルスン博士がわたしに話して下さった話があります。これはぜひ書いておきましょう。博士はある時グレイミスへ泊られた時に、まわり階段の中途の部屋でおやすみになったそうです。扉に鍵をかけておいたのに、長い黒い外套を着て、咽喉《のど》のところを止め金でしっかり締めた、背の高い男がはいってきたのを、博士は見ました。べつになにも言わずに、怪しい影は壁の中へ消えたと申します。

その時、ブレチンの牧師さんのフォーブズ博士もごいっしょにお城へお泊りでしたが、この幽霊の話を頭から眉唾だとおっしゃって、ニコルスン博士をおなぶりになりました。「ねえ司教長、あなたは寄進を求めることではスコットランドでは第一人者でおいでなんだから、どうですな、ひとつ幽霊にご蔵書の署名を頼んでごらんになっては」

するとその翌晩、ニコルスン博士が喜ばれたことには、パースの学寮長がお話に加って、自分もこの前あの部屋に泊った時に、それと同じ幽霊を見たと言われました。司教長はさっそく寮長をフォーブズ博士のところへやって、懐疑的な聖職者にその話をくりかえさせました。

フォーブズ牧師とロバート・リッデル叔父（原註・多年、ナイツブリッジのセント・ポール寺院の牧師長を勤めた人）は、ともに城内で悪魔祓いの式を修することをすすめられましたが、これは行なわれませんでした。おそらくクロードがそれを行なうのを厭がっていたからだと思います。もちろんあの城に、なにか奇怪なことがあることは疑いをいれません。城の礼拝堂の専任牧師も、いつぞやわたくしに、自分はこちらに長く住んでいればいるほど、ますますそのことを深く感じると申していましたし、管理人のラルストン氏も、これはスコットランド人で、ただもう糞まじめな、頭の機敏な実際家ですが、この人も城の秘密を明かされてからは、城にはぜったいに泊らなくなりました。ある年の冬、城内で芝居がありました。ところが夜に入って、きゅうに吹雪になり、とても家までは帰れそうもなくなりました。それでもかれは、城内のソファで一夜を過すことを断って、なんでも庭男と厩《うまや》の係を起して、公園から一マイルほど離れた自分の家まで、雪道を掘りあけてもらうのだといって、強情に言い張っていました。ストラズモア夫人の話によると、いちどなにかのおりに、このラルストン氏に、城の怪異についての自分の大きな好奇心を洩らしたことがあったそうですが、その時かれはしげしげと夫人の顔を見つめて、大まじめな顔をして、こう申したそうです。「奥さま、あなたがそれをご存知ないのは、いやご存知になろうとしてもなれないのは、おしあわせでございますよ。もしご存知になりましたら、奥さまはきっと不幸な方におなり遊ばしますよ」あの人物がそんなことを言ったかと思うと、なんですか、そのこと自体が不気味に思われてきます。

その後何年かたって、一九一二年の九月に、わたくしは娘のドーラをつれて、クロードが亡くなられてからはじめてグレイミスを訪れました。クロードの息子（現当主）は幽霊の話をしてもべつに厭がるようなことはなく、細君と二人でわたくしの夢の話をたいそうおもしろがって、それを書いたものがあったら、写しを一部くれというので、一部やりました。ストラズモア夫人の話によると、あの方が輿入をして、はじめてグレイミスへ見えた時には、夫君といっしょに「水色の部屋」に泊ったのだそうで、夜なかに大きな男がベッドのむこうからこちらを睨んでいる夢を見たと申します。でも、その幽霊は、痩せていてわたくしが見たような太った男ではなかったそうです。びっくりして目がさめて、夫を起しましたが、むろん、そこにはもう何もいませんでした。二人の子供――二番目娘のローズと、一ばん下の男の子のデイヴィドとは、城のまわりをフワフワ歩いている怪しい影をよく見ます。二人とも、それを見てもべつに驚きもしません。でもローズは、「水色の部屋」で寝るのはいやだと申しております。怪しい影は「樫《かし》の間」でも、この二人の子供や小間使がよく見ます。わたくしの母もしじゅう見たと申していますが、「樫の間」も今では臨時の居間になってしまいました。わたくしがよく更衣室に使いました「マルコルム王の部屋」も、これも只今では家具調度を取りかたづけて、通路になっております。そのために、大広間や礼拝堂へ上がるのが、前よりも便利になりましたから、これは大改良でございます。

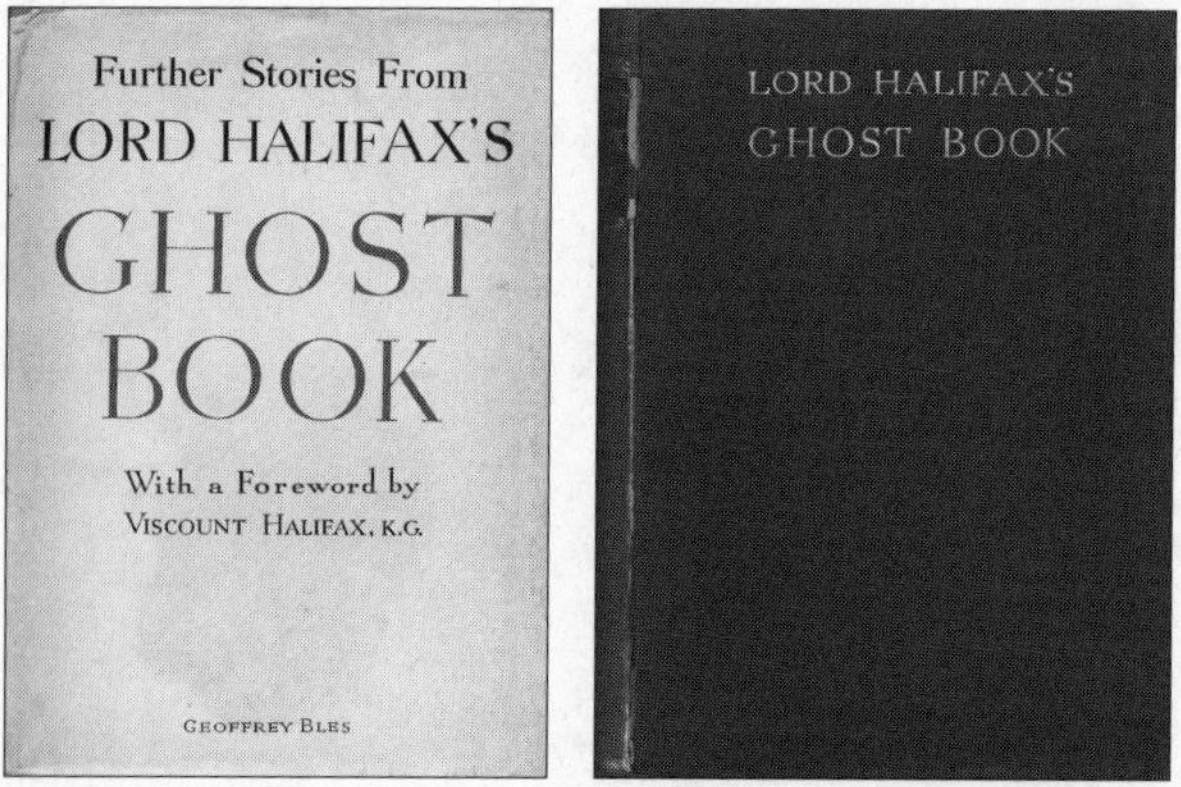

『ハリファックス卿怪談集』正・続
(雑誌『牧神』第3号「幽霊奇譚」に掲載の平井呈一所蔵本と同一か)

ヒントン・アンプナーの幽霊

訳者註。――英国ハンプシャのヒントン・アンプナー荘園屋敷も、恐怖の家としては有名なもので、その記録は諸書に見えている。ここに訳出したリケッツ夫人の手記は、その家に実際に住んで、怪異を実見した人の詐《いつわ》らざる記録として、最もオーゼンティックなものである。

原編者註。――この物語には、以下に掲げる「はしがき」がついている。「最近出版された『リチャード・バーラム師の生涯』（訳註・リチャード・バーラム（1788–1845）は英国の神学者。有名な怪異談叢「インゴルスビー伝説」の著者。『リチャード・バーラム師の生涯』は、リチャードの息子のダルトン・バーラムの著であるが、ダルトンはリチャードが親交のあったヒューズ夫人から、ヒントン・アンプナーの怪異談を聞いて、それを著書のなかに書いた。ところが、それが又聞き話だったためか、人物、氏名などがだいぶ間違っていた）に、以下の物語のあることが書いてあるが、その話は、細かい点でいろいろ不備なところがあり、したがって誤りが多い。

リケッツ夫人が書かれた草稿は写本が二部ある。その所蔵者は、ぜひこの際、本物の原稿を出版してほしいと言われ、それに問題の怪異に関する親戚や友人の手紙を添えれば、正確な記事になるからと言われているそうである。

ハリファックス卿は、友人のウィンチェスターの牧師、ハロルド・ブラウン師から、この草稿をもらったらしい。草稿には、リケッツ夫人の夫君ウィリアム・ヘンリー・リケッツ氏（当時ジャマイカに行っていた）、彼女の兄ジョン・ジャーヴィス（のちにセント・ヴィンセント卿となられた人）、ヒントン・アンプナー屋敷の所有者ヒルスボロー夫人の代理人センズベリ氏などの書簡が添付されているが、それらの手紙の内容は、リケッツ夫人の話のなかに大部分再説されている。

リケッツ夫人の情況陳述

一七七二年七月、ヒントン牧師館にて

わたくしは次の話を自分の子供たちに書き記します。自分がじっさいに見た真実を、子孫に誤りなく伝えるために、わたくしは百慮熟考した上で、あの不思議な騒ぎの間、神の恵みによってよくあの恐怖にたえられたことを感謝しながら、あえてこれを書き残すことにしました。天地神冥の誤りなき全能のみ裁きのまえに、わたくしは記憶と理解の全力をつくして、以下に述べる真実をあえて訴えるものであります。

メアリ・リケッツ

イギリス、ハンプシャ、アレスファッドに近いヒントン・アンプナーの荘園屋敷とその敷地は、一七五五年に、枢密顧問官ヘンリー・ビルスン・レッグ伯に譲渡されました。荘園はもとスチュークリ家の所有に属していましたが、ヒュー・スチュークリ卿の歿後、エドワード・ストーエル卿の所有となり、その年（一七五五年）エドワード卿が逝去されたのを機会に、卿の長女の夫君であるレッグ伯に譲られたのであります。ストーエル卿はヒントンを常住の地としておられ、夫人の末妹のオノリア嬢も、姉君が一七五四年に亡くなられるまで、存命中はずっとごいっしょに住んでおられました。

一七五五年、四月二日の夜、ストーエル卿はヒントンの小さな居間にひとりで寛いでおられたおりに、とつぜん卒中の発作に襲われ、なにやら分明しないことをひとこと言われたまま、翌朝まで意識不明、それぎりお口もきけないまま、ついにご他界なさいました。当時お屋敷にいた人達は、執事で土地管理人をかねていたアイザーク・マックレル、四十年も同家に勤めていた女中頭サラ・パーフェイト、サラの夫で御者をつとめていたタマス・パーフェイト、古くからいる女中のエリザベス・バンクス、乳しぼりのジェイン・デイヴィス、料理方のメアリ・バラス、従僕のジョゼフ・シブリー、馬丁のジョゼフ、庭男のリチャード・ターナーなどで、全部この連中は私どもにそのまま引き継がれました。ストーエル卿には、ご子息が一人ありましたが、これは十六の年にウィンチェスターの学校で亡くなられました。

ヘンリー・レッグ伯は毎年狩猟期になると、ヒントンへ一カ月ほど逗留《とうりゅう》なさるのが習慣で、存命中荘園屋敷のお世話は、前記タマス・パーフェイト夫婦とエリザベス・バンクスがずっと面倒を見ておりました。レッグ伯が一七六四年の八月に亡くなられたので、夫人の権利になりましたが、夫人はヒルスボロー公に再縁されたので、ヒントンの屋敷を人に貸すことにし、それでその年の十二月に、わたくしどもがお借りすることになったのです。ちょうどその時、タマス・パーフェイトが邸内で死去したので、翌年一月にわたくしどもがお屋敷へはいった時に、未亡人のサラとエリザベス・バンクスとで葬りました。

わたくしどもはロンドンからそちらへ移ってまいったのですが、お屋敷でわたくしどもといっしょに暮したのは、前からいた奉公人たちばかりで、だいぶしばらくあとまで、近所から奉公人を雇い入れずにいました。わたくしが夜分、だれか扉をえらい音をたてて締める音をちょいちょい聞くようになったのは、ヒントンへ越してきてから、まもなくのことでした。押しこみでもはいったか、それとも奉公人のなかにそういう不作法な者がいるのかと思って、そういう時には主人がよく家のなかを見まわって歩きましたが、べつに人のはいった形跡も見当りません。奉公人はみんなお下《しも》の部屋にそれぞれいて、べつにだらしなくしている様子もありませんでした。

怪しい物音は、その後もひきつづいて聞こえました。ひょっとしたら、村のだれかが合鍵でもこしらえて、おもしろ半分に出はいりするのではないかと、そう考えるよりほかに考えようがありませんでした。それなら、錠前をとりかえるよりほかに手がありませんから、思いきってとりかえてみたところが、案に相違して、なんの効果もありません。

ちょうどヒントンへまいってから、半年ほどたった時のことです。当時、わたくしどもの総領のヘンリーがまだ八つぐらいで、乳母のエリザベス・ブレルスフォードが、子供部屋にしていた化粧室の上の二階の部屋でヘンリーを寝かしつけておりました。夏の暑い晩でしたので、乳母は「黄いろい寝室」の入口とむきあった部屋の扉を明けておきました。この「黄いろい寝室」には衣裳部屋がついていて、代々屋敷の奥方が寝起きをしていたお部屋です。乳母はその部屋の入口へ真正面に向いて腰をかけていたところ、あとでわたくしに申していたように、茶っぽいくすんだ色の服を着た紳士が黄いろい寝室へはいって行ったのを、はっきり見たと申します。乳母はその時べつに驚きもせず、女中のモーリー・ニューマンが夕飯を持ってきてくれた時に、見なれないお方がいらしたようだが、どなたなのかといって、女中に尋ねました。どなたもお見えになった方はないという女中の返事に、乳母は自分が今見たことを話して、お前さん、私といっしょにきて、おむこうの部屋を調べてみておくれと頼みました。さっそく二人は中へはいって見ましたが、乳母の見たような人の影は、どこにも見えませんでした。

乳母は大きに心配になってきましたが、灯火は物の形がはっきり見えるほど明るかったのですから、まさか自分の目のせいで、見違えたなどということはないはずでした。あとでわたくしは乳母からその話を聞いたのですが、たぶん下層階級の人によくある迷信で、恐い恐いと思っているせいだろうぐらいに思って、今これを書きながら、その後のびっくりするような騒ぎをあれこれと思いだすまで、そのことをまったくわたくしは念頭から忘れていたような始末でした。

同じ年の秋のこと、庭番の伜《せがれ》で、当時馬丁を勤めていたジョージ・ターナーが、ある晩床にはいろうとして大ホールをつっきったら、ホールのつきあたりに、茶色の服を着た人を見かけました。ジョージは、きっと従僕のジョゼフが、遅くなって外から帰ってきて、まだ仕着せの服に着かえずにいるのだろうと思って、べつになんの気もなく、奉公人達のいる下部部屋《しもべ》へはいると、従僕のジョゼフがほかのみんなといっしょに寝床についているのを見て、びっくりしました。よく考えてみると、ホールで今見た人影は、前に乳母が見たといっていた、正体の分らない怪しい影によく似ているのでした。ジョージ・ターナーは今も達者でピンピンしておりますが、今でもその話をすると、はじめてその話をした時と同じように、真顔になって、たしかに見たと申しております。

こえて一七六七年の七月のこと、宵の口七時ごろに、馬丁頭のタマス・ホイーラー、わたくしの侍女アン・ホール、メアリ・ポインツ夫人の侍女のサラ、それに年増《としま》女中のレイシーが台所で話しこんでいました。ほかの奉公人たちは、流しもとで洗い物をしていたコックを除いて、みんな外に出ておりました。すると台所にいた連中は、だれか女の人が二階から下りてきて、廊下をこちらへやって来る音を聞きつけました。着ている服が、性のいい、つっぱらかった絹物みたいに、シューシュー鳴っていました。ちょうど台所の入口の扉が明いていたので、みんないっせいにそちらをふり向いた拍子に、女の人の影がチラリとそこを通りすがったのを見ました。そして、どうやら表口から出て行ったようでした。はっきりしたかっこうは見ませんでしたが、くすんだ黒っぽい色の服を着た、背の高い姿だけは、はっきり見えたのです。ちょうどその時台所へはいってきた女料理人のブラウンは、その女の人が自分のすぐそばを通ったと思ったら、どこかへ消えてしまったのを見ました。様子かっこう、着ている物まで、ブラウンの見たのもほかの連中が見たのと同じでした。背かっこうがどう、着ているものがどうと、みんなして言い合っているところへ、ちょうど庭先から、その女の人が出て行った家の方角へやってきた者があったので、みんなしてその男に聞いてみると、そんな人は見かけないという話でした。

　そのあいだも、怪しい物音は引きつづきちょいちょい聞こえ、スザン・メイドストーンという女中が、自分の寝床のまわりでもの凄いうめき声や衣ずれの音を聞いたりして、もうその頃にはほとんど全部の奉公人が、それぞれ別の時に、得体のわからぬ物音を聞いて、びっくりさせられておりました。

　一七六九年の暮に、わたくしどもの主人はジャマイカへまいり、わたくしは三人の子供と八人の召使といっしょに、ヒントンに居残ることになりました。八人の召使は、スイス人の従僕を除いて、あとはみんな無知な田舎の人間ばかりでした。

　主人が出かけてしばらくたってから、台所の上の寝室に寝ていたわたくしは、しばしば、寝間のなかへ誰かがはいってくる物音を聞きつけました。どうかすると、中へはいってくる時に扉にすれる衣ずれの音が、なんども続けざまに大きく聞こえるので、そのために目のさめることがちょいちょいありました。そういう時には、すぐに部屋の中を捜してみるようにしましたが、鼠一疋見えません。そんなふうに、なんどもなんども脅されるものですから、もうしじゅう部屋の中や戸棚のなかを家捜しするのが癖のようになってしまいました。その部屋は一方口なので、そこさえ固めておけば、だれも寝室を通りぬけることはできませんから、そこの扉口はいつも閂《かんぬき》をかけて、厳重にしておきました。そんなに厳重にしておいても、ほとんどしきりなしに妨害が絶えませんでした。

　ちょうどその頃、ウェスト・メオンの貧しい家に住んでいる老人が、わたくしにぜひ話したいことがあるといってやってきました。会ってみますと、老人は、自分のおかみさんからよく聞かされた話があって、その話のことで、一度ぜひお目にかからなければ気が休まらなかったのだと申します。老人のおかみさんがまだ若かった時分、知合いの大工から聞いた話で、その大工があるとき、ここの屋敷の先々代のヒュー・スチュークリ卿に呼ばれました。さっそく伺ってみると、食堂——今ならロビーとでもいうところでしょうか——の床板を、何枚か上げてくれというご注文なのだそうです。大工は、てっきりこれは、ヒュー卿がなにか縁の下に宝物をかくしておられるものと思いました。そのあとで、床板を元通りにしておけとご注文があったそうです。それだけの話なのですが、わたくしはこの話をヒルスボロー夫人の代言人のセンズベリ氏に話して、あなたはその床板を上げてお調べになったことがあるかと、暗に聞いてみたことがありました。

一七七〇年の二月に、今までいた奉公人が二人暇をとり、代りの者がはいりましたが、まもなく従僕もよそへ行ったので、その跡継ぎに別の男を雇いました。ヒントンに七年住んでいるうちに、奉公人はずいぶん出入りが多かったので、のちにわたくしどもがここを出ました時には、はじめいっしょに付いてきた者は、一人もいなくなってしまいました。奉公人同志のなかに、なにか陰で申し合わせたことがあったらしいという事実を示すために、ちょっとそのことを申しておきます。

その年、一七七〇年の夏のこと、ある晩「黄いろい寝室」にやすんでおりますと、ベッドの裾のほうへだれか歩いて行く足音を、はっきり耳にしました。危険があんまり身近なので、助けの鈴など鳴らしている暇はないと、とっさにそう思いましたから、わたくしはいきなりベッドから飛び下りると、夢中でむこうの子供部屋へ駆けこみました。そして乳母をつれて、灯火をもって戻ってきて、寝室のなかを隈なくさがしましたが、なんにも見つかりません。衣裳部屋には、いつものとおり蠟燭がともっていますし、子供部屋へ行く戸口以外には、どこにも出口はありません。さっき足音を聞いた時には、わたくしは完全に目がさめていて、落ちついていたのです。

その後幾月か、とくに注意をひくような物音は聞こえませんでしたが、やがてその年の十一月に、わたくしがホールの上の「更紗《さらさ》の寝室」でやすんでいた時に、一、二度なにか音楽の声が聞こえ、とくにある晩は、どこか階下の扉を棍棒かなにか重い物で、烈しくノックする音が三つはっきり聞こえました。てっきり強盗がはいったものと思って、すぐに鈴を鳴らしましたが、だれもそれに答えるものがありませんでしたし、怪しい物音もそれぎり止んでしまったので、べつになんでもなかったのだと、その時はそれ以上考えずにしまいました。その後、一七七一年の初めに、家じゅうでなにか低い人の声が聞こえるなと思ったことがたびたびありましたが、これはいままで聞いたこともないような音でした。しんとした静かな夜なかに聞こえるのですから、風の音などではありません。

忘れもしない二月二十七日の朝、小間使のエリザベス・ゴーディンが部屋へまいりましたから、お天気もようを尋ねますと、返事の声がいやに情ない、蚊の鳴くような声なので、気分でも悪いのかといって尋ねると、いいえ、べつにどこも悪くはございませんが、昨晩ひと晩じゅう、あんな恐ろしい思いをしたことは、あとにもさきにもございませんと申します。寝床のまわりで世にも恐ろしいゾッとするような呻き声を聞いたのだそうで、それから起きて部屋じゅうをあらため、暖炉の煙出しのなかまで覗いてみましたが、月の光がこうこうとさしているのに、なんにも見つかったものはなかったと申します。べつにわたくしはその話は大して気にもとめませんでしたが、でもちょうどその日は、二、三日前に亡くなった、うちには古い馴染だった女中頭のパーフェイトの亡骸《なきがら》をヒントンの墓地に夕方埋葬した日でしたから、だれかにお前の部屋は亡くなったパーフェイトさんが前にいた部屋だよなんて言われたら、きっとこの子は、二度とその部屋に寝るのをいやがるだろうと、ふとそんなことが頭にうかびました。

その後五週間たって、四月二日の夜、わたくしは夜中に目がさめました。枕元の時計を見ると、一時まわっています。しばらく寝つかれぬまま、もじもじしていますと、やがてすぐ隣りのロビーを行ったり来たりする足音が聞こえます。そっとベッドから下りて、二十分ほど扉ごしに耳をすましていますと、足音がはっきり聞こえるほかに、だれか扉へグイグイ押しつけられているような音も聞こえます。自分が寝ぼけているのではないことが分りましたから、思いきってわたくしは鈴を鳴らしました。さきほどそれを鳴らさなかったのは、ちょうど乳母が熱を出してぐあいが悪かったので、病人をわざわざ起すこともないと思って、ひかえていたのです。子供部屋に子供と寝ていた小間使のエリザベスが、鈴の音を聞いて、すぐに起きてきました。ロビーにだれか人のいることが分っていたので、わたくしは寝室の扉を明ける前に、だれかそこにいたかと尋ねますと、いいえ、どなたもいませんという返事なので、それからわたくしも出て行って、窓を調べてみましたが、窓は締まっていますし、寝椅子の下をのぞいて見ましたが、むろん人のかくれる余地などありません。暖炉の煙出しの蓋も見ましたが、これも締まっています。念のために明けてみましたが、なにも中にはいません。ロビーへ出る扉も、毎夜のとおり鍵がかかっています。ほうぼう隈なく調べ終ってから、わたくしは部屋のまんなかに立って、あの物音の原因は一体何だったのだろうと首をかしげていますと、ふとその時、「黄いろい寝室」へはいる入りこみの扉が、いきなりギーと音をたてました。まるでその蔭にだれかが立っていて、ギー、ギーとあけたりたてたりしているような音です。わたくしはもうたまらなくなって、夢中で子供部屋へ駆けこむと、下男たちの部屋へ鳴らす鈴をガランガラン鳴らしました。御者のロバート・ケイミスが、階段の踊り場の上の戸口へ飛んで行きました。そこは毎晩厳重に戸締りがしてあるので、窓からはいる以外には、誰もそこへははいれません。「黄いろい寝室」の戸のかげに、誰かいるらしいよとわたくしはどなりました。ロバートは蠟燭をもって、丸太ン棒をえものに握り、エリザベスとわたくしはそのうしろに立っていました。ロバートが「黄いろい寝室」の扉を明けましたが、だれもそこにはいません。「黄いろい寝室」の扉は錠が下りていて、鍵がぶら下がっており、大きな閂が扉の外に渡してありました。やがてロバートは元どおり戸に錠をかけてから、自分の部屋へ戻って行きました。わたくしは子供の部屋へ行って横になりましたが、三十分ほどすると、またしても、ドン、ドン、ドンと三つノックする音が聞こえました。その翌晩は、どこか階下から聞こえてくる音なのですが、どこなのかはっきり分りませんでした。その翌晩は、自分の部屋へ戻ってやすみましたが、夜じゅう、前に申したような低いブツブツいう声が、時をおいては聞こえておりました。

五月七日に、このブツブツいう声がいつになく大きくなりました。なにかこれはいつもより大きな物音のする前兆だろうと思って、その晩はおちおち目がつかず、とうとう起きだして子供部屋へまいって、三時半までそこにおり、そのうちに夜が明けてきたので、すこし眠ろうと思って、自分の部屋へ戻って、床にはいりました。すると四時十分前に、ちょうど寝室の下の大ホールの扉がえらい音をたててバタンと鳴り、そのひびきでこちらの部屋までグラグラ揺れたのが分ったくらいでした。床からはね起きて、急いで玄関を見下ろす窓からのぞいてみましたが、外はもう明るくなっているのに、それらしい人影も見えません。玄関の大戸は、調べてみましたら、いつものとおり錠がかかって、閂が下りておりました。

このことがあってから、わたくしは自分の部屋の小さなベッドに、女中にいっしょに寝てもらうことにいたしました。怪しい物音はだんだん頻繁になり、そのたびに、女中もわたくしと同じようにその音を聞きました。それでもわたくしは、こういう怪しい出来事を人さまに吹聴するのはいやで、自分でいろいろあの手この手と探索をつづけておりましたのですが、どうもいたずらをされる模様がいっこうに発覚いたしません。いたずらどころか、どうやら怪しい物音は人間のわざではなさそうだということが、だんだん自分にも分ってまいりました。でも、そんな考えを洩らしたらどんなことになるか、それが分っておりましたから、そのことは自分の胸のなかだけに畳んでおきました。盛夏を過ぎるころから、怪しい物音はいよいよ毎夜耐えられないほどになってきました。まだ床へはいらないうちから始まって翌朝陽がカンカンにさす頃まで断続的につづくのです。ブツブツ言っていた声も、ときどきはっきりした声に聞こえる時があります。ふだんはかん高い女の人の声がなにか言いだすのですが、この頃ではそれにふた色の太い男の声が加わってきました。でも、話し声はすぐ自分の耳もとで聞こえるふうなのですが、ことばはなにを言っているのか、ひとことも聞き分けられません。ある晩のこと、わたくしの寝ている寝台の帳《とばり》が、だれかが触ったようにザワザワ音がいたしました。女中のエリザベスに聞こえたかと尋ねますと、はっきり聞こえたと申します。部屋のなかで音楽の音も、なんどかわたくしは聞きました。正確なはっきりした調べではありませんが、一種の震動のような音です。そして、足音、話し声、ノックの音、扉をあけたてする音は、毎夜のように繰り返されておりました。

ちょうどその頃、わたくしの兄（原註・のちにセント・ヴィンセント卿になった人）が地中海から帰ってきて、わたくしどもへ泊りにまいりましたが、あんまりおかしな話なので、兄にもわたくしは自分の話はいたしませんでした。ところが、ある朝うっかりして、「ゆうべはお下《しも》の者がうるさかったもんだから、早く寝るようにわたし鈴を鳴らしたりして、さぞうるさかったでしょう」と申すと、兄は、いやべつになにも聞こえなかったと申しておりました。

その翌日の朝三時ごろに、兄はポーツマスへ帰るので、屋敷を出立して行きましたが、そのあと、わたくしは女中のエリザベスと寝床に横になったまま起きておりました。エリザベスはいつものようにベッドに坐りこんだまま、恐いものでも捜すように、きょろきょろあたりを見まわしていました。と、その時、だしぬけに、寝室のとなりのロビーの床の上に、なにかもの凄い力で物を倒したような轟然たる音がいたしました。わたくしはギョッとしてエリザベスに、「まあ、こわい！　お前今の音、聞こえたかい？」と声をかけました。

　エリザベスが黙って返事もしないので、重ねて聞きますと、あんまり恐かったので声が出ませんで……と吃ったような声で答えました。とたんに、さっきもの凄い音の聞こえた階下から、キャッという恐ろしい悲鳴の声が聞こえました。三、四たびその声が聞こえて、だんだん下のほうへ沈んでいくように細くなって、しまいに地の底に消えてしまいました。子供部屋に子供たちといっしょに寝ていたハンナ・ストリーターも、同じ音を聞き、この女はあまりの恐さに気が顚倒して、二時間ばかり気を失ったまま床のなかにいたと申しておりました。

　このハンナという乳母は、前からの物音は聞いていなかったものですから、もっと聞きたいなどと強いことを申していましたが、その時からここの家を出るまで、ほとんど毎晩のようにだれか自分の寝ている部屋の入口へ人がきて、扉をむりやり明けようとするように、ミシミシ押す音が聞こえたと申します。

　この最後の経験がたいそう恐かったものですから、わたくしもこんどこそは兄がヒントンへ見えたら、洗いざらい話をうちあけて、肩の重荷をおろそうと覚悟をきめました。しきりなしの物音と、しじゅう気がやすまらないのとで、なんですかときどき熱が出たり、咳がとまらなかったりしておりましたが、今申す覚悟をきめてからは、体の調子がめっきりよくなりました。

そんなわけで、兄のまいるのを一日千秋の思いで待っておりましたが、兄のポーツマス滞在は予定よりも一週間以上も長びき、そのあいだにこちらは部屋をとりかえたりして、なんとか落ち着けるような工夫《くふう》につとめました。そんなわけで、前に女中のエリザベスが寝起きしていた部屋に移りました。部屋の用意ができたのは、かれこれ夜の十時ごろで、さて床にはいりますと、またしても前に申したのと同じ物音が聞こえだしました。部屋を移すにしても、いきなり人手をかりて、にわかにどこかへ移るのでなければ駄目だと知って、それでじつは前触れもなしに、とつぜん部屋を変えてみたのでしたが、やっぱり駄目でした。

その次の週に、兄がやってまいりました。すぐにも話をしたいのは山々だったのですが、一晩だけでも兄を安らかに寝かしてやりたいと思って、つい翌日の朝まで言いだしそびれてしまいました。でも、あしたの朝、びっくりするような話をしてあげるから、そのつもりでいらっしゃい、そのかわりわたくしの申し上げることは嘘いつわりのない話だから、そのつもりでね、とだけは言っておきました。

翌朝兄に話をしますと、兄は怪訝《けげん》と驚きをもって、わたくしの話を聞いてくれました。ちょうど話が終ったところへ、わたくしどもの隣人のキルムストンのルトレル大佐がひょっこりお見えになったので、わたくしは、大佐にもその話をお裾分けするように、兄にすすめました。やがて大佐は気やすい調子で、わしもひとつその調査に参加しましょうと申し出になりました。そこで、では今晩遅めにいらしていただいて、兄と手分けをして夜番をすることにしましょう、ただし、この計画はどこまでも内緒にしておくこと、ということに話がきまりました。兄は昼間のうち、ジョン・ボルトンという供の男をつれて、屋敷のうちを隈なく見まわり、とくに二階の部屋と屋根裏の部屋は念を入れて調べました。隠れられそうな場所は虱つぶしに調べ、家族のいる部屋へかよう入口は別として、ふだん鍵のかかっている扉はいちいち見てまわりました。

その晩兄は、奉公人たちのホールの真上にある部屋に休みました。ルトレル大佐とボルトンは、その隣りの「更紗の寝室」に陣どり、わたくしは女中のエリザベスの部屋にやすみ、子供たちは子供部屋に寝ましたから、二階の部屋はぜんぶそれでふさがったわけでした。わたくしは裏梯子へかよう入口の扉に、閂をおろして錠をかけておきましたから、ルトレル大佐が寝ず番をなすっておいでの部屋にかよう入口以外に、わたくしの部屋にはほかに入口は一つもなくなりました。

床に横になるがいなや、だれか入口のすぐそばにいるような、床ずれの音が聞こえました。わたくしはエリザベスに、ほらお聞き、あの音がつづいてするようだったら、ルトレル大佐に申し上げるのだよと申しますと、女中はそのとおりいたしました。大佐はすぐさま隔ての戸をおあけになって、わたくしどもに声をおかけになりました。

ここで、大佐が翌朝兄とわたくしにおっしゃったことを述べておきましょう。

大佐は、だれかロビーを渡っていく足音をお聞きになったのだそうです。で、すぐに扉を明けて、「そこへ行くのは誰だ！」と大きな声でどなりつけました。するとご自分のすぐそばをサッと通りぬけたものがありました。と、兄が「そこの扉を見ろ！」と叫びました。兄も起きていて、怪しい物音も、大佐の誰何《すいか》の声も聞いていたのです。そこで起きて出てきて、兄も大佐とごいっしょになりました。すると驚いたことに、そのあと続いていろいろ怪しい物音が聞こえました。しかし、どこを調べても、なにをあらためても、なにも見えないし、階段の戸も、宵に締めたままに鍵がかかっております。兄とボルトンは三階へ上がって行ってみましたが、奉公人たちは一人残らず自分々の部屋にいますし、どこの扉にも鍵がかかっています。三人は夜の明けるまでいっしょに寝ず番をして、夜が明けたところで、兄は自分の部屋へ戻ってまいりました。ちょうどその頃だったと思いますが、わたくしは「更紗《さらさ》の寝室」の扉が明いて、それがもの凄い音をたてて締まったのを聞き、またすこしたってから、こんどは階下のホールの扉がやはり同じような音をたてたのを聞きました。これはてっきり兄がしたのだと思って、わたくしはエリザベスに、まあ、兄としたことがどうしたのだろう、ふだんは子供の目をさまさせないように、あんなに気をくばる人が……と自分の不審を洩らしたくらいでしたが、それから一時間ほどしますと、こんどは玄関の扉が同じように、家が揺れ返るほどの音をたてました。その時はまだ誰も起きている者がなく、それから三十分ほどたってから、召使たちが起きて、階下へ下りていくけはいがしておりました。朝食のときに、わたくしが昨夜の物音のことを申しましたら、扉をあけたてしたのは自分がしたのだと兄は申しました。すると大佐が、「いや、あなたは音などたてやしなかったよ。それはあなたの部屋の扉で、そのあとだよ、奥さんがおっしゃるようなえらい音がしたのは」とおっしゃいました。

兄は扉が明いたり締まったりした音は聞かなかったのだそうですが、そのかわり、ひと足先に床にはいって、大佐とわたくしがまだ下におりました時に、兄はなんだか得体の分らない恐ろしい呻き声を聞いたと申しておりました。ボルトンは、その時はうちの奉公人たちと下にいたそうです。

ルトレル大佐は、昨夜のようなことがあったんでは、とてもこの家は、人間が安住するすまいにはなりませんなと、しきりにおっしゃっておいででした。兄もそれには賛成でしたから、わたくしはさっそくヒルスボロー夫人の執事のセンズベリ氏に、至急ご相談したいことがあるから、ご来駕を待つ、お話はおいでになればおわかりになる、という意味の電報を打つことにきめました。ところが、センズベリ氏はあいにく痛風でお引きこもりで、代人として事務員を差しむけてよこされましたが、十五歳の若者では、お話をしてもむだだろうということになりました。

兄はその週のあいだ、ヒントンに泊って、毎晩起きておりました。するとある晩のこと、真夜中に、とつぜん鉄砲だかピストルだかの音がすぐ身近でして、わたくしは胆をつぶしました。銃声につづいて、だれか苦悶をするような、でなければ瀕死の人みたいな呻き声が聞こえました。その晩の音と声は、どうもわたくしの部屋と、その隣りの子供部屋にしてある部屋との間のどこかから起ったようでしたから、わたくしはさっそくエリザベスを乳母のホーナーのところへやって、今の音でびっくりしなかったかと聞かせましたら、乳母はそんな音はなにも聞かないと申していたそうです。翌朝になって分ったのですが、兄もその晩はなにも聞かなかったと申しておりました。もっともそういえば、大きな音がだれか一人か二人の人だけに聞こえたことは、なんどかありました。そういう時には、同じ時に音のおこった場所のすぐ近くにいながら、ほかの人間には、ぜんぜん聞こえないのです。

た。ある日、兄がそんなふうにひと足先にやすんだものですから、わたくしは子供たちに供の者をつけて、外へ散歩に出してやりました。乳しぼりの女中は乳をしぼりに、コックは洗い場に、わたくしの女中は兄の供の者といっしょに、お下《しも》のホールのほうにおりました。わたくしは客間でひとり本を読んでおりますと、兄の部屋からけたたましい鈴の音が聞こえました。すぐに飛んで行きますと、兄がわたくしに、なにか怪しい物音を聞いたかと尋ねます。「おれが今横になって目をさましていると、なにかえらく重い物が、あのマホガニーの戸棚をつたって、天井から床へえらい音をたてて落っこちてきたんだ。べつにおれは寝ぼけていたわけじゃないぞ」といっているところへ、ボルトンも駆けつけてまいりましたが、この男はすぐ真下の部屋にいたくせに、ぜんぜんなんの音も聞かなかったと申しておりました。

兄はとうとう兜《かぶと》をぬいで、この屋敷から帰らしてくれといって、わたくしに拝むように頼みました。もしおれがポーツマスへ帰る前に、ここを引越しできなければ、自分の艦のニコルス少佐をよこすからと申します。ニコルス少佐はわたくしどもとは昔からの顔なじみなので、こちらの引越しの支度ができるまで、泊っていていいということでした。

ところで、もう一つ、これはぜひとも書き落としてはならない、驚いたことがありました。ある晩のこと、みんなして怪しい出来事をああだこうだと語りあっておりますと、いつも客間のわたくしのそばにいる飼い猫が、妙なようすをしだしたのに気がつきました。猫はその時も、ふだん居なれているテーブルだの椅子の上に、なんのこともなく坐っていたのが、とつぜんその時、たいへんな恐怖にでも襲われたように、ソロリソロリと這いだすと、いきなりわたくしの椅子の下に身をかくして、わたくしの足に頭をすりつけるようにすくんでしまったのです。しばらくしてから、ケロリとしたようすをして猫は出てまいりましたが、この話を兄にしてからまもなく、わたくしの話がびっくりするような形で実証されたのでした。べつに動物を驚かすようなことは、なにもしなかったのに、猫は今申したとおりの動作をしたのです。奉公人たちの申すところによりますと、わたくしどもにスパニエル犬が一匹おりましたが、これがやはり同じように怪異を感じたそうです。もっとも、これはただ、そういう噂にすぎません。

メアリ・リケッツ

リケッツ夫人は、以上の話にいくつかの註記を記しているが、これは明らかに後になってから書き添えたものにちがいない。夫人はヒントン・アンプナーからウルヴシーの古い屋敷に移転した。その屋敷はウィンチェスターの僧正が夫人に貸したのである。移転先の屋敷の支度がととのう間、夫人は、ヒントン屋敷の近くに住んでいたケイミスなにがしという中年の婦人としばらくとどまっていた。今まで夫人の話を聞いた人達は、いろいろに話を受けとっている。この話を頭から信じなかったホードリー上院議長には、夫人はだいぶご機嫌斜めであった。ラドナー卿は夫人の話をたいへんおもしろいといい、ウィンチェスターの僧正は、悪魔祓いの式を修さなかったことを大いに残念がっておられた。リケッツ夫人はヒントンを去る時、鍵はケイミスという婦人にあずけて行ったので、天気のよい日には、この婦人がきては屋敷の窓を明けていた。ヒントン屋敷には、その後だれも住みついたものはない。曰くつきの屋敷だから、だれも借りてはなく、しまいにはとうとう取り壊すことになった。取り壊しの最中に、職人がある部屋の床下から小さな髑髏《どくろ》を見つけだしたが、それは猿の頭蓋骨だったということである。ちゃんと箱にはいっていて、上から紙で何枚にも包んであったところを見ると、内乱のおり、ホールの床下に隠匿されたものなのだろう。

エプワース牧師館の怪

訳者註。――エプワース牧師館は、メソディスト派の開祖ジョン・ウエズリーの父サムエルの居宅で、ここにまつわる怪異も、イギリスの怪異史では有名なものの一つである。実録はいろいろの文献書に散見し、これに対する論評も多くの人が書いている。最近では「ポルターガイスト」(騒がしい音を立てる幽霊)の顕著な例として心理学者や精神分析学者もこれをとりあげて研究している。アンドリュー・ラングなどは、「あの怪異は、疑いもなく鼠と水道管のいたずらだが、だからといって、実話そのものの妖怪味はそれによってけっして損なわれはしない」といって否定論に傾いているが、その反対に、アーサー・ヒルという人などは、「ラングは小説家で童話の編さん者だから、それで鼠や水道管が扉の閂《かんぬき》を明けると思っているのだろう」と揶揄している。実話としては、アイダ・クラーク女史の怪談実話集「死にたくない人」のなかの一篇が、最も新しいものだけに、データがよく整理されて、実話読物として簡約な好短篇になっているが、版権のつごうでこれは割愛したかわりに、ここにはジョン・イングラムの「幽霊屋敷考」のなかから、その項の部分を訳出しておいた。訳者の目に触れたもののなかでは、このイングラムのものが、一ばん多くジョン・ウエズリーの陳述を引用している。ちなみに、のちにメソディスト派の開祖になったジョンが、幼少の頃に経験したこの父の牧師館の怪異の印象を深く心に刻んで、心霊の世界に進んで行ったことは、いろいろの意味で興味ふかい。

メソディスト教の開祖ジョン・ウエズリーの父、サムエル・ウエズリー師は、一七一六年に、英国リンコルンシャのエプワースの教区牧師になった。そのエプワースの牧師館に、その年の十二月と翌年の一月に、世にも気味のわるい幽霊が出たのである。この怪異の記録を、サムエル牧師は日記に書きのこしており、のちにこの日記を、サムエルの子のジョン・ウエズリーが編さんしたものが、当時「アーミニアン雑誌」に載った記事の骨子をなしているのである。雑誌に載った記事は、サムエルの日記に書かれている記録のほかに、家族の各自がたんねんに書いた陳述が加えられているから、幽霊屋敷の記録としては、他に比類のない最も確実性のあるものになっている。当時の神学界の名士、プリーストリ、クラークの両博士はその記事に序文を寄せ、ことにクラーク博士は長文の「ウエズリー家追憶記」を書いておられるが、「ネルソン伝」を書いた詩人で伝記作家のスージーも、「ウエズリー伝」のなかで、エプワース牧師館の怪異に言及して、次のように述べている。

「その当時、一著述家が、この話を頭から不条理な、信じられないものとして片づけていたのは、滑稽《こっけい》といわなければならない。話が不思議だからという理由でこれを一笑に付するには、あまりにも確固たる証拠がありすぎるといわざるをえない」

ここでエプワース牧師館の怪異の全貌を細説するにも及ぶまいと思うから、読者の便のために、まずジョン・ウエズリーの話のあらましを要約して、それにほかの信頼すべき資料から集めたデータを添えてその補足としたいと思う。

ジョン・ウエズリーは次のように言っている。

「一七一六年の十二月二日に、父の下僕のロバート・ブラウンが、夜の十時ちょっと前に、女中の一人と庭を見晴らす食堂にいると、誰か玄関の扉を叩く音が聞こえた。ロバートが立っていって、扉を明けたが、だれも見えなかった。すると、すぐにまた追っかけて叩く音がして、なにか呻くような声がきこえた。

『ああ、タービンさまだ、あの方は、いつもあんなふうに呻るんだ』ロバートはそういって、もう一ど戸を明けたが、誰もいない。戸を叩く音は、それからなお、二度も三度も繰り返して聞こえ、そのつど戸を明けてみたが、やはり誰もいないので、ロバートも女中もすこし不審に思いながら、やがて食堂から立ち上がって、寝に行くことにした。屋根裏部屋の階段の上までロバートが上がって行くと、そこの隅に置いてある手挽き臼が、とても早くクルクル、クルクルひとりで回っていた。その時のことをロバートは、こう言っている。

『臼が空っぽでなければべつに私も怒りゃしなかったんですがね。麦でもはいっていれば、私にかわって回していてくれたと思いましたよ』床へはいった時、ロバートは自分の床のすぐそばに、七面鳥がいるのではないかと思ったという。七面鳥のような声が聞こえたのだそうである。しばらくすると、自分のぬいだ靴の上になにかドサリと倒れた音がした。しかしべつに倒れた物もない。それで靴を下におろして、それから寝た。翌朝ロバートと女中は、もう一人の女中に昨夜のことを話すと、『馬鹿だね、お前さんたちは！　あたしゃ恐いものなんかなんにもないよ！』と相手はゲラゲラ笑っていた。その晩その女中がバタを煉って、煉ったバタを鉢に入れて、酪農室へ持っていくと、そこへはいるがいなや、ミルクの樽が何本かのっている棚板を、はじめは上の棚を、つぎには下の棚をドン、ドンと叩く音が聞こえた。女中は蠟燭をもってきて、上の棚と下の棚をしらべてみたが、なんにもいないので、きゅうに恐くなって、バタの鉢をそこへおっぽりだすと、ほうほうの体《てい》で逃げだしてきた。

その翌晩五時半ごろ、当時十二歳だった私の妹のモーリーが、食堂で読み方の本を読んでいると、ホールへ行く扉がスーッと明いて、だれか衣ずれの音を引いてはいってきたらしい音を聞いた。なんでも自分のうしろをグルリと回って、戸口のところへ行き、また戻ってきて自分のうしろをグルリと回ったようであったが、姿はなんにも見えない。モーリーはとっさに考えた。『逃げたって、むだだわ。なんだか知らないけど、どうせ向こうは、私より早く駆けられるにきまっているから』そう思ったから、やがて妹はしずかに立ち上がって、本を小脇にかかえると、ゆっくりとその部屋を出てきた。夕飯のあとで、妹は一つ年上の姉のスーキーに、その話をすると、スーキーはフフンと笑って、『あんたって、度胸がないのね。あたしなら、思いきり恐い目してみたいわ』といっている矢先へ、テーブルの下でトン、トンという音がした。スーキーは手早く蠟燭を手にとって、テーブルの下をのぞいて見たが、なんにも見えなかった。するとこんどは、鉄の箱がガタガタ鳴りだした。その次には、扉の引き手が上下に動きだした。さすがのスーキーも胆をつぶして、寝間着も着かえずにベッドにとびこむと、頭から布団をひっかぶって、とうとう朝まで顔を上げることができなかった。

それから一日二日たった夜、九時すぎに、モーリーより一つ年下の妹のヘッティーが、いつものように父の蠟燭を下げに行くのを待っていると、だれか屋根裏のはしご段を下りてくる足音が聞こえ、それが自分のそばをゆっくりと通りぬけて、大階段を下りて行き、やがてまた大階段を上がってきて、ふたたび屋根裏のはしご段を上がって行くのが聞こえた。そして一足ごとに、家じゅうが上から下までグラグラ揺れたようだった。ちょうどその時父が扉を叩いたので、ヘッティーは中へはいって蠟燭をもらうと、急いで床のなかへすっ飛んではいった。翌朝ヘッティーは一番上の姉にその話をすると、上の姉は『そんな馬鹿なことって、あるわけないわ。いいわよ、今夜はあたしが蠟燭を下げにいくから。いたずらの正体、きっと見破ってやるわ』と言った。で、その晩はこの姉がヘッティーの代りに蠟燭を下げに行った。蠟燭を下げたとたんに、階下で物音が聞こえた。そこで急いではしご段を下りて、物音のしたホールへ行ってみると、こんどは台所で音がした。そこで台所へ走って行くと、台所の屛風《びょうぶ》の内側で、ドンドンと音がしているから、屛風のむこうへ回ってみると、こんどは屛風の外側で音がする。そんなふうに、物音はいつも彼女の反対側でする。へんだなと思っていると、こんどは台所の扉のうしろで、ノックの音がした。急いでそこへ駆けよって、音をたてないようにそっと錠をはずしていると、またノックの音がしたから、いきなり扉を明けてみた。しかし、なにもいなかった。そこで元どおり扉を締めたら、とたんにまたしてもノックの音がした。で、また扉を明けてみたが、やっぱりなにも見えないから、そこを締めようとしたら、また叩いてきた。しかし、こんどは明けないで、彼女は扉を膝と肩で押さえて、鍵を下ろしてしまった。ノックの音はまだしていたが、彼女はそのまま叩くにまかしておいて、床へはいってしまった。しかしその時から彼女は、これはだれかがいたずらをしているのではないということが、はっきり自分に分った。

翌朝、妹は前夜の話を母にすると、母は『わたしが自分で聞けば、判じ方もあったろうがね』と言った。まもなく、妹は、母に子供部屋へ来てくれと頼みにきた。母が行ってみると、なるほど子供部屋の隅で、揺り籠かなにか烈しく揺するような音が聞こえる。しかし、子供たちが大きくなったから、揺り籠なんか何年にも子供部屋にあったためしはない。母は、これはどうもただことではないと知って、夜分寝てから、自分の部屋でそういうことが起らないようにと、熱心に祈禱をあげた。そのせいか、母の部屋ではそうしたことは起らなかった。とにかく、一応父の耳に入れておいたほうがいいと母は思って、父にその話をすると、父はひどく怒って言った。『スーキー、お前も困った人だね。子供たちがおたがいに威かしごっこをしているのだよ。お前だって分別はあるんだから、もうすこし物事をよく知りなさい。そういう話は、おれは二どとご免だぞ』

その晩六時に、父はいつものとおり、家族たちを集めて祈禱をした。父が国王に祈りを上げだしたとたんに、部屋じゅうに響き返るようなノックの音が聞こえた。『アーメン』を唱えると、ドン、ドンと雷のような音がしたのである。その時から、同じ音が毎朝毎晩、国王にアーメンを唱えるときに、かならず聞かれるようになった。父も母もいまは安楽往生して、べつにこんなことを気に病むこともないと思うので、私は読者への義務として、この時の事情に鍵を与えておこうと思う。

国王ウィリアムが薨去《こうきょ》する前の年、父は一家のものが国王へ祈りをささげる時に、母がアーメンを唱えないのを知った。どうしてかと尋ねると、母はオレンジ公を国王とは信じられないから、アーメンを唱えないのだという。そこで父は、お前が国王にアーメンを唱えるまで、おれはお前とは一つ屋根の下に住まんといって、ぷいと馬に乗って家を出たきり、その後一カ年のあいだ、母には父の消息がぜんぜん知れなかった。やがて父は家にふたたび帰ってきて、以前のように母といっしょに住んだのであるが、さきに言った誓約を、おそらく父は神の前で忘れたのではなかろうか」

ジョン・ウエズリーのエプワース牧師館に関する話は、まだ続く。「ある時、ヘイクシーの牧師のフール氏が、わたくしに折り入って話したいことがあるというので、出向いて行くと、フール氏がわたしにこんな話をした。

『じつはお宅の下男のロバート・ブラウンがこの間やってきて、あなたのお父さんが私に会いたいといっているというので、行ってみると、お父さんから牧師館の怪異の話――ことに家族の祈禱のおりにノックの音がするというお話があった。しかし、私がお邪魔したその晩は、いいあんばいに怪しい音は聞こえなかったが、ところが夜ふけてから、九時すぎだったと思うが、召使の方がはいってきて、《ジェフリー老人がまいります。いま合図がきこえました》という(このジェフリー老人というのは、牧師館で亡くなった老人であった)。お話をきくと、毎晩十時十五分前ごろに、その合図の音が聞こえるということだった。牧師館のてっぺんの北西の隅のところあたりで、大きな鋸《のこぎり》をひくような音というか、あるいは粉屋の風車を風の向きに向けかえる時みたいな音が、外から聞こえるとかいうことであったが、やがてのことに、われわれのいる頭の上でノックの音が聞こえだした。ウエズリーさんは蠟燭を手に持って、《どうです、ひとつ自分で聞いてごらんにならんか》といわれるので、二階へごいっしょに行ったが、お父さんは大いに希望を持たれておったようだが、こっちはじつをいうと、おっかなびっくりだったよ。で、子供部屋へ上がって行くと、隣りの部屋でノックの音がしている。それから隣りの部屋へはいってみたら、こんどは子供部屋で音がする。それからまた子供部屋へ引きかえすと、こんどはわれわれがおっても、そのまま音がしておった。とくに、ヘッティーさんと二人の妹さんが寝ておられるベッドの上で、さかんにノックの音が聞こえた。子供さんたちはよくやすんでおられたが、眠っていても恐いとみえて、かわいそうに汗をびっしょりかいて、ブルブル震えておられる。そのようすを見て、ウエズリーさんはたいそう怒って、いきなりピストルをとりだして、あわや音のするあたりへ発砲なさろうとするから、私はあわててその腕をつかんで、《ウエズリーさん、こりゃあなた、この音はただの音じゃありませんぞ。なにか妖怪のしわざですよ。とすると、ピストルなんかで打ったって、相手を傷つけることはできませんぞ。そんなことをしたら、逆にこっちを傷つける力を相手に与えるようなものだ》と申し上げた。そこでお父さんは、音のするそばまでツカツカと行かれて、きびしい声で、《やい、啞で聾のばけもの！　なぜきさまは、こういう頑是《がんぜ》ない、無力な子供たちをおどかすのだ！　来るなら、おとなのおれのところへやって来い！》とどなりつけると、とたんに、羽目板が割れんばかりの大きなノックの音がした。それっきり、その晩はなにも聞こえなかったがね』」

このフール牧師の話を、ジョン・ウエズリーは次のように補足している。

「父はこの時まで、自分の書斎で怪しい音はいちども聞いたことがなかった。ところが、この晩の翌朝、書斎へはいろうと思って（書斎の鍵は、父以外の者は持っていなかった）、扉を明けると、とたんにえらい勢で、中から、なにものかに突きとばされた。思わず尻餅をつくほどの力であった。しかし、父はひるまずに扉を押し返して、中へはいった。するとまもなく、ノックの音がした。はじめはこちら側、次にはそちら側、しばらくおいてから、こんどは隣りの部屋から聞こえた。隣りの部屋には、私の妹ナンシーがいた。父はその部屋へはいっていくと、ノックの音はまだ止まないので、父は『黙っておらずに物を言え！』とどなりつけた。しかし、返事はなかった。父は妹に『こういう悪霊は暗闇が好きだから、蠟燭を消したら、なにか言うかもしれん』というので、妹が言われたままに蠟燭を消すと、父は『どうだ、物を言え！』とまたぞろどなったが、ノックの音がするだけで、声らしいものはしない。そこで父は重ねて妹に言った。『ナンシー、悪魔はクリスチャンが二人いては、きっとかなわぬのだよ。お前たち、みんな階下へ行きなさい。父さん一人になったら、なにか言うかもしれんから』で、ナンシーが部屋から出ていくと、父はあることを思いついて、言った。

『きさまは、わしの伜《せがれ》のサムエルの心霊なのか。もしそうだったら、三つノックしてみろ。三つだぞ』すると、しーんとしてしまった。その日は夜になってもノックの音は聞こえなかった。私は妹のナンシー（当時十五歳）に、お父さんが怪しいものをどなりつけた時に、お前は恐くなかったかと尋ねると、妹は、蠟燭を消したら、ほんとに相手がなにか言やしないかと思って、とても恐かったけど、昼間は怪しいものが自分のあとから歩いてきても、ちっとも恐くない。勉強をしようという時には、父が手つだって、手間をはぶいてくれるだろうと思うと答えた。

妹たちは、もうこの時分には怪しい物音に慣れっこになっていたから、たいして騒ぎもしなかった。寝ている枕元をしずかにトン、トンと叩く音は、いつも夜の九時から十時の間にはじまった。その音を聞くと、妹たちは、おたがいに『ほら、ジェフリーが来たわよ。もうおやすみの時間よ』と言いあったものである。昼間音がすると、一ばん下の妹などは『ケッツィー、ジェフリーが上で叩いているわよ』といって二階へ駆け上がって、音のする部屋から部屋を、ホラこっちだ、ホラあっちだと、いい遊びごとにして追いかけまわしたものである」

ジョン・ウエズリーは、さらにもう一つ別の時の例を挙げている。

「ある晩、父と母が寝室にはいったばかりで、まだ蠟燭も下げないでいる時に、ベッドのそばにある大きな樫《かし》の簞笥《たんす》をドン、ドン、ドンと三つ叩くような音がしたという。三回音がして、三回とも三つずつ叩いたそうである。父はすぐに起きてナイトガウンをひっかけると、こんどは階下で大きな音がしたので、それから蠟燭をもって階下へ下りて行ってみた。母もいっしょに、父のそばに並んで下りて行った。二人が広い階段を下りていくと、いきなり母の胸もとへ、なにか銀貨をいっぱい入れた容器でもぶつけて、中身がジャラジャラと足もとへばらまかれたような音がした。とすぐそのあとから、こんどは階段の下の空瓶がたくさんはいっている中を、大きな鉄の鐘でもガランガランころがしたような音がした。が、べつに怪我もしなければ、空瓶も割れなかった。するとそこへ、うちで飼っている大きな猛犬が駆けこんできて、父と母の間へ隠れるようにすくなんだ。この犬はいつも怪しい物音が起きると、音を追っかけて、吠えたり、とびついたり、嚙みついたりするのである。それが誰にもまだ物音が聞こえないうちから、それをやることがよくあった。それでケロリとしているが、二、三日たつと、またブルブル震えだして、音のはじまる前に、こっそりどこかへもぐりこんでしまう。だから家の者は、犬がそんな様子をしだすと、怪しい音が間近に迫っていることを知ったわけで、この予告はいままで一回もはずれたことがなかった。

さて、父と母はその時階下のホールへはいると、そこでまた、大きな石炭の塊でも床に打つけて、粉々に砕けたような、えらい物音を聞いた。しかし、なにも見えない。そこで父は母に、『おい、今の音聞かなかったか？　台所で鍋かなにか落ちたらしいぞ』と言った。二人して台所へ行ってみたが、鍋はちゃんといつもの場所にあった。と、その時、裏口の扉をはげしく叩く音がした。いそいで父が明けてみたが、なにもいない。するとこんどは、玄関の扉を叩く音が聞こえた。父はそこも明けてみたが、これも骨折り損のくたびれ儲けであった。裏口を明けると玄関で聞こえる、玄関を明けるとまた裏口で聞こえる、というふうに数回叩く音がした。父はあきらめて床にはいったが、怪しい物音は夜じゅう、家の中じゅうでうるさく鳴りつづけて、父は朝の四時まで安眠することができなかった。

父の知人たちは、みな父に、ここの家を引っ越したほうがいいと忠告してくれたが、父はそういう人たちには、いつもきまって『いや、大丈夫。そのうちに悪魔を退散させてやるよ。こっちが悪魔から逃げる手はないさ』と強情に言いつづけていた。が、そのうちに、父はロンドンにいる私の長兄に、こちらへ来るように手紙を出した。兄がこちらへ来る支度をしているところへ、また追っかけ父から手紙が来て、怪しい物音は十二月二日から一月の末まで昼夜続いていたが、もうすっかり止まったから安心しろと書いてあった」

以上に引用したジョン・ウエズリーの文章は、すべて父親のサムエル・ウエズリーの日記によったものであるが、サムエルの日記には、ジョンの文章に書かれていない不思議なことが、ほかにも幾つか録されている。たとえば、サムエルの日記のなかに、次のような記事がある。

「余は目に見えぬ妖しき力に、三たび押されたることあり。一度は書斎の机の角、二度目はマットを敷ける部屋の入口、三度目は書斎の扉の右側において、これを経験したり。いずれも室内に足を踏み入れし際なり」

また十二月二十五日の記事に、「余の家の飼犬は猛犬なれど、はじめて怪異の起りし夜よりかならず家人のもとに来りて、さも恐怖おくあたわざる体《てい》にて、怯ゆるごとく吠ゆるなり。その状、わが家の児女よりも、恐るることはなはだし」

ジョン・ウエズリーはまた、家人から怪異を報告した多数の長文の手紙も蔵しているが、その多くは以上述べたようなことと大同小異の記事なので、ここに全文を引用することはさしひかえるが、そのなかでエミリー・ウエズリー（のちにハーパー夫人となった人）の書いたものから二、三の記事を引いてみると、

「この一カ月のあいだ、怪しい事実はもう家の者は誰でも知っています。ほかの者が見たこと

は、ほかの者が報告するでしょうから、私は自分で聞いたことだけをお知らせします。

ある晩のこと、妹たちが『紙の間《ま》』で怪しい音が聞こえたといって、私にその話をしましたが、じつはそれから一週間ほどたって、はじめて自分のベッドのそばで唸り声を聞くまで、私は妹たちのいうことをたいして信じていなかったのです。その晩私は時計が十時を打ってから、いつものように階下の部屋に鍵をかけに下りて行きました。西側の階段の上に出たひょうしに、だれか台所のまんなかで石炭の塊でも投げているような音がしました。私はギョッとして、それから姉のスーキーのところへ行って、二人して階下の部屋をぜんぶ見てまわりましたが、べつにどこもどうもなっていませんでした。その時うちの飼犬はグーグー寝ていましたし、猫も奥のほうでよく寝ていました。やがて二階へ上がって、寝間着に着かえていますと、またなにか物音が聞こえましたから、急いで床の中へもぐってしまいました。ところが、姉のヘッティーは、いつも父の寝るまで待っているので、その時も屋根裏へ行くはしご段のいちばん下の段のところに腰かけて待っていたのです。するとそれからまもなく、姉は自分のうしろのはしご段を、だれかナイトガウンを引きずって降りてきたといって、子供部屋に寝ていた私のところへ転げるように駆けこんできました」

ジョン・ウエズリーは以上のような出来事を要約して、次のように言っている。

「怪しい物が部屋へはいってくる前には、かきがねがひとりでに上がったり、窓がガタガタ鳴ったりすることがよくあった。それから、部屋のまわりにある鉄や真鍮製の物が、きっと音をたてて鳴った。

怪しい物が室内にはいっている時には、どんな音をたてても、かならずなにか陰気なうつろなひびきがはっきりと聞こえた。

そのひびきは、部屋のまんなかの空中で鳴ると思われることがしばしばあったが、もちろん、なにか仕掛があって、そんな音がするわけではけっしてなかった。

母がなにかあった時には角笛を吹けと言いつけるまでは、怪しいものは昼間のうちは出てこなかったが、それを言いつけてからは、どこかの部屋からべつの部屋へはいろうとすると、こちらがはいらない先に、かきがねがひとりでに持ち上がることが度々あるようになった。

父が、啞で聾のばけものめ、罪のない子供たちを威かすな、言うことがあるなら、おれのところへ来い。といって、怪しいものを叱りつけるまでは、怪しいものは父の書斎へはいちどもはいって来たことがなかった。

母が夕方五時か六時すぎてからは、自分の部屋へ出てくれるなと頼んでから、怪しいものは五時以後には母の部屋に出なくなった。また、ほかの時間でも、母が祈禱をしている時には出てこなかった」

以上、とにかく奇怪なことづくめだが、今もってその原因はわからずにいる。

訳者付記。――この話のなかに「ジェフリー老人」なるものが出てくる。ウエズリー父子をはじめ、一家の人達は、この老人がなす怪異だと信じている。諸書に徴するに、この老人は牧師館の爺やかなにかであったらしい。なにが理由で、ウエズリー一家を脅かしたのかよく分らないが、子供たちが恐がっている一面には、「またジェフリーのおじいさんが来たわ」などといっているところを見ると、案外親しまれていたようにも受けとれる。とにかく頑固一徹な老人だったらしく、自分はウエズリー夫人スザンナと同じように、主義としては退位したゼイムズ王をひいきにするジャコバイト党だったので、国王祈禱の時のみならず、教会の祈禱の際にも、そっぽをむいて祈禱をしなかったそうである。

ある幽霊屋敷の記録

訳者註。――この見聞談も有名なものの一つで、この記録は、イギリス心霊学協会々報第八巻に掲載された、実験者ミス・R・C・モートンの書いた記録である。篇中の人名は、すべて仮名である。

この家は、外から見ると真四角な、どこにも見かけるような、典型的な近代住宅であります。道路との境は鉄柵でしきられており、それに門がついていて、門の中は馬車のはいる石畳みが敷いてあります。家の片側は、同じような造りの隣家に接しており、家の反対側は小さな果樹園を隔てて十字路に面していて、果樹園につづいて家の裏側へと庭がひろがっています。庭のはずれに厩《うまや》と小さな小屋がありますが、ただいまは使用していません。

全体にわたって修繕がよく行きとどいているので、はいってから鼠のかげなど見たことがありません。また、家から物音の聞こえる範囲の近所一帯には、梟《ふくろう》なども住んでいません。

この家は一八六〇年ごろ、当時マーケット・ガーデンだった地所に建てられたもので、これを建てた人は、どういう事情があったのか知りませんが、S氏に売ったのです。S氏は英印の混血人で、この家に十六年住んでいました。その間に、ある年の八月（年次不詳）妻を失いましたが、S氏はこの妻をたいそう愛していたので、愛妻を失った歎きから深酒を飲むようになりました。

それから二年たって、S氏は再婚しました。二度目の妻ミス・I・Hは、なんとかしてS氏の深酒の癖を治してやりたいと願いながら、自分も飲酒の習慣につい染みだし、そんなわけで、夫婦のあいだには口論の絶え間がなく、ときには大立回りを演ずることも珍しくありませんでした。喧嘩のもとは、いつも先妻の子供（女の子が二人と、男の子が一人だか二人だかありましたが、いずれもまだ年が小さかったのです）の扱い方と、先妻の宝石類が原因でした。先妻の宝石類は、子供たちにとっておいてやるために、S氏は土地の大工に木の箱をこしらえさせて、そのなかへ厳重にしまっておいたのです。そんなことから、二度目のS夫人は、S氏が死ぬ数カ月前に、とうとうS氏と別れて、クリフトンへ行ってしまいました。彼女はS氏が死んだ時にも死目にも会わず、離別後この家へ足を踏み入れたことは、ついぞありませんでした。ちなみに、この二度目のS夫人は一八七八年にクリフトンで死亡し、遺骨はクリフトンの家の近くの教会に葬られました。

さて、S氏が死んでみると、あとにだいぶ借財などもあったところから、この家は売りに出されました。買い手はすぐに見つかりました。買った人はL氏という老紳士で、この人はだいぶ住み荒して穢《きた》なくなっていたこの家を、すっかりきれいに手を入れて、やがて老妻とここへ引き移ってきました。息子さんが二人あって、ときどきいっしょにいたようですが、長くいたことはありません。

このL老人は、この家へ来てから半年ほどたって、急死しました。まえに住んでいたS氏が死んだと同じ小さな居間で死んだのは、不思議な偶合といえば偶合でしょう。そこは例の宝石のかくされていた部屋です。ただし、この部屋へは幽霊はいちども現われたことがありません。

L未亡人（現存）は、夫の死後無人《ぶにん》になったので、この家を出て、ここよりもっと小さな家に引き移りました。そのあと、だいぶしばらく、約四年くらい、この家は空家になっていました。

以上の期間中は、この家に幽霊が出たという証拠らしいものは、なに一つないのですが、しかしその後調査したところによりますと、そうとう多くの伝聞証拠があります。たとえば、この家の向いの家へよく日雇い仕事にきた庭男の老人など、××さんの家の庭で、黒い服を着た背の高い女の幽霊をときどき見たと言っていたそうです。この老人は、問い合わせてみましたら、すでに物故したそうで、そのおかみさんの居所も尋ねてみましたが、とうとう分らずじまいでした。

一時この町に住んでいて、その後しばらくよそへ行ってからまたこの町へ戻ってきたある婦人（P夫人）に、わたくしはお友達の家でお目にかかりましたが、この婦人は、この家の幽霊の話にたいへん興味をもたれて、どうもその幽霊は、S夫人が死んでからまもなくこの家で見た幽霊と同じもののようだと言っておられました。もうだいぶ以前の話なので、どういう話だったか、今ちょっと思いだせません。も一つ、一八七九年だったか八〇年だったかに、これもお友達から聞いた話ですが、この家は年六十ポンド（今の値段の半分以下）の家賃で、ある婦人に提供されたことがあったそうです。その後一八八二年の四月に、L夫人の代理人が私の父、キャプテン・モートンにこの家を貸したのです。そして父がこの家を借りて住んでいる間に、怪異が次々と起りだしたのです。

モートン家の家族は、父に大病人の母（この二人は幽霊を見ていません）、既婚の娘ミセス・K（これはときおり夫と訪ねてくるだけ）、四人の未婚の娘――私（当時十九歳。私がいちばん多く幽霊を見ているので、この記録の記事も私の実見がいちばん多い）、E・モートン（当時十八歳）、L・M・モートン（当時十五歳に十三歳）。それに二人の息子。――一人は十六歳（この子は幽霊のさかんに見えた頃は家におらず）、もう一人は六歳。以上十人です。

父は一八八二年の三月にこの家を借り受けましたが、私どもはこの家についてなにも異状のあることは聞いていませんでした。四月の末に、この家へ移転。そしてはじめて私が幽霊を見たのが、その年の六月のことでした。

その晩、私は夕食後早くに自分の部屋へ上がって、まだ床にはいらずにいると、だれか入口へ来たけはいがしたので、母が来たのかと思って、すぐにドアを明けて見ました。するとドアの外にはだれも見えないで、ただ廊下を歩いていく足音が聞こえたので、なんの気なしに階段の上を見ると、そこに黒い服を着た背の高い女の人が立っているのが見えました。と、見ているうちに、その人が黙って階段を下りていくので、私はなんだろうと、不思議な気がして、あとを追いかけて行きました。その時手に持っていた蠟燭の灯が、あいにく燃えつきて消えてしまって、なにも見えなくなったものですから、私はそのまま自分の部屋へ戻ってきてしまいました。

その背の高い女の人が幽霊だったのです。黒い服は柔らかなウール地とみえて、歩くとシャリシャリ音がしました。右の手にハンケチを持っていて、それで顔をかくしていました。その時見たのはそれだけでした。その後もっと近くで見た時には、額の左と髪の毛の一部分が見え、左手は服の袖口と襞《ひだ》でほとんどかくれていました。袖口には寡婦のする白いカフスをつけ、服もどうやら喪服のような印象をうけました。帽子はかぶっていませんでしたが、遠くからみると頭の上が黒いのは、長いヴェールかずきんのついたボンネットをかぶっているように見えました。

それから後の二年間に――一八八二年から八四年まで――私は五、六回この幽霊を見ました。初めのうちは、長い期間をおいて、あとになると、だんだんその間が短くなりました。私がこのことを話したのは一人の友達だけで、その友達はだれにもそのことを話しませんでした。

この二年間に、私の知っているかぎりでは、私以外の者に幽霊が見えたというのは、わずかに三回きりでした。

1。――一八八二年の夏に、私の姉のミセス・Kが見ました。姉はその幽霊を、私どもへ訪ねて見えた修道院の尼さんだと思って、不思議ともなんとも思わなかったようでした。六時半ごろ、姉は夕食にすこし遅れて二階から下りてくると、ホールのところで、自分のすぐ前を通って、客間へはいって行った姿を見たそうで、食堂へはいってくると、姉は食卓についていた私たちに、「いま客間へ尼さんがはいって行ったのを私見たけど、どなたなの、あの方?」と尋ねました。みなそんな人はいないと言い、さっそく女中を客間へ見せにやると、客間はからっぽで、どなたもおはいりになった様子はございませんという女中の答でした。姉は、いいえ、たしかに見た、黒い服を着た背の高い人だったと言い張りましたが、それ以上べつに深くも考えなかったようでした。

2。——一八八三年の秋に、女中が夜の十時頃に見ました。どなたかお家へはいってきた方があると女中は申していましたが、女中の話をきくと、私が見た幽霊と寸分違いませんでした。しかし家じゅう捜してもそんな人はいなかったので、女中の話はだれからも信用されませんでした。

3。——一八八三年の十二月十八日ごろでした。私のすぐの弟とよその家の男の子が客間で見ました。弟とその子がテラスで遊んでいると、すぐそばの客間の中に、女の人がオイオイ泣いているのが見えたので、誰だろうと思って急いで二人して客間へ駆けて行ってみたら、客間にはだれもいません。女中に聞いたら、どなたも家へいらした方はないということでした。

私は第一回目に見てから、その後五、六回、幽霊のあとを追いかけて階段を下りて、客間へはいったことがありました。幽霊は、客間にいる時には、たいてい弓形窓の右手に立っていることが多かったようです。そして客間から出ると、廊下を通って、庭へ出る戸口のところまで行って、そこでいつも姿がかき消えてしまうのでした。

私がはじめて幽霊に声をかけたのは、一八八四年の一月二十九日のことでした。「私は客間の扉をそっと明けて中へはいって、戸のそばに立っていました。すると幽霊が私のそばを通って部屋の中へはいってきて、ソファのところへ歩いて行って、じっとそこに立っていますから、私は幽霊のそばへ行って、なにかご用があるなら私がしましょうかと尋ねると、幽霊がちょっと身をいざらしましたから、ああこれはなにか言うのだなと思っていると、幽霊は軽い溜息を一つついて、そのまま入口のほうへ動いていきました。入口のそばまで行ったところで、私はもう一ど声をかけてみましたが、幽霊は、口はまるできけないようなようすでした。そして客間からホールに出て、そこの脇扉のところで、前と同じようにパッとかき消えてしまいました」(一月三十一日に出した手紙から)

一八八四年の五月と六月に、私はいくつかの実験を試みました。階段へいろんな高さに綱を張ってみたのです。このことはあとで詳しく書きます。

私はまた幽霊に触《さわ》ってみようと思って、いろいろやって見ましたが、そのつど幽霊はスルリと身をかわしてしまいました。触ってもなにもないというのではなくて、相手はいつも私の手のとどかないところにいるのです。部屋の隅へ追いつめてみても、あわやというところでパッと消えてしまいました。

その二年間に、音をきいたのは、私の寝室の扉を軽く押す音と足音とだけでした。この音を聞いた時にのぞいて見ると、かならず姿が見えました。「幽霊の足音は非常に軽くて、リノリユームの上以外には、ほとんど聞こえるか聞こえないくらいで、リノリユームの上だと、薄い靴をはいてそっと歩くような音が聞こえます」(一八八四年一月三十一日の手紙より)

その後の二カ月、——七、八の二カ月は、だいぶ頻繁に現われるようになりました。じっさい、その時が全盛で、それからだんだん衰えて、近頃ではとうとう出なくなったようすです。

ちょうどその二カ月の間、お友達に出した手紙がありますから、それを引用することにします。七月二十一日付の手紙に、こんな記事があります。「夜の九時ごろ、父と妹たちが客間にいたので、私もそこへ行って、弓形窓のそばの寝椅子に腰をおろしました。しばらくそこで本を読んでいると、入口から幽霊がはいってきて、私の腰かけている寝椅子のうしろへきて立ちました。私はその時、自分にはこんなにまざまざとはっきり見えていながら、ほかの者はぜんぜん気がつかずにいるのにびっくりしました。まえに幽霊を見た弟は、あいにくその時そこにいませんでした。幽霊は私のうしろに三十分ばかり立っていましたが、やがていつものように入口のほうへ歩いていきました。私はちょっと本を取ってくるわといって、彼女のあとから客間を出ると、ホールを渡って行く姿が見えたので、あとを追って行くと、例のごとく、庭へ出る戸口のところで消えてしまいました。幽霊が階段の下を通った時に、私は声をかけたのですが、まえにはちょっと立ち止まって、なにか言おうとする様子をしましたが、今夜はなにも答えませんでした」七月三十一日には、床へはいってからしばらくすると、階下のほかの妹の部屋で話しこんでいた二番目の妹のEが、今階段を上がってきたら誰かとすれ違ったわと、私のところへ言いつけにきました。私は、おおかた女中でしょうと言って、その時はごまかしておきましたが、翌朝、念のために女中に聞いてみたら、ゆうべその時刻に女中部屋から出た者はひとりもないということでした。妹にくわしく聞いてみたら、やはり私が見ている幽霊に寸分違わないものでした。

八月一日の夜、私はまた見ました。夜中の二時に階段の踊り場で足音が聞こえたので、すぐに起きて出て行って見ました。幽霊はその時、階段のてっぺんの踊り場のはしに、こちらへ斜めに向いて立っていました。しばらくそこに立っていてから、やがて階段を下りて、階下のホールまで行くと、またそこに立ち止まりました。私が客間の扉を明けてやると、幽霊は中へはいってきて、部屋を横切って、弓形窓の下の寝椅子のところまで行き、しばらくそこにたたずんでいましたが、やがて客間を出ると、廊下をわたって、庭の出口のところでかき消えてしまいました。その時も私は声をかけてみたのですが、返事はありませんでした。

翌二日の晩には、三階に寝ている三人の妹たちと料理人と、階下に寝ている上の姉のミセス・Kが、足音を聞きました。翌朝この五人は、ゆうべ部屋の前を行ったり来たりした足音をはっきり聞いたと言っていました。

この料理人は、中年のしっかりもので、翌朝私が、ゆうべ寝てから女中部屋を出た者があったかしら? と聞いた時に、彼女が打ち明けたところによると、彼女はまえにもなんどか足音を聞いたし、ある晩女中たちが床についてから、お湯をとりに台所へ行った時に、幽霊を見たことがあったということでした。喪服を着た背の高い痩せぎすな女の人で、右手にもったハンケチで顔をかくしていたと申していました。あいにく、この料理人は今私どもにいません。母親が亡くなったので暇をとり、かれこれ一年ほどになりますが、その後居どころが知れません。なんでもいちど台所にいて、そこの窓から幽霊がテラスにはいるところも見たそうです。朝の十一時頃だったそうですが、この時のことはつい控えておかなかったのですが、はたして同じ姿をした幽霊だったかどうか、今ちょっとはっきりした記憶がありません。

幽霊の足音というのは非常に特徴のある足音で、私どもの家のだれの足音にも似ていません。落ちついた平らかな足音なのですが、妙に静かで、ゆっくりしています。私の妹たちも、女中たちも、いっぺんそれを聞いてからは、踊り場へ出るのをいやがるようになりました。私は今まで足音を聞けばすぐに出てみるのですが、そうするとかならずそのつど、幽霊の姿を見ています。

八月五日に、私ははじめて父にこの幽霊のことを打ち明けて、みんなが見たり聞いたりしたことを話しました。今まで父は、なにも見ていないし、聞いてもいなかったので、私の話を聞くとたいそう驚きました。母もそれまでなにも聞いていませんでした。もっとも、母はすこし耳が遠かったし、病人でしたが。

父はさっそく、近所に住んでいる家主に問い合わせました。この家について、なにか異常なことをご存知ないか。一時あなたもこの家に住んでおられたことがあるのだから、なにかご存知だろうといってやりますと、家主からは、自分はほんの三カ月ほど住んだことがあるが、その時はべつに異常なことはなにも起らなかったという返事でした。

翌八月六日に、おむかいのA将軍がご子息をよこされて、さきほどお宅の果樹園で婦人が泣いているのを見かけたが、お姉さんになにかあったのかといって、お見舞を下さいました。将軍はご子息に、なんでも黒い服を着て、長いヴェールの垂れたボンネットをかぶった背の高い婦人で、ハンケチで顔をかくしておられたと説明されたそうでした。姉は外へもあまり出ない人だものですから、将軍はしみじみ姿をごらんになったこともなかったのでしょうが、ただ姉が赤ン坊をなくして喪に服しているということはご存知でした。しかし、姉はその日は果樹園へはぜんぜん出ませんでしたし、ヴェールなどつけてはおりませんでした。

幽霊が実在の人に間違えられたのは、これが二度目でした。これは幽霊の姿が非常にはっきりしていて、とにかく、ちゃんと血も肉もある人間のように見えたという証拠です。ここの家主とはご昵懇《じっこん》の将軍は、まえにここの家にそういうことがあったという記憶はないと仰言っていましたが、これは嘘かくしのないお話だろうと思います。

その晩将軍は、わざわざ私どもへお越しになりました。私どもはめいめい違った場所に陣どって、幽霊の番をしましたが、その晩はだれも見たものがありませんでした。

同じその晩、姉夫婦は、階段を上がり下りする足音をはっきり聞いたそうです。午前二時のことでした。

八月十一日の夕方、そろそろもう表が暗くなりかけたので、外でお友達とテニスをしていた弟たちもテニスをやめ、ガス灯をつけて、鎧戸《よろいど》はまだ締めずに、みんなして客間にいたときに、姉と私は、外のバルコニーに立って窓から中をのぞいている幽霊の姿を見ました。しばらく幽霊はそこに立っていましたが、やがてバルコニーの端まで行って、また引き返してくると、そこで消えたようでした。と、まもなく客間へはいってきたのを私は見ました。しかし、こんどは姉には見えませんでした。

同じその晩に、妹のEが階段の上で、三階のどこかの部屋からでてきた幽霊を見ました。

翌八月十二日の夕方、私が庭からブラブラ果樹園のほうへとまわってくると、幽霊が果樹園をつっきって表の車寄せのほうへ行くのが見えたので、すぐにあとをつけて行くと、幽霊は明いていた脇の入口から家の中へはいって、ホールを通りぬけ客間へはいり、いつものように客間の弓形窓のそばの寝椅子のうしろに立っています。まもなく父がそこへはいってきたので、私はあすこに例のものがいますよと父に教えました。父には幽霊の姿が見えませんでしたが、それでも私が教えた場所へ父はツカツカと寄って行きました。すると幽霊はすばやく父のうしろを回って、部屋を横切り、そのまま入口から出てホールをつっきると、いつものように庭に出る戸口の近くで消えてしまいました。あとを追っかけて行った父と私は、すぐに庭をのぞいて見ましたが、もう影も形も見えませんでした。庭へ出る戸口は、さっき明いていたのですが、父が庭から家の中へはいって来た時に、錠を下ろしたのでした。

同じ晩の八時ごろ、まだ外はかなり明るく、妹のEが客間で歌のお稽古をしていました。すると、いきなり歌が止んだと思うと、妹がホールへ飛びだしてきて私のことを呼びました。妹は、今客間でピアノを弾いていたら、自分のすぐうしろへ幽霊が出たというのです。すぐに妹といっしょに行ってみると、幽霊は客間の弓形窓のいつものところに立っていました。私は五、六回声をかけてみましたが、うんだとも潰れたとも返事はありませんでした。十分か十五分、幽霊はそこに立っていましたが、やがて入口のほうへ行き、廊下へ出て、いつもの庭へ出る戸口のあたりで消えてしまいました。

ちょうどそこへ庭から妹のMがはいってきて、台所の石段を幽霊が上がっていくのを見たわと言います。そこで急いで三人して庭へ出て見ると、二階の窓から姉のKが、今幽霊が玄関の前の芝生を抜けて、車寄せから果樹園のほうへ行ったよと言いました。その晩は、つごう四人の者が幽霊を見たことになります。父はその時はその場に居合わさず、いちばん下の弟も外へ出ていて、いませんでした。

八月十四日の朝、八時半ごろ、小間使が客間の鎧戸を明けに行ったら、幽霊を見ました。もう日のカンカンあたっている時刻ですから、鎧戸が締めきってあっても、もう古くなって隙間だらけなので、部屋のなかは、けっこう明るかったのです。鎧戸を明けて、ひょいと振り返ったら、幽霊が部屋を横切って行くところを見たのだそうです。その晩私たちは、きっと今夜も出るだろうと思って、みんなして気をつけていました。ところが、その晩は誰も見ませんでした。どうも手分けをして番をしている時とか、出そうだと思って待っている時には、かならず出たためしがないのです。この小間使はのちにお嫁に行きましたが、その嫁入り先でマイヤーズ氏（訳註・フレデリック・マイヤーズ（1843-1901）英国心霊学協会主宰者。幽霊に関する名著が多い）にお目にかかったのです。

八月十六日の午後八時半ごろ、私は客間のバルコニーで幽霊を見ました。そのあと、幽霊はいつものように家の中へはいってきませんでした。脇の入口から覗いてみた時には、もう何も見えませんでした。

庭男の爺やは、その朝早く六時頃に、やはりバルコニーで幽霊を見たといっていました。

それから三日のちの八月十九日に、私たちは三人の召使たちを残して、あとの者はみんな海岸へ行き、一カ月ほど家を留守にしました。

海岸から帰ってくると、留守中もちょいちょい足音や物音が聞こえたということでした。留守の間は、階段の絨毯《じゅうたん》もはずしてありましたし、家じゅう空家みたいだったのですから、いろんな音がふだんよりよけいしたのは無理もなかったろうと思います。

料理人は、家の裏の芝生にある花甕《はながめ》のそばに、幽霊が立っているのを見たと言っていました。その後、翌年の一八八五年にかけて、幽霊はしばしば見ましたが、毎年七、八、九月がとくに多く現われます。この三カ月の間に、三人の人が死んでいます。――S氏が一八七六年七月十四日歿。S氏の最初の夫人が八月歿。二度目の夫人が九月二十三日歿。

幽霊はいつも同じなりで、同じ場所で、同じ人たちにすこしずつ時をおいては見られました。足音もあいかわらず聞こえ、これはうちへ見えられたお客様や、新規に来た召使たちも聞いています。妹や弟や私など、家族の者を入れると、全部で二十人からの人たちが聞いているわけで、しかもみんな今まで幽霊を見たり怪しい物音を聞いたりした経験のない人達ばかりです。

足音といっしょに、ほかの音もいろいろ聞こえるようになってきました。三階の踊り場を行ったり来たりする音だの、寝室の扉へなにかドスンとぶつかる音だの、扉のハンドルを回す音だの、足音のほかにそういう音がだんだん頻繁にするようになってきたのです。この寝室の扉になにかドスンとぶつかる音は、新しく来た女中を震えあがらしてしまいました。この女中は、来たばかりで幽霊のことはなんにも聞かされていなかったものですから、てっきり強盗が押し入ったのだと思ったのでした。それからも一人の女中は、ある晩やはり寝室の扉に、いつもよりすこしひどい音を聞いて、これは恐怖から軽微な顔面麻痺を起してしまいました。もっともお医者に見せたら、この顔面麻痺は恐怖よりも寒さから起ったものだとおっしゃっていましたが。

それからまた、一週間に三、四回、いつものような聞こえるか聞こえないくらい静かな足音でなく、ドシンドシンという大きな足音が夜じゅう聞こえたこともありました。この音は、もとS氏夫妻が使っていた二階の正面右手の部屋でとくに聞こえました。

一八八五年の夏には、これよりもまた一倍大きな、家鳴り震動するような音が、とくに三階の踊り場で聞こえたこともありました。

以上のような事実は、家主が家にケチのつくことをひどく心配するので、世間には堅く内証にしておきました。新規の女中などがきても、そういうことは耳に入れないようにしておき、怪しい物を見たり聞いたりした時に、はじめて古参の者が、けっして害をしない幽霊だからといって、よく言い含めてやるようにしていました。怪しい物音のために、何人か暇をとって行った者もありましたが、私どもは、召使が夜いったんお下《しも》のお部屋へ引きとったら、そのあとはけっして呼ばないことにしていました。

この年、マイヤーズ氏からそういうお話があったので、私はいつでも幽霊が写せるように、手もとに写真機を用意しておくようにし、いくどか写してもみたのですが、どうしてもうまく行きませんでした。だいたいが夜分のことなので、蠟燭のあかりがたよりなのですから、いきおい長い露出が必要なわけで、そのためにいつも失敗でした。それより私は、なんとかして幽霊と話をしてみたいと思って、もし相手が口がきけないなら、なにか合図のようなものでもいいと思って、そんなことも聞いてみたのですが、これも成功しませんでした。一、二度部屋の隅へ追いつめてもみましたが、とたんにパッと消えてしまいました。

一八八六年（今年）の夏は、うちの出入りの派出婦のミセス・トウィニングが、ホールでお勘定を待っている間に、台所へ行く出入口のところへ出た幽霊を見ました。姿がかき消えるまでは、だれかお客様が入口をまちがえなすったのかと思ったくらい、まざまざと見えたということです。この人には一八八九年の十二月二十九日にマイヤーズ氏が会われて、話を聞いておられます。そのときの記事は、別に掲げておきました。

一八八七年の七月のある晩のこと（父と私はちょうど留守でした）、母と小間使が、母の部屋のま上にあたる三階の、だれもいない明き部屋で、大きな物音を聞きました。二人して三階へ上がって行ってみましたが、べつに何も見えないし、それきり音もしないので、そのまま二階の母の部屋へ戻ってきました。するとこんどは、地階の居間から大きな物音が聞こえました。で、また二人して階段の途中まで降りていったら、階下のホールにピカピカした光りものが見えたので、二人はびっくりして、妹のEの部屋へ駆け上がると、Eも出て来て、それから三人してほうぼうの扉だの窓を調べてまわりましたが、どこもみんな締まっていて異状はありません。やがて母と小間使は二階の部屋へ行って、ベッドにはいりました。妹のEは三階の自分の部屋へ上がっていって、妹のLとMの寝ている部屋の前を通ると、妹たちが扉を明けて、今なんだかえらい音がして、お部屋のなかを蠟燭の火みたいなものがフワフワ飛んだのを見たと言いました。すると、三階に寝ている女中のうちの二人が女中部屋の扉を明け、私たちも怪しい物音を聞きましたといいます。五人は蠟燭を持って、しばらく部屋の入口に立っていると、三階の踊り場と自分たちの立っている間の廊下を、あちこち歩く足音が聞こえました。その足音が五人のそばを通った時に、なんだか寒い風がスーッと吹いたような感じがしたということです。蠟燭は消えなかったから、廊下は明るかったのですが、なんにも見えなかったそうです。怪しい足音はやがて階段を下りて行ったと思うと、また上がってきて、それからまた下りて行き、それきり戻って来なかったといいます。

こんなふうにして、その後秋に入ってからも、あいかわらず物音がしたり姿が見えたり、怪しいことは引き続いて起りましたが、しかしあいにく、どれも人が見たり聞いたりしたことばかりで、自分が直接ぶつかった目新しい事件はありませんでした。

1。——道を隔てたおむこうの家で、週に三、四回雇われてきていた庭男が、私どもの屋敷の庭先で、なんどか幽霊を見たという噂があります。私はこの人の住所を尋ねたのですが、すでに死亡して、あとに残った女房も町を去って、どこへ行ったか行方が分りませんでした。

2。——お友達の家で偶然お目にかかったある奥さんから、その方が七、八年前にこの町に住んでいらした頃、ここの家の庭にS夫人の幽霊が出るという噂をよく聞いたという話を伺いました。だいぶ古いことなので、その奥さんは、誰からそんな話を聞かれたのか、その人の名前も忘れてしまっておいでだったので、尋ねようもありませんでした。

3。——私の叔父（その後死亡）がカナダのノヴァスコチアのハリファックスの連隊会合室で聞いた話に、ある士官が七、八年前この町に在任中、私どもの屋敷に幽霊が出るという噂をきいて、よく馬にのってこの家の前を通る時に、幽霊に出会わないかなと思って窓を見上げながら通ったという話がありました。

それからまた、S氏夫人がこの家に住んでいた時分に仕事にきたという大工さんから、S夫人が先妻の宝石をほしがっていたという話を、この頃になって聞きました。その大工さんはある時S氏に呼ばれて、地階の居間の床下に物を入れておく受け箱をこしらえてくれと頼まれました。S氏はそこへ宝石をしまい、もとどおり床を釘づけにして、その上に絨毯を敷いておいたそうです。その場所を大工さんは、ここですよといって私たちに教えてくれました。父が大工さんに床板をはがさせましたら、受け箱はありましたが、中はからっぽになっていました。

父は、ひょっとしたら、幽霊がいつも消える庭の出入口の近くにも、なにか隠してありはしないかと思って、そこの床板も大工さんに上げてもらいましたが、そこには鉋屑とごみのほかに、なにもありませんでした。

その後父はブリストルへ行って、S夫人の死亡届書を見てきました。一八七八年九月二十三日死亡。渇酒症患者、併症、胃潰瘍。――父はS夫人を診断した医者を訪ねて、幽霊がいつも強情に顔をかくしているものですから、なにか顔にひっつれかなにかあったのではないかと思って、そのことを訊きますと、医師は当時のことをよく憶えていて、いや、そういうものはなかった、ただ死後の浮腫《ふしゅ》で顔がむくんで円くなっていたと申したそうです。

翌一八八七年にはほとんど記録するような事件はありません。幽霊も頻度がずっと少なくなっています。

二月四日の金曜日に、妹のEが夜の七時半ごろ、階上から下りてきたら、幽霊が玄関からホールを通って客間へ行くのを、階段の上から見ました。その時ホールにはガス灯がついていました。Eは二月十四日にマイヤーズ氏にお目にかかった時に、幽霊を見たのはこれで十回目ですと申しています。その時Eは食堂へ行って、父に告げ、父とEは居間にいた私を呼んで、三人して客間へ行って見ました。客間の扉は締まっていました。明けて中へはいってみましたが、何もみえたものも、聞こえたものもありませんでした。

その後の二年間、一八八七年から八九年までは、ときどき足音は聞こえましたが、幽霊はもうほとんど姿を見せなくなりました。大きな物音も、だんだんしなくなりました。

一八八九年から一八九二年（今年）にかけては、幽霊は私の知っているかぎりでは全然見られなくなり、足音のほうはまだしばらく続いていましたが、これも今ではまったく止んでしまいました。

それにのちになるに従って、幽霊の形が前よりもだんだんもうろうとしてきました。一八八六年あたりまでは、ときどき本当の人間かと見まちがえるほど、生きているような実体感があったのが、しだいに鮮明度が落ちてくるようになりました。とにかく、光はいつもちゃんと遮っていましたが、影があったかどうかははっきりしません。私には、いつもガラス越しに見る物みたいに見えました。そういう私はふだん眼鏡をかけているのですが、普通の物はそんなふうには見えません。上半身の印象のほうが下半身の印象よりかいつもはっきりとしていましたが、これはしかし、ふつう人を見る時に、足よりも先にその人の顔を見る習慣があるせいかもしれません。

幽霊の証拠

1。――私は数回、夜分みんなが寝しずまってから、階段へいろんな高さに綱を張り渡しておいてみました。それは次のようにしたのです。造船で使う膠《にかわ》を小さな玉にして、それを綱の両はしにくっつけ、片方を階段の壁に、片方を階段の手すりに貼りつけて、何本も張り渡しておいたのです。こうしておけば、ちょっと綱にさわっても、綱は下に落ちます。綱の高さは階段の段々から六インチから三フィートぐらいまで、いろいろの高さにして張っておきました。私は二ど幽霊がそこを通ったのを見たのですが、二どとも綱は張られたままになっていました。

2。――全体がはっきり見えていながら、いきなりそれがパッと跡方もなく消えてしまうこと。

3。――どうしても触ることができないこと。なんども私は幽霊を部屋の隅に追いつめましたし、いきなり飛びついてみたこともありますが、どうしても触らせません。あっと思うところで消えてしまうか、手がとどきそうになるとスルリと逃げてしまうのです。

4。――扉が締っていても、部屋の中へ現われること。

一方また、こちらが見たいと思う時でも、幽霊は呼びだすことができません。たとえば、今夜はひとつ見とどけてやろうと思って、みんなでそれぞれ警戒の支度をするような時にかぎって、見えないのです。そんなことを何回かやりましたが、いつも失敗しました。父と義兄と私とで三、四回、叔母と私とで二回、妹たちとお友達とで二、三回。どれも成功しませんでした。また、幽霊のことをみんなしていろいろ話しあったり、幽霊のことをいろいろ考えこんだりしたあとも、けっして現われませんでした。

幽霊を二度目のS氏夫人に結びつける点には、次のような根拠があります。――

1。――この家の前歴は全部分っているのですから、幽霊を先住者のだれかに結びつけるとすると、幽霊にいちばんよく似ている人は、S氏の二度目の夫人だということになります。

2。――幽霊は未亡人の服装をしているのですから、S氏より先に死んだ最初の夫人ではないわけです。

3。――私たちのなかには、S氏の二度目の夫人を見た者はだれもいませんが、生前の夫人を知っておいでの数人の方が、私どもの話をきいて、それに違いないとおっしゃっています。そういう方のどなたかのお家で、いつぞや写真帖を拝見した時、そのなかの一枚の写真を見て、私がこの方は幽霊にそっくりですと申し上げたら、その写真は二度目の夫人の妹さんだということでした。妹さんは姉さんに大へんよく似ていた方だそうです。

4。――S氏の先妻の娘さんのいうところによると、二度目の夫人はいつも幽霊の現われる正面の客間に、しじゅういたそうで、その居場所も、弓形窓の下の寝椅子のある場所にきまっていたと申します。

5。——もちろん幽霊は、この屋敷についているもので、ほかの場所ではだれも見た者がありません。

邸内の動物の行状

私どもには飼犬が二匹いますが、この二匹の犬が幽霊を見たという、動かしがたい証拠があります。

1。——いつも台所に寝ている猟犬が、朝コックが起きていったら、非常に恐がっていたことが何回かありました。この犬は大きな犬なので、二階へは上げないようにしていました。いちどは果樹園から尻尾を巻いて逃げこんできて、ブルブル恐がっていたこともありました。みんなでだいじに可愛がっていた犬ですから、べつにオドオドした恐がり坊の犬ではないのですが。

2。——その後小さなスカイ・テリヤを飼いましたが、これは家じゅうどこでも自由に放しておきました。ふだんは私のベッドの上で寝ていましたが、この犬にははっきり幽霊の足音が聞こえていました。一八八七年の十月二十七日にあったことを控えておいたノートがいま私の手もとにあります。その当時、この犬はリューマチにかかって、動くのが大儀になっていたのですが、それでも夜なかに幽霊の足音を聞きつけると、なにをおいても飛んで行って、扉のところでクンクン鼻を鳴らして嗅ぎまわっていました。

二度ばかり、この犬がいきなり尻尾を巻いて、ホールの階段の下のマットの上へ駆け上がるなり、背中をまるくして用心しているのを私は見ました。そのうちに、そこに立っている人にじゃれつきでもするように、ピョイと飛びついたと思ったら、たちまち尻尾を後足の間に垂らして、ブルブル震えながらあとずさりをして、ソファの下へもぐりこんでしまいました。見ていた者は、さては犬の奴幽霊を見たんだなと、みんなそういう印象を受けました。そのようすがただの様子ではなく、とても筆では言い現わせないほど、見ている者がみんなゾッとしたくらいでした。

馬は自家《うち》には一頭もおりません。猫は一匹おりましたが、これは台所にばかりいるので、どんな様子をしたか、とくに気をつけて見たことはありません。


けっきょく、幽霊を見た時の感じというものは、とても口や筆には言い現わせないものだということになりますが、最初の二、三回は、私もなにか未知のものに対する恐怖感、そのくせ恐いもの見たさと申しますか、それを知りたい強い欲望のまじった、そういう恐怖感に支配されていたと思います。そのうちに、自分のそういう感情を自分で分析できるようになってきたら、最初の珍しさはどこかへ行ってしまって、まるで幽霊に対して力を失ってしまったような、なにか喪失感のようなものをはっきりと自覚してきました。

ほかの連中は、たいがい幽霊を見た時に寒い風を感じたと言っていますが、私はそういうことを感じたことは覚えがありません。

以上、私どもの家の幽霊事件に関する私の記憶は、当時日記のようにして毎日お友達に書いて送った私の古い手紙と、マイヤーズ氏が父母、および家族の者に会見された時のノートに負うところが多いことを付記しておきます。

一八九二年四月一日

R・C・モートン

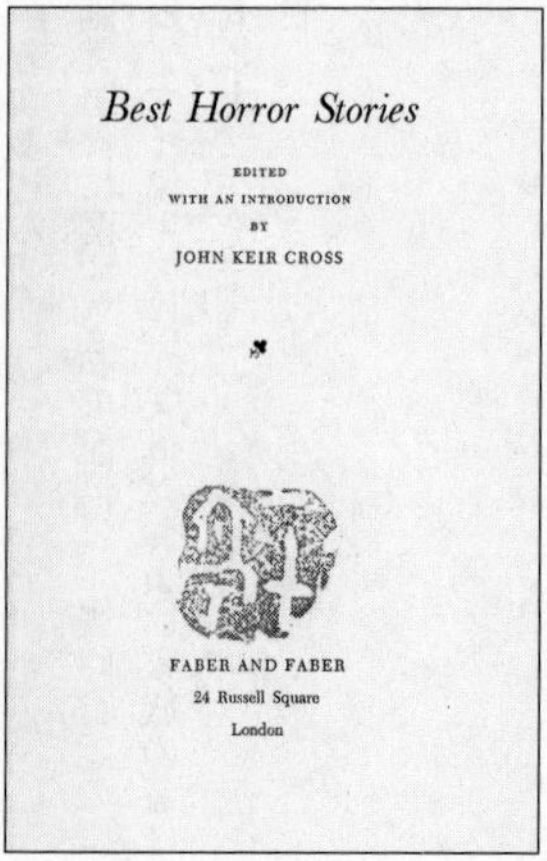

Best Horror Stories

EDITED
WITH AN INTRODUCTION
BY
JOHN KEIR CROSS

FABER AND FABER
24 Russell Square
London

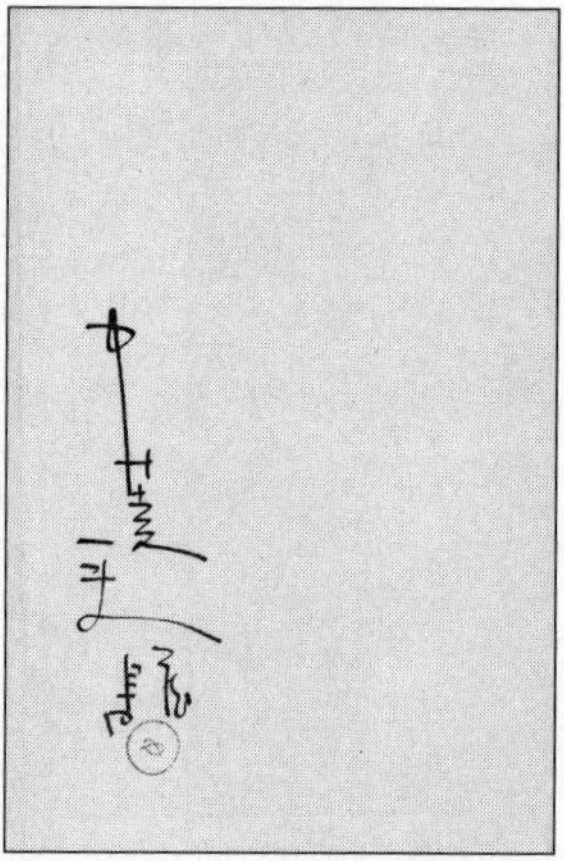

平井呈一旧蔵書（『ホラー小説傑作集』）の署名と「平亭」蔵書印

Ⅱ

J・K・クロス編『ホラー小説傑作集』
（平井の署名・蔵書印あり）

死神

ジョン・エヴァンズは、ある朝シカゴのホテルの一室で、ふと自分の腰かけている椅子のそばに、なにか落ちているのを目にとめた。見ると、妹の写真であった。エヴァンズはへんだなと思った。妹の写真はアルバムにはってある。それがこんなところに落ちているのは、どうしたわけだろう？　なにかの拍子に、アルバムからとれて落ちたのかな？　だけど、いつ落ちたのだろう？　アルバムは机のひきだしにしまったまま、ここのところ出した憶えがなかった。

エヴァンズは写真を拾って、なつかしそうに眺めた。自分は妹には十二年も会っていない。最後に見たのは、彼女がまだ十七の時で、あれは自分が郷里をたってリバプールへ行く晩だった。エヴァンズは妹の写真を見ながら、昔のことがいっぺんに胸のなかにかえってきた。こんもりと木にかこまれた、ウォセスターシャの古いなつかしい百姓家、両側に花の咲いた生垣つづきの出はいりの細い道、古風な炉を切った石畳みの広間、そこの太い梁にぶら下がっている自家製のハム、その広間の隅に、しかつめらしい振子の音をつづけている古い古い大時計。母はいっしょけんめいに涙をこらえていた。ごま塩頭のあから顔の父は、金を入れた封筒を自分の手に握らせて、ぶじにアメリカへ着いたらすぐに便りをよこせよと、しゃがれた野良声で言っていた。おてんばな姉のルシーは、ちょうど馬に乗って外から帰ってきたところで、自分が行くのを悲しがると見せて、空涙をつかっていた。そして妹のメイベルは沈んだ目をして、涙のなかからニッコリ笑っていた。この一家揃っての心なごむ別離の雰囲気に、姉のルシーだけが水と油だった。この姉とは、みんなが反《そ》りが合わなかった。

あれから十二年。その間にどんな変化が起ったか。父も母もとうに死に、ルシーは結婚して今はニュージーランドに住んでいるし、妹のメイベルは建築家のウィリアム・リークのもとに嫁《かたづ》いた。いまだに夫婦のなかには子供がない。

エヴァンズは、この妹とはいつも気が合って、好きだった。気だてのやさしい、おっとりとした、思いやりもあり、思慮分別もある、浮いたところのすこしもない娘だった。しばらくたよりも聞かないが、その罪は、手紙をやらずにいるこっちにある。なんだかんだ仕事にかまけて、手紙を書く暇がなかったことは事実だったが、それにしても、たよりをしなかったのは重重自分が悪かったのだ。

アメリカで何年かすごすうちに、エヴァンズはかなりの成功をして、金もだいぶん溜った。休日もとらずに、あくせく稼ぎ、根がたまかなたちなので、煙草ものまず、酒ものまず、手なぐさみもしない。そのかわり友達もない。つきあいは金がかかる。それよりも、老後のために貯金をしておかなければならなかった。そんなわけで結婚もしない。遺産はメイベルにやるつもりでいた。エヴァンズは妹の身の上を思いながら、つくづく写真を眺めていた。彼女はなかなかの美人だった。金髪色白のブロンドで、目はうすい空色、口もとがかわいい。この純潔無垢の妹を、もし傷つける奴でもあったら、おれが殺してやるぞとエヴァンズは腹に誓った。

その晩かれは、夢のなかで、枕元へきただれか——メイベルであることは無意識のうちに分っていた――に額をやさしく接吻された。その夢からひとしおメイベルの顔が見たくなったあまり、かれは休みをこしらえて、イギリスへ行く気になった。

ニューヨークからリバプール行きの汽船にのり、さてイギリスに着くと、エヴァンズはメイベルの前の住所へ訪ねて行った。そこはウォーセスターとチュークスベリの間の小さな町であった。目的の町に着いて、リーク家の住んでいるローレル荘へ行く道をたずねると、町から一マイルばかり離れた、シーバンにほど近いところだと教えられた。

エヴァンズは教えられた方角のほうへ川にそうて歩いて行くと、やがて川ぞいの片側町の一本の立木のそばに、背の高い痩せた男が立っていた。かなりの年配の男で、いやに青ざめた、やつれた顔つきをしていた。

男はエヴァンズの先を歩いて行って、立木のところから百ヤードばかり行った、川に面した一軒の赤煉瓦《れんが》の家へはいった。エヴァンズがその家のところまで行ってみると、そこがローレル荘なのであった。ところが、家の前の小さな庭の垣根の上の立札に「売家」としてあるのを見て、エヴァンズはあっけにとられてしまった。なるほど、中は空家らしい。なんどかノックしたり、呼鈴を押してみたが、だれも出てこない。

「へんだな、さっきの男はたしかにここの家へはいったが、中にいるんだったら、なぜ出て来ないのだろう」と、エヴァンズは不思議に思った。なんだか狐につままれたようで、せっかく来たのにガッカリした思いをしながら、かれはローレル荘からすこし離れたところにある小さな家へ行って、リーク家のことを聞いてみた。

そこの家のおかみさんはエヴァンズに、失礼だが、あなたこの近所の方ではないのかと聞くから、エヴァンズは自分の身元はのべずに、そうだと答えると、おかみさんが言うのに、あのローレル荘はご主人のウィリアム・リークさんが非業《ひごう》の最後をとげなすってからずっと空家になっている。リークさんは、奥さんがロンドンのある大きな宝石商のセールスマンと駆落ちしたのを知って、この川へ身を投げて死んだのだという。

エヴァンズは、その奥さんの元の名前はご存知かとおかみさんに聞いてみた。ええ、たしかエヴァンズとか言ったようだったという答だった。おかみさんはさらに言った。ウィリアム・リークさんは、その奥さんの三度目の旦那で、リークさんと一緒になる前は、奥さんはグリーンという人の未亡人だった。最初の旦那の名前はよく知らないが、なんでもウェルキンとかフエルキンとかいったと思う。とにかく、奥さんはたいそうな別嬪《べつぴん》で、着る物なんかもずいぶん贅沢で、浮気っぽい人だったそうだ。旦那のことをしじゅうこぼしていたという。私はこの土地へ来てからまだ幾月にもならないから、リークさんご夫婦にはお目にかかったことはなかったが……というような話であった。

エヴァンズはおかみさんに礼を言って、そこを辞した。かれは魂が宙に飛んだような心持だった。子供の時分はあんなに気だてのやさしかったメイベルが、そんな女になろうとは！　元来た道を歩きながら、ふとエヴァンズは、さっきローレル荘へはいって行った男に会った、そのちょっと手前に、白壁の家が一軒あったのを思いだした。ひょっとしたら、あの家の人はメイベルのことを知っているかもしれない。今聞いたかみさんの話は、どうもでたらめくさい。

話だ。

だいいち、メイベルとは一面識もないのだし、してみれば、あの話は村の噂話から寄せ集めた話だ。

エヴァンズは念のために、もう一どローレル荘へ引き返して、玄関の扉をたたいて、ベルを押してみた。が、やはりなんの答もなく、中に人のいるけはいもない。しんとした空家の様子が、なんだか薄気味わるくなってきたので、かれは早々にそこを逃げてきた。それからまた元来た道を引き返してきたが、ふしぎなことに、さっきのあの痩せた背の高い、怪しい男が立っていた川べりのところまで来ると、なぜかかれは、ふとそれと同じような不気味な感じに襲われた。

白壁の家へ行って、リーク家のことを尋ねると、そこのおかみさんが、あすこの家はかれこれ四年空家になっていると言った。ローレル荘の最後の住人は、リーク家だという。それにまちがいないかと念を押すと、おかみさんは、ええ、あすこのお家とはご懇意にしていたから、むろんまちがいはないという。おかみさんは、メイベルとは大の仲よしであった。

エヴァンズは、メイベルは三ど結婚したそうだが、それは事実かどうか訊いてみた。おかみさんは笑って、そりゃとんでもない嘘だといった。メイベルの夫は、あとにも先にもウィリアム一人で、メイベルは夫を愛し、おたがいに好いて好かれた仲だったという。エヴァンズはそれを聞くとうれしくなって、じつは自分はメイベルの兄だとおかみさんに打ち明けた。そして、今むこうの家のおかみさんから、妹のことをあしざまに言われたことも話した。

すると白壁の家のおかみさん――この人はミセス・ヘイといった――は、あすこの人は近頃越してきたばかりの人だから、リークさんのお家のことはなんにも知りませんよ、きっとリーズ家とまちがえているんでしょうと言った。リーズ家のおかみさんは三度結婚したが、亭主運が悪く、最初のご亭主は癲癇《てんかん》病みだったし、二度目の人には虐待されて別れるし、三度目のハーバード・リーズという人も、ときどきおかしな振舞をする人だった。この人のおじいさんと、伯父さんの一人が前に自殺をしている。ミセス・リーズは結婚するまでそのことを知らなかったのだという。

土地の人のなかには、ご亭主を置いてほかの男と駆落ちしたリーズのおかみさんのことを悪く思っている向きもあるが、しかし、いちがいにおかみさんが悪いとばかりは言えない。リーズさんはとても焼餅焼きで、おかみさんがちょいとよその男の人の顔を見ても、きさまを殺しておれも死ぬといって、よく威かしていたそうですからね、とミセス・ヘイは言った。

エヴァンズは、そのハーバード・リーズという人は、どんな様子をした人かと尋ねると、ミセス・ヘイが話したハーバードの風貌は、エヴァンズがローレル荘にはいったのを見た、あの痩せた背の高い男に、ぴったり符節が合っていた。エヴァンズが自分の見た幽霊のことを話すと、ミセス・ヘイは、ええ、村でも何人か見ている人がありますよ、なんでもローレル荘とあすこの川へ出るんだそうですが、もっとも、ここの川は、リーズさんが身を投げるずっと前から、死神が出るという噂があるんです。きっとリーズさんもその死神にとっつかれたんでしょうよ。リーズさんが身を投げた場所のあたりが、いちばん不吉なところなんですから、と言っていた。

エヴァンズは、しばらくミセス・ヘイと喋りこんでいるうちに、メイベルの住所も教えてもらうことができた。メイベルは今ハヴに住んでいるという。いちぶしじゅうを聞いて、ようやく安堵の胸をなでおろしたエヴァンズは、ミセス・ヘイに厚く礼をのべ、こんな話はメイベルの耳には入れないからとかたがた言って、すぐその足でハヴへまわることにした。

先方へ着くと、ちょうど折よく妹夫婦は家にいて、よく来て下さったといって喜んで迎えてくれた。メイベルは娘の時よりも、また一段と女っぷりが上がったようであった。エヴァンズは妹夫婦のようすを見て、ミセス・ヘイの言ったことが事実だったことを知り、ほんとに夫婦仲のよいのに、まずよかったと安心した。

首のない女

二人の若い男がダービシャの村道を、文句たらたらで歩いていた。じつは終列車に乗りおくれ、家まで十二マイルほど夜道を歩かなければならない二人だった。おまけに途中でひどい雨にあい、二人とも肌までズブ濡れになっていた。雨はもう止んでいたが、靴の底に水がはいり、歩くたびに靴下のなかがグチャグチャして、その気色の悪さといったらない。やがて道が左にカーブして、坂道にかかるところまで来たら、村の大時計が遠くで十二時打つのが聞こえた。

年下のほうの男が立ちどまってパイプに火をつけながら、「おーい、ブラウン、ちょっと待ってくれよ。君の大股には、ぼくはもう参ったよ。もうちっとらくに歩こうぜ」

ブラウンと呼ばれた男は、連れのそばまで引き返してくると、道ばたにあった木戸に腰をかけた。道はそこから先がかなり急な坂道になっていて、あたりは一寸先も見えないまっ暗闇であった。道の両側は高い藪垣つづきで、その上から松の大木が枝をかざしていた。両側からトンネルのようにさしかわしている枝が、みっしり茂っているので、空も見えない。ときどき風にそよぐ枝の間から、どこか遠くの灯影がチラチラ見えるほか、あたりは鼻をつままれても分らないくらいの真の闇だった。

「すごいところだなあ」とブラウンがいった。「こんなまっ暗なとこ、おれは見たことないな。音一つしないなあ!」

「いや、音はしているよ」とレイノルズという若いほうの男が言った。「なんだろうね、あの音は？　水かな？」

なるほど、片側の藪垣のむこうのあたりから、チョロチョロ鳴る水の音が聞こえた。闇の中のその音が、なんとなく薄気味わるいような心持がして、二人はきゅうに背すじが寒くなった。

「きっと清水が湧いてるんだな」とブラウンが言った。「それがこっちへ流れてきてるんだよ。なんだか地獄の三途《さんず》の川みたいにまっ暗けで、気味がわるいな。きっとここは不吉な場所だぜ。レイノルズ、マッチあったら貸してくれ」

レイノルズがマッチを出してやると、二人はしばらく黙ってパイプをふかしていた。

と、いきなり頭の上で、ポーと鳴いたものがあった。二人はギョッとした。つづいて梟の陰気な鳴き声が、長く尾を引いてホー、ホーと聞こえだした。

「こりゃますます薄気味わるくなってきたぜ。そろそろもう行こうよ」とレイノルズは言った。

「ぼくはあの声をきくと、死んだ人を思いだすんだ」

「おれのおふくろが化けて出たかな」ブラウンは笑って、「なんだかいやに寒くなってきたぜ」

「ぼくもそうなんだ。ばかに寒くなってきた。おい、もう行こうよ」

ブラウンは道ばたの木戸から下りて、道のまんなかへ歩みでた。

ちょうどその時月が雲間から顔を出して、雨に濡れたあたりを照らした。なにもかも濡れそぼっていた。藪も、木も、草も、二人の帽子も、服も、――松の木の下の道のおもても濡れて、月かげに青く光っていた。万物が一時に音をひそめたような静けさだった。

「おい、どうしたんだ？　行かないのか？」ブラウンが声をかけると、レイノルズが答えた。「ちょっと待ってくれよ。なんだか人の足音が聞こえるぜ。シーッ！　ほら、だれかこっちへやってくるようだよ。ぼくらと同じように、終列車に遅れた人かな」

そういわれて、ブラウンも耳をすましてみると、なるほど人の足音が聞こえる。それがふしぎなことに、まるで乾いた固い道をハイヒールでコツコツ足早に歩いてくるような音であった。「女の人らしいね」とレイノルズが言った。「だけど、こんな夜ふけに、こんなとこを女の人が来るなんて、へんだな」

するとブラウンが笑って、「フン、きょうびの女は、年とること以外には、恐いものはないとさ。――おい、あすこへ来たぜ！」

と言っているうちに、一人の婦人が――痩せぎすな、しなしなした、若い女の姿が見えたと思うと、二人のいるほうへスーッとやってきた。

人目に立つような派手ななりではないが、品のいい身なりをした女だった。はいているエナメル皮の靴の止め金が、月の光にピカピカ光っていたが、おかしなことに、今時はやらないような、長い、ピラピラのついたスカートをはいているくせに、細い脛が丸見えだった。女のようすには、なにか気軽に声をかけられないようなものがあった。女が近よってくるにつれて、二人の男は思わず知らずたがいに身を寄せあった。女は一糸乱れぬ足どりで、コツコツこちらへやってくる。月がさして、松の木の影が道にくっきりと縞を落としている。女はそこへさしかかってきた。と、その時、ブラウンはついそこの藪ごしに、どこから出たのか牛が一匹、やはり自分たちと同じように、術にでもかかったように茫然として、じっと立ちすくんでいるのを見た。あたりは凍りついたような静けさで、木の葉一つ動かない。腕を組んだまま、レイノルズも木像のように動かない。ただチョロチョロ鳴る水の音と、コツコツ、コツコツ鳴る靴の音が聞こえるばかりであった。

やがて女は、二人のすぐ目の前までやってきた。二人は、思わずその時、顔や服が茨《いばら》でバラ掻きになるのもかまわず、うしろの藪へジリジリ後ずさりをした。女は通り過ぎた。そしてまっ暗な坂道を、闇に呑まれながら下りて行った。コツコツ、コツコツ、足音はまだ聞こえている。二人はしばらく物も言えなかった。やがてレイノルズが藪からガサガサ出てきて、「とうとうぼくは幽霊を見た。今まで幽霊なんか馬鹿にしてたけど……」と息を殺して言った。

「だけど、今の女、首があったかい?」

「それ、聞かないでくれよ」とレイノルズは歯をガタガタ言わせながら、「首はなかった。ぼくの目には見えなかった。——ねえ、もう行こうよ」

「だって、坂を下りて行ったぞ」

「だけど、こんなとこにいつまでもいられやしないよ。ぼくは体が凍えそうだよ」

「まあ、あの足音が聞こえなくなるまで、待てよ。あんなもの、ひと晩のうちに二ども見ちゃ、やりきれないぞ」

二人はそういって、しばらくじっとして耳をすましているうちに、足音はだんだん遠くへ消えて行った。やがて、チョロチョロいう水の音だけが、夜の静寂《しじま》のなかにほそぼそと聞こえるばかりになったので、二人は思いきって藪からとびでると、夢中でまっ暗闇の坂道を駆け下りた。

＊

それから一週間ほどすると、妙なことがもちあがった。ブラウンが幽霊にとりつかれたのである。朝から晩まで、女の幽霊のことばかり言って、はてしがつかない。――あんな楚々《そそ》たる姿の、手の白い、足の美しい女は見たことがない。あのぶんだとさだめし縹緻《きりょう》も美しいことだろう。なぜあの時顔を見せなかったのだろう？　べつに首を切ったような跡もないのに、首がなかった。どうしてなのだろう？――人の顔さえ見れば、そんなことばかり口走るのであった。聞き役になったレイノルズも、これにはほとほと困ってしまった。姿がなんともいえないとか、指が白くてきれいだったとか、桃色のアーモンド形の爪がすばらしかったとか、だれかれの見境もなく、あらぬことを口走るのである。まるで思いつめて気でも狂ったような様子であった。

そこでレイノルズは、しばらく当人の気をかえさせてみたらいいかと思って、どうだね、ロンドンへ行って、おうかがいをする人にでも見てもらったらというと、ブラウンは二つ返事で、そいつは名案だといって、さっそくロンドンの霊媒者に見てもらいに出かけて行った。

ロンドンへ行くと、いろんなことを勧めてくれる人があった。なかには、すぐに祈禱をして交霊をした結果、なぜあの幽霊に首がないか、なぜあんなところへあの幽霊が現われるのか、首の行方はどうなったのか、そういうことを告げる者もあった。しかし一人として同じことを言った者がない。首の行方は、十人が十様、みんな違った場所にあった。

そんなふうにして、幾人かの呪術者に見てもらっているうちに、最後に、では私がその幽霊を見た場所へ行って、お伺いを立てて上げようと言ってくれた者があった。出張の見料も案外安かったので、ブラウンはさっそくそうしてもらうことにして、霊媒者をつれて村へ帰ってきた。

ちょうど凪もない、雲一つない静かな晩で、霊媒には持ってこいの晩だった。霊媒者がいうのに、お伺いを立てるのには四人の人数がいるというので、ブラウンは村にいるロシア人のロスコヴィ夫婦に話をして、これにも出てもらうことにし、一同は十時近くに出かけた。ブラウンはそのまえに、現場の近所で聞いたところによると、女の幽霊を見たという人は二人あった。一人は百姓で、この男は今までに数回見たということであった。いつも馬に乗っている時に見るのだが、かならず馬が驚いて棒立ちになるそうで、やはり恐いのは幽霊に首のないことだといっていた。

もう一人は、これは村の鍛冶屋で、この男は二度幽霊を見たという。自分の見た時には、二度とも幽霊はなにか小脇に物をかかえていたが、どうもあれは首らしいという。べつにすぐ目と鼻の先で見たわけではなかったけれども、首のないことだけはたしかだったと、その男はいっていた。この鍛冶屋の男も、前に言った百姓の男も、二人とも前から、あの坂道の上は幽霊が出る場所だと聞いていたそうで、今から六十年ばかり前に、あの窪地で人殺しだか自殺だかがあったということであった。以上のことを調べた上で、ブラウンはその晩、霊媒者とロスコヴィ夫婦をつれて現場へ出かけたのである。ロスコヴィ夫婦は、その晩幽霊が出るとは考えていなかった。幽霊なんて、めったに出るものではない。いっぺん出たら、あとは何週間か、何カ月か、あるいは何年か間をおいてでなければ出やしない。ロシア人夫婦はそう考えていた。

「そりゃそうかもしれないが、とにかく霊媒にやってもらうことにしましたよ」とブラウンは言った。「霊媒者に頼んで、幽霊が自分で出てこなかったら、呼び出してもらうことにしたんです。ねえ、ヴァレンスピン夫人、そうですね？」

霊媒者のヴァレンスピン夫人も、ちょっとそれには自信がなさそうであった。「そうですね、私これまで、こんな野天でやったことありませんからね。でもまあ、できるかできないか、一所けんめいやってみます。コンディションはたいへんよろしいようです。でも、現場へ行ってみてからでないと、はっきりしたことは申し上げられませんね」といっていた。

ところが、いよいよ草深い、百姓家もないような、寂しい奥へはいって行くにつれて、ヴァレンスピン夫人がだんだんソワソワしだしてきて、なんとなく落ちつきがなくなってきたのを、ブラウンは見逃さなかった。

ヴァレンスピン夫人は、途中一、二ど、行こうか行くまいかとためらうように足をとめた。そして、いよいよ坂の下の窪地がむこうに見えだしてきた時には、テコでも動かなくなってしまった。

「暗いから、あすこへは下りないほうがよござんす。この坂の上でけっこうですよ」

清水の音が、しんとしたあたりの静寂のなかに、ふだんよりもよけい不気味に聞こえていた。藪のかげに、なんだか白いものがいるのにギョッとしたと思ったら、それは藪のうしろの小広い草地に飼われている小牛であった。尻尾一つ動かさずにじっとしているその小牛も、なにか予感があって、そこでなにかを待っているといったような様子であった。闇のなかを、ときどき見たこともないようなすごい大きな蝙蝠《こうもり》が、茂みのなかからバタバタと羽音をたて、キ、キと鳴きながら舞いたつ。夜風が出たとみえて、木の葉がおりおりサーッと吹き飜《ひるがえ》る音がする。白い影がフワリと道へ飛びだしたと思ったら、なんのこと、穴から出てきた野兎だった。おおかた、餌でもあさりに出てきたのだろう。動いているものはそんなもので、あとは水を打ったようにしんとしていた。

「幽霊は、この道をまっすぐに窪地へ下りて行ったんです」とブラウンは言った。「だから、ここに待っていればいいと思うんだけど、どうでしょうね、ロスコヴィのおかみさん?」

「わたしはヴァレンスピンさんのご意見と同じですね」と坂道をのぞきこむように見やりながら、「やっぱり、この坂の上にいたほうがよさそうですわ」

「そう。では、そういうことにして、そろそろ始めますか」とブラウンは言った。「ヴァレンスピン夫人、どうぞお願いします」

しばらく一同は無言でいた。やがてヴァレンスピン夫人の顔がまっ青になってきた。彼女は道の片側へ歩みだすと、地声とはまるで違った妙な声で言いだした。

「むかし、ここの窪地で、おそろしい犯罪が行なわれたぞ。同じ男に懸想した、姉妹二人が、ここの窪地で出会ったのじゃ。二人は口論の末、つかみあいの喧嘩をはじめ、姉は妹をこの下の川のなかへ突き落とし、妹は水に流されて、溺れて死んだ。血をわけた姉は嫌疑をのがれて、その後何年か生きながらえたが、死んでから、生前罪を犯した場所へ幽霊となって出るようになったのじゃ」

ヴァレンスピン夫人がここで言葉を切ったとたんに、窪地のほうから、あの怪しい足音がコツコツと聞こえてきた。ハッと思って、一同は固唾《かたず》をのみ、息を殺して耳をすました。足音はだんだん近づいてきて、やがてブラウンとレイノルズが前に見たのと寸分たがわぬ美しい女の姿が、闇のなかからもうろうと現われてきた。

「あっ、あれだ！　あの人だ！」ブラウンが気負いたったように叫んだ。「あの細い腰！　しなやかな腕！　かわいい手！　あの止め金のついた靴！　ああ、やっぱり光っているな！　そうだ、首だ、首を見なければ！　きっと見えるぞ！」

キャッという恐怖の悲鳴に、ブラウンはハッと我に返った。それはロスコヴィが叫んだ声だった。ロスコヴィは妻の手を引っぱって道の片側に逃げると、夫婦して抱き合ったまま、凍りついたような目つきで幽霊の襟元をじっと睨んでいた。ブラウンもそれにつられて幽霊の襟元を見やった。幽霊の襟元は、首のつけ根から上がプッツリ切れて、なにもなかった。あっ、やっぱり首がない！　と思ったとたんに、首のない幽霊がケタケタケタと笑った。

死の谷

医者というものは、職業柄、どうかするとよく奇怪な、超自然なことを経験するものらしい。私の知人のドクター・ジョン・ウエルズが遭遇した事件なども、やはりその一つであるようだ。

今から三、四十年前の話になるが、ドクター・ジョンはウェールズのある小さな町で、ちょうど出物になっていた一軒の手頃な医院を買った。ところが、そこへ引き移って開業をしてからしばらくたつと、町の古顔の人から、あなたは今の医院にはきっと長く住んでいられませんよと言われた。わけを聞いてみると、今まで二人ばかり人がはいったが、どちらの人も一年と居つかなかったというのである。まあ、ほんの腰掛にはいった人たちだったんでしょうがね、という以外には、とりたててこれという特別の理由もないようであった。

べつにそこの家に、どこといって具合の悪い個所はないようだし、普請はいいし、住みよくもできており、下水の設備なども申し分ない。町の人気《じんき》もいいし、気候にも恵まれている。こんないい家のどこに文句があるのか、町の人たちが自分の医院に首をかしげるのが、ドクター・ジョンには不思議でならなかった。

医院に移ってから二、三週間は、なにごともなかった。ジョンはその家が気に入っていた。部屋もちょうど手頃の大きさで、通風のぐあいもいいし、屋根や壁の防水もしっかりできていて、外観も快適だった。隣近所も、そう親切なざっくばらんな人達ばかりとは言えなかったにしても、べつに敵意を持っているようすはけぶりにもなかったから、まずまず当分ここなら、いやなことも聞かずに長く住めると、ジョンは喜んでいたのである。

ある晩のこと、ジョンは昼のうちすこし忙しかったものだから、すこし疲労を覚えながら、広間の暖炉のまえに寛いでいると、そばに寝そべっていた飼犬のフォックス・テリヤが、なにを思ったかきゅうに絨毯《じゆうたん》の上から起きあがって、ウーッと唸りだした。とたんに、ホールの電話のベルがけたたましく鳴った。ジョンは虫が知らしたのか、なんとなく胸さわぎをおぼえながら、ホールへ出て行って電話に出ると、女の声で、

「わたし、ジルですの。すぐに来て頂きたいの。とんだことができたもんですから。――お願いしてよ」

ジルというのは誰だか、ジョンには見当もつかなかったが、とにかく行ってみることにして、帽子をかぶって外套を着て、自転車に乗って出かけた。外はかなり寒かった。移ってきたばかりで、まだ土地馴れていないから、方角もよく分らなかったのに、なにか知らないがその時は、自分をむり押しに導いていくような妙な力があった。なんだか自分が自分でないような、夢でも見ているような不思議な心持だったと、あとで本人は言っていた。

自転車で行く道はでこぼこした狭い道で、来たこともない道だった。おまけに山道で、そこを登って下りると、木のうっそうと茂った川ぞいの谷あいへ出た。二、三日前の豪雨で水かさのました川は、気味のわるいくらいごうごう渦をまいて流れていた。

川っぷちに一軒の白い家があった。家の前に小さな庭がある。ドクター・ジョンはそこへは

いって行くと、自転車を壁によせかけて、入口のベルを鳴らした。ベルに答えて若い女が出てきた。鳶《とび》色の髪の毛をした、黒い目の美しい女だった。この女がジルという女で、まえから親しく知っていた女だということが、なぜかジョンには分っていた。女の顔も声も姿も、それからここの家も、ふしぎとジョンには前からなじみがあるような気がした。かれはいかにも懐かしそうに、惚れ惚れと女の顔を眺めた。女はなかなかの美人だった。

「まあチャーリー、ご親切によくすぐに来て下さったわねえ」と女が言った時に、ジョンはべつに怪しみもしなかった。

「ヘンリーなのよ、診《み》て頂くのは」と女が言った。

「また飲んだんですか?」ジョンはそう言っている自分の声を聞いた。

「ええ、とてもひどく酔っぱらってね。でも、もう二どと飲まないから大丈夫だわ。あの人、死んじゃったから」とジルは言って、いたずらそうな目に匿《かく》しきれない喜びを見せながら、「上がって頂戴。あの人、食堂にいるから」

女はジョンを奥の部屋に通した。見ると、うしろの床の上に、年のころ四十歳ぐらいの男が転がっている。わりと体のがっしりした、髪の毛に白いものがまじった、目の青い、顎髭をはやした男である。

ジョンは男のそばへ行って、顔をのぞきこんだ。ウイスキーの匂いがプンプンしている。だいぶ飲んだようすである。が、死因は酒ではなく、窒息死だった。食いしばった歯の間から、茶色のきれの切れっぱしがはみだしていた。

ジョンは男の死顔から、ジルのほうへそっと目を移した。見ると、女の咽喉首《のど》に、赤いみみず腫れの跡がついており、白い手の甲にも同じような痕《あと》が赤くついていた。

「これね、うちのシャム猫にひっかかれた跡なのよ。寝かしてやろうとしたら、いきなり噛みつこうとしたの」と女が言った。

ジルは袖の長い茶色の服を着ていたが、よく見ると、その袖の先がちぎれたように裂けていた。その服の生地は、死んだ男が口に食わえているきれと同じものであった。

女はジョンの目の中にある恐怖を見ると、すがるような目つきで顔をのぞきこみながら、言った。「ねえチャーリー、あなたまだ、私のことを愛してくれているんでしょう、ねえ?」

「うん、愛している」ジョンはつっけんどんに答えた。「君はこの男を殺したんだね?」

女はうなずいた。「だって、しようがないんですもの。私もう、これ以上我慢できなかったのよ。あいつったら、ほんとにけだものよ。ねえ、後生だから、あいつを殺したこと咎めないで。卒中とか心臓麻痺とか、なんとかうまく言っといて頂戴よ。ねえ、できないこと?」

ジョンは首を横にふって、「そりゃよしたほうがいい。そんなことをしたら危いぜ。なんとかほかの方法を考えようよ」

とんでもないことをしてくれたとは思いながらも、かれは女に夢中で惚れていた。女の美しさにかれは酔い痴《し》れていた。この女を警察の手から救ってやるためには、自分の良心も、命も、世間体《てい》も、なにもかもいらないとまで、かれは思いつめていた。

「あなた、顔色が悪いわ。ブランデー、すこし飲みなさいよ。今持ってきて上げるから」

女がブランデーをとりに部屋を出て行った間に、ジョンはなんの気なしに、そこの壁にかかっている大きな鏡を見た。すると鏡のなかに映っているのは、きれいに髭を剃っている自分の顔ではなく、目も髪も黒い、あご髭をはやした、自分より五つ六つ年上の男の顔であった。ジョンはべつにそれを不思議ともなんとも思わなかった。驚きもしなければ、びっくりもしなかった。

やがて女はブランデーを持って戻ってくると、「ねえ、チャーリー、私いいこと考えついたわ」といった。「あの死骸を川へ投げこむのよ。手伝って頂戴ね。さいわい召使は留守だし、帰りは遅くなるといってたから、私たちきりなのよ、今ここの家は」

ジョンは、おちつき払っている女の度胸におどろいた。女は洒蛙々々《しゃあ》していた。

「だけど、通りすがりの人に見られると困るよ」

「大丈夫、そんな心配あるもんですか」と女は笑って、「昼日中だって、このへんを通る人はめったにないんですもの。まして夜ならなおのことよ。土地の人はここの谷を嫌っているんです。この川には魔が住んでいるんですとさ。ウェールズの人って迷信深いのね。とにかくこうなれば、いちかばちかでやらなきゃ駄目よ。私のことをほんとに愛して下さるんなら、なんとかしてこの急場を助けて下さるはずよ。私死刑になるなんて、考えただけでもゾッとするわ」

女はそういって身震いをした。

「いいよ、手伝うよ。川っぷちに人がいるかいないか、ぼくが入口から覗いてみてあげるよ」

「あら、駄目よ」ジルは言った。「それは私がするわよ。あなたはホールに死骸と待っててよ」

二人は死骸をホールへかつぎだして、玄関の扉のそばへそれを下ろした。ジルはそっと入口から表をのぞいていたが、まもなく戻ってきて、「大丈夫、誰もいなくてよ」

それから二人して死骸を川まで運んで、ゴウゴウ白波をたてて流れている水の中へ投げこんだ。ジョンは、人間も悪霊にとりつかれると、ついこんな恐ろしい悪事を身に犯すものかと、つくづく思った。仕事をすますと、なにかほっとした気持で二人は家に戻ってきた。ジルはもっと飲みなさいよといって、しきりとかれにブランデーをすすめた。

「一体どんなふうにして殺《ばら》したんだね？」二人して盃を重ねている時に、ジョンは訊いた。

「あの人、酔っ払って、床の上へ寝ちゃったんです。それから私、クッションを持ってきて、それで顔を押さえつけてやったの。そしたらもがいて、ひっかいてね。でも私の方が力があったし、相手は酔ってるから手向かいができないで、とうとう私、あの人が動かなくなるまで、クッションの上に腰かけていてやったの。しばらくしてクッションをとったら、もう死んでたわ。ほんとにわけなかった。私あの男大嫌いだったんだから、これで片がついてホッとしたわ。発覚《ばれ》る心配ないわねえ？」

「まあ、ないと思うね。あの男が酒飲みだということは、世間じゃみんな知ってるからね。酔っ払って川へ落ちたと思うだろうよ。べつに殺傷の跡はないしさ、ぼくらを見た者がなければ、ぜったい安全だと思うね」

女はかれの首へかじりついて、接吻した。

「ありがとう、チャーリー、よく助けてくれたのね。私、いっそうあなたがかわいくなったわ。

ほんとは今夜ここへ泊って行って頂きたいんだけど、あいにく十二時頃に召使が帰ってくるのよ。あの連中に、あなたがここにいるのが分ると、まずいものね」

そういって女は、厭だという男を酔いつぶさせるつもりか、さらにブランデーをすすめて、なんどもしつこく接吻をした。ふだん酒をたしなまないジョンはこんなに盃を重ねたことは生れて始めてだったので、やがて自転車にのって女の家を出た時には、足もとが危いくらいフラフラしていた。

外は星一つない、まっ暗な夜だった。厚い雲が月をかくしていた。夜風が烈しく吹きだして、魔の住むという川の水は、ものすごい水音をたてて流れていた。その水のなかをあの死体が流れて行ったことを考えると、ジョンはさしもの酔いも一時にさめる思いがした。

一刻も早くこの谷あいから逃げ出ようと思って、かれは一所けんめいにペダルを踏んだ。やがて急な下り坂のところまでくると、きゅうに車灯が消えそうになってきた。うちを出るとき、油をいっぱい入れて出てきたことを思いだして、かれはへんだなと思って、念のために自転車を下りて、車灯をよく調べてみると、自分の車灯と違っていることが分った。それから車を調べてみると、車も自分の車ではない。おかしいなと思ったが、なにしろ暗闇のことではあり、酔っ払ってフラフラしていたことでもあるから、あるいは似ている車と間違えてきたのかもしれないと思った。

で、どこでどうして間違えたのだろうと、自分の胸に訊いてみた。さっき、あの白い家へ行った時に車を置いた場所は、自分でもはっきり憶えている。この見なれない車は、その場所から持ち出してきたのである。自転車はほかに一台もあすこにはなかった。これが月夜のことででもあれば、通りがかりの者が表からのぞいて、出来ごころでちょいと失敬して取りかえて行くということもあるだろうが、そんなこともなさそうだ。してみると、取りかえたのはあすこの家の者ということになるけれども、ジルが言っていたところによると、召使はみんな留守で、あの時あすこの家にいたのは自分とジルと二人きりだというのだから、それが事実とすれば、車を取りかえたのはジルよりほかにないことになる。きゅうにジルが自分の自転車を欲しくなったのだろうか？　しかし、自分の自転車は男乗りの自転車だ。女が男乗りの自転車に乗るだろうか？

酔っているせいか、どうも考えがうまくまとまらない。ままよ車灯が消えたって、なんとか暗闇の道を家まで帰れる自信はあったけれども、ただ途中で巡査にでも出会うと面倒だった。でも、ウェールズの田舎では、夜道で巡査に出会ったためしはまだ一度もなかった。いやまっ昼間でも、巡査に道で出会うなんてことは、まずなかった。

ジョンは丘を下りだした。すると、ものの一ヤードか二ヤード走るか走らないうちに、車灯が消えてしまった。下り道だから、スピードはますますつく。止めようと思うが、ブレーキがきかない。闇の中を飛ぶように走った。夜風が耳にあたってピューピュー鳴る。そのうちに、いきなりなにか固い物にもの凄い勢でガシャンとぶつかってジョンはそのまま気が遠くなってしまった。

気がついた時には、ドクター・ジョンは自分の家の居間の暖炉のまえに腰かけていた。見ると、飼犬のスキントも、すぐ足のそばに寝そべっている。ああ、助かった！　ジョンはわれ知らずそう思って、やっと我に返ることができた。

＊

その翌日、ドクター・ジョンはアリスンという老人に会ったので、かれは昨夜のふしぎな経験をこの老人にかいつまんで話した。

「むろん、夢にちがいありませんが、しかし夢にしても、いやにどうも鮮やかなんですよ」

するとアリスン老人は膝をのりだして、ジョンに尋ねた。「あなたね、マーチン夫人とドクター・チャールズ・グリフィスの話、お聞きになったことあるかね？」

ドクター・ジョンは首を横にふって、「いや、聞いたことありませんね」

「ほんとうに？」

「ええ、ほんとに」

「ほう。じゃ、も一つ伺うが、あなたね、このへんの者が『死の谷』といっている谷あいへ行かれたこと、おありかな？」

「『死の谷』？　いや、行ったことないですな。なぜですか？」

「いや、つまりな、あなたの今のお話に出てくるのが――川のふちに白い家がポツンと建っておる、あそこがその『死の谷』なんじゃよ。もう二十年も前のことになるが、あの家にミセス・ジル・マーチンという女が住んでおってね。亭主のヘンリー・マーチンというのは、これは陽気な男で、酒好きで通っておった男だった。グデングデンに酔っ払って家へ帰るのは、もうしじゅうのことでね。女房のジルは、フランス人とのあいのこで、これはなかなかの美人で岡惚れ連がだいぶあったが、そのなかにドクター・チャールズ・グリフィスというのがあった。それ、あなたがゆうべ鏡の中に顔を見たというのが、その男さ。歳は四十五ぐらいであったか、髪と目の黒い、短い顎髭をはやした男だったがね。と、ある日のこと、亭主のマーチンがあすこの川で溺れた。二、三日まえにえらく雨が降って、水かさの増していた時だからたまらんさ、あっというまに呑まれてしまった。まあ、酔っ払って落ちたんだろうね。ところが、ちょうどマーチンが川にはまって死んだ時刻に、ドクター・グリフィスにも椿事《ちんじ》がおこった。きょう日の自転車のもうひと時代前の、あの背の高い自転車な、あれに乗って、先生闇の晩に山道を下りてきたら、ブレーキがきかんで、どこやらの石塀にもろにぶつけて、そのまま即死じゃ。あなたの夢だと、ジルは亭主を殺した上に、グリフィスもうまく亡《な》きものにする魂胆だったようじゃが……」

「そうなんです。それでジルはどうなりました?」

「ジルは亭主が溺死してからまもなく、ある外国人と結婚して、あの家を売って、南米へ行ったが、なんでもその途中で、亭主と海で溺死したそうじゃよ」

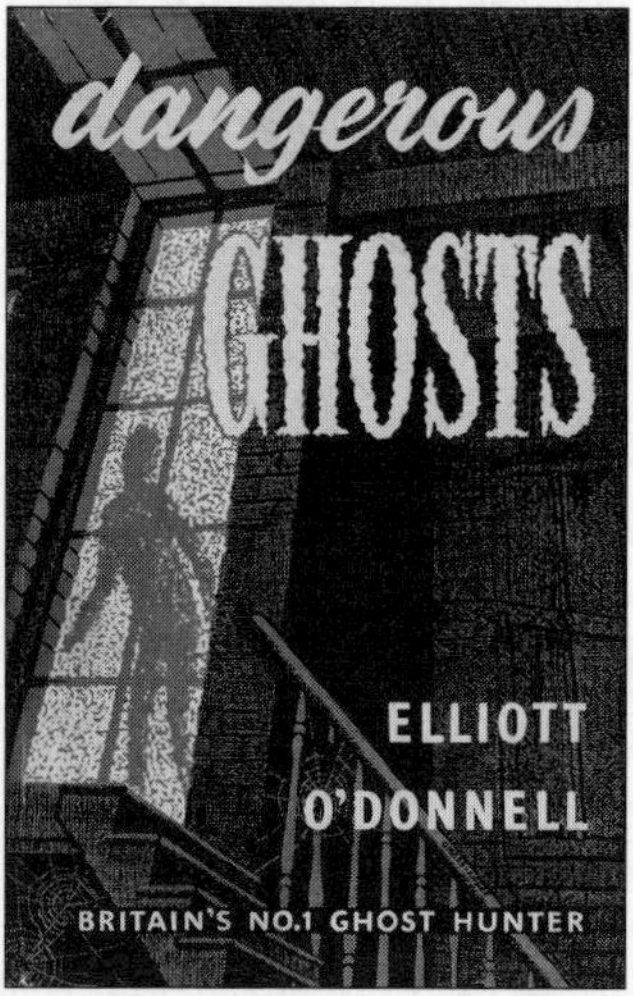

E・オドンネル『危険な幽霊』

女好きな幽霊

これは昨年、リッチモンドのミセス・エドワード・ボールから直接きいた話。――

四、五年前の夏のことであった。ミセス・ボールはある海岸町のアパートを借りて住んだ。ある朝十一時ごろに、居間の窓から表を眺めていると、恰幅《かっぷく》のいい一人の紳士がアパートの前へブラブラ歩いてきた。赤ら顔の年配の紳士で、りゅうとしたなりをして、胸のボタン穴に白い花をさしていた。紳士は窓から下を眺めていたミセス・ボールを見上げると、ニッコリ笑って、いやに親しげにお辞儀をした。まもなくアパートの玄関の扉の明く音がして、だれかはいってきたけはいがした。しばらくして、ミセス・ボールの部屋の扉がスーッと明いたと思うと、今見た紳士が首を出して、ニッコリ笑いながらお辞儀をするので、ミセス・ボールはびっくりして、どなたですかと言おうとした時に、だれやらホールで人声がした。とたんに紳士は、あわてて首をひっこめて入口の扉をしめた。ミセス・ボールはへんな人だなと思ったが、きっとだれか人違いをしたのだろうと思って、その時はべつに深くも考えなかった。

その翌日、午後の三時頃に、彼女は二階の寝室へ行こうとして、ホールの階段を上がって行くと、だれかうしろからついてくる足音が聞こえるので、なんの気なしにふり返ってみると、二、三段下のところに、きのうの赤ら顔の紳士がノッソリ立っている。

紳士はきょうも白い花を胸にさして、あいかわらず彼女に厭らしく笑いかけるので、彼女はうす気味悪いのに腹が立って、「なんで人のあとを追っかけてくるんです！」とどなりつけてやろうとした時に、だれか下の踊り場から声をかけた者があった。声の主は同じアパートに止宿しているミセス・ウォードだった。で、ミセス・ボールは、ミセス・ウォードに「なにかご用？」と返事をしながら階下まで階段を降りて、あの男、まだあとをつけてくるかなと思って、今降りてきた階段の上をひょいと見上げてみたら、そこにはだれも人の影はなかった。

それきり五、六日の間彼女は赤ら顔の厭らしい紳士の姿を見かけなかった。いいあんばいだと思っていると、ある日、またしても性懲《しょうこ》りもなく姿を現わした。ちょうど、朝のうち買物に出かけて帰ってきて、彼女が自分の居間へはいると、肱かけ椅子にあの男がチャッカリ腰かけているので、彼女はあっと仰天してしまった。男は助平ったらしい目をギラギラ光らしながら、ずんぐりした手を彼女のほうへさしのべている。

ミセス・ボールは驚きと腹立ちとで、いっぺんにカーッとして、家主のミセス・スミスのところへ飛んでいくと、へんな爺《じじい》がいるから追い出して下さい、さもないと私即刻この家を出ますといって、顔色をかえて我鳴《がな》りたてた。その剣幕に、家主のおかみさんもただごとでないと知って、急いでミセス・ボールの部屋へ飛んで行ったが、しばらくして戻ってくると、「お部屋にはどなたもいませんよ」といって、それからおかみさんはきゅうに声を落として、ミセス・ボールに言った。「じつはね、ボールの奥さん、わたし不思議な話があるんですよ。この家はわたしが生まれて育った家でしてね、わたしもみなさんから頂くお部屋代で細々暮らしているんですから、ぜったいにこの話はだれにも話して頂いちゃ困るんですが、奥さん、それを請け合って頂けますか？」

ミセス・ボールは、もちろん請け合うと約束した。

「それじゃお話ししますが、ちょうど今から五年前のことでした」とミセス・スミスは語りだした。「あなたがさっきおっしゃった老人の紳士、プライスさんという方が二階のお部屋をふた間借りておいでだったのです。プライスさんはいい方で、べつにうるさい世話はかからないし、お金ばなれはいいし、ほかのお客様や女中などにもなかなか愛想のいい方でした。ちょうどその頃、あなたの今いらっしゃる部屋には、若い未亡人の方が、ひと月ばかり住んでおいででした。この方はとてもすっきりした縹緻《きりよう》のいい方でしたが、家へ見えてから三日目に、私にこんなことをおっしゃるんです。『ミセス・スミス、すみませんけど、二階のあのへんなお爺さんを、わたしの部屋へこないようにして下さいな。うるさくて困りますわ。あとをつきまとったりしないように、厳重に言って下さい。お願いしますよ』

プライスさんにこの旨を申し上げると、いや、おれはあの婦人に、じつは大いに思召があるんだよ。しかし、もうあの人の迷惑になるようなことはきっとしないからといって、すなおに謝っておいででした。ところが、この約束は約束にならないで、その後もなにか厭らしいことをしたと見えて、とうとうその美しい未亡人は、手前どもを出ておしまいになりました。

さあ、そうなると、こちらとしても同宿のご婦人に迷惑をかけた人を、そのままのんべんといい顔をして置いておくわけには行きません。お気の毒だが、どこかほかへ行って頂くように申し上げると、プライスさんはたいそうお怒りになって、よし、今に見ていろ、おれが死んだら、きさまがここの家にいる間は、きっと化けて出てやるといって、たいへんな剣幕で出て行かれました。化けて出てやるなんて、わたしはその時幽霊なんてこの世にあるもんじゃないと思っていましたから、プライスさんの言ったことなんか、気にもとめずにいました」

ミセス・ボールは家主のおかみさんの顔をまじまじ見つめながら尋ねた。「あら、じゃあなた、今は幽霊ってものはあると思っていらっしゃるの?」

「ええ、あると思っています」ミセス・スミスは大きくうなずいて、「プライスさんは手前どもをお出になってから一年ばかりして、病院で亡くなられたんですの。亡くなったら、あの方約束を履行なすったんです。それからこっち、ここの家でプライスさんを見たのは、あなたが初めてじゃないんですよ」

ミセス・ボールは大きな声で笑いだした。

「いやだわ、おばさん。私につきまとうあのいやな爺さん、あなた、あれを幽霊だっていうの? 冗談じゃないわよ」

「いいえ、冗談どころか、ほんとなんです」とミセス・スミスはまじめな顔で、「嘘だと思ったら、こんど出た時に、なにかぶつけてごらんなさいまし、どういうことになるか。おそらく、きっとまた出ますよ。プライスさんは、そういっちゃ失礼だけど、あなたのような美しい赤い髪の毛の女の方が大好きなんですから」

家主のおかみさんは大まじめで言っていたが、ミセス・ボールはプライスとかいうあの赤ら顔の、体のがっしりした爺さんが幽霊だなんて、義理にも信じられなかった。とにかく、もうしばらくここのアパートにいることにして、もしこんどあの爺さんが現われたら、おかみさんのいったように何か投げつけてやろうと、ひそかに心待ちにしていた。

その翌朝十一時ごろに、ミセス・ボールはなにか取りに寝室へ行った。寝室へひと足ふみ入れたとたんに、寝室の大きな戸棚の戸がいきなりスーッと明いて、そこから助平爺さんの赤ら顔がのぞいて、ニタニタと彼女の顔を見て笑ったから、ミセス・ボールはキャッといって飛びすさると、戸棚の戸をバタンと締めて、金切り声を上げて家主のおかみさんを呼んだ。

「おかみさん！　爺さん捕まえたわよ！　戸棚の中、戸棚の中！」

ちょうどその時二階にいた家主のおかみさんは、声をきいて急いで飛んできた。戸棚の中だというから、すぐに戸棚を明けてみたが、老人は影も形もない。風の強い日だったので、窓は締めてあったから、どこからも逃げて出るところもなかった。たしかに戸棚の中にいたところを締めこんだのに、どこかへ消えてしまったのだ。

家主のおかみさんは、ミセス・ボールに言った。「ごらんなさい、奥さん、これでもまだあなた、あのお爺さんが生きてる人間だとお思いですか？」

ミセス・ボールはガタガタ震えながら、「どう思っていいんだか、私にゃ分らないわ。とにかく、もう私いっときたりとも、ここのお家にはいられない」そういって、早々に荷物をまとめて、ミセス・ボールはそのアパートを出てしまった。

その後一年ほどしてから、風のたよりに聞くと、家主のおかみさんはあのアパートを売って、郷里のワージングへ引っこんだということであった。それ以来、あのアパートにべつに怪しいこともないところを見ると、プライス老人は約束を守って、ミセス・スミスのいなくなったあとへは化けて出なかったものと見える。

B・A・コリンズ『チェルトナムの幽霊』
（雑誌『牧神』第3号「幽霊奇譚」に掲載の平井呈一所蔵本と同一か）

若い女優の死

この話は、ソニア・レスターを知っていた劇場関係の人から聞いた実話である。

グランピアン劇場の楽屋で、女優のソニア・レスターが「盗賊」の幕を終って、スペインの踊り子の衣裳をぬいでいるところへ、朋輩女優のコニー・バートンがはいってきた。ソニアよりもひと足先に役をすましたコニーは、もう顔も落として、帰り支度のなりをしていた。

「気分はどう、今夜は？」コニーはソニアに聞いた。「あんた、昼間なんだか顔色よくなかったわね」

その日はマチネーで、ソニアはひどく疲れていた。

「ありがとう。大したことないのよ。なんだか目が霞んで、しようがないの」

「お医者さまに診てもらったほうがいいわよ。なんていったって、餅屋は餅屋だからね。あんた、疲れてるのよ」

「うん、やっぱり疲れてるんだわね。あしたの朝、おまじないの人に私見てもらうことにしたの。でも眼鏡をかけなさいって言われやしないかと思って、私、それが心配なのよ」

「いいじゃないの、かけろって言われたら、かければ」コニーは笑って、「男の役者さんや女優さんで、眼鏡かけてる人、たくさんいるわよ。ボビー・シンプソンだってかけてるじゃないの。そう言や、私あの人にけさ道で会ったんだ。ソニちゃんどうしたって、あの人あんたのことを聞いてたわよ。そん時も、あの人眼鏡かけてたもの。ヘッティー・ニールソンも眼鏡かけててよ。舞台じゃ眼鏡かけなくても踊れるもの。大丈夫よ、あんた、そんなこと気にしなくたって」

ソニアは困ったような顔をして、「うん、そりゃそうだけど、でも眼鏡がなければ物が見えなくなっちゃったら、どうする？ 私それが心配なのよ。そうなれば、舞台よさなければならないもの」

コニーは溜息をついて、「あたしは舞台なんか早くよしたいなあ。私もう、舞台はつくづく飽きちゃったもの。どこかのんびりした田舎か海岸の、ちっぽけな家でいいから、せいせいしたところに住んで、外へ出たい時に勝手に出られて、着る物なんかどんな物でもいいから、小ざっぱりした物を着てさ……早くそんなのんびりした暮しがしたいわ。やれ『きっかけ』がどうの、とちると叱られたり、そんな苦労のない暮しがしたいわ。じつは今夜もそいつをやっちゃったのよ」

「あら、そう？ ちっとも気がつかなかったけど」ソニアはスカートをはきながら言った。

「ううん、あんたの出幕の時じゃなかったの。だあれも気がついた者ないと思うんだけど、うまあく私かぶせちゃったから。そりゃそうと、あんた、あの人と今夜会うの？ あたいもだれかいっしょに家まで送ってくれるような、いい人がほしいなあ。私ってものは、よくよく男に運がないのね。どういうのかしらね、今までできた男は、みんな揃いも揃ってやくざになっちゃったものね。そこへいくと、あんたはついてるんだね。ロニーはあのとおりいい男だしさ。どうなの、いっしょになる日どり、もう話きまったの？　この前の話じゃ、なんだかばかに急ぐような話だったけど」

「今夜あたり、話がきまるんじゃないのかしら」ソニアは言った。「あの人、財産を分けてもらうことになってるのよ。そのたよりを待ってるところなの」

「うまく行きそうなの？」

ソニアはうなずいて、「田舎からたよりがあったって、けさ電話してきたわ。これであの人も、万事が都合よく行くらしいわ。あの人ね、あんまりロンドンから遠いところにはいたくないっていうのよ。こんどはウィンブルトンだっていうから、会社へ通うにもそう遠くはなくなるでしょ」

コニーは相手の肩をそっと叩きながら、「まあまあ、せいぜいご運のよろしいように。宿六は私は今までの二人で、もうたくさんだ。こちらは当分、男は断《た》ちものにいたします。――当分よ」

「その当分が当てにならないくせに」

二人は、大きな声で笑いあった。ソニアは、コニーの屈託のない気性が大好きだった。自分より二つ三つ年上のはずだったが、どう見ても年上とは見えなかった。そういっても、とくな性分だった。

コニーが部屋を出て行ってしばらくしてから、ソニアは灯火を消して、楽屋を出た。揚げ幕に近い廊下のはずれに、ロニーが待っていた。

「きょうはね、車を傷《いた》めちゃったから、車なしなんだよ。うしろからもろにぶつけやがってね、大した壊れかたでもなかったけど、直しにやっちゃったんだ。どうする、タクシーで我慢するだろう？」

「いいわ、乗らなくても。お天気がいいから、すこし歩きましょうよ」

ソニアはロニーの腕をとると、二人は彼女のすまいのあるブルームスベリのほうへブラブラ歩いて行った。

「どうしたい、目は？　ぐあい、どうだい？」

ロニーはシャフツベリの並木通りを歩いている時にそういって尋ねた。

「ちっともよくならないのよ。私、このまんま盲目になってしまうんじゃないかしら」

「なに言ってるんだ、馬鹿だな。盲目になんかなるわけないじゃないか。だから、眼医者に診てもらえというんだよ。わけないさ、じきよくしてくれるよ。それよりもね、きょうは君に上げる物があるんだ。うまく気に入ってもらえりゃ、ありがたいけど」

ソニアは男の腕をやさしく撫でながら、「いつも下さるばかりじゃないの。なんなの？　また腕環じゃないんでしょ？　腕環はいくつも頂いたから……」

「いや、きょうのは指環だよ。卵形のオパールのはいったやつなんだ。きっと君の手に似合うと思ってさ。君の指は長くて先が細いから、そういう指環がいいんで、ずんずら短い、ゴツゴツの指じゃ、似合やしない。家へ行ったら上げるよ。このポケットにはいっているんだ。ところで、結婚の話なんだがね——」

来月の末あたりに式をあげることにしようと、歩きながら二人はそんな話をした。ロニーはなるべく早くしたいようだったが、ソニアとすれば、なにやかや支度のつごうもあった。

「あたしが結婚すると、メアリがきっと寂しがるわね」とソニアは言った。メアリというのは、ソニアの妹だった。「あの娘《こ》、ひとりじゃとても暮してはいけないわ。だからいっしょに面倒みてくれる人、捜してやらなくちゃ」

「いやに今夜はまた湿《しめ》っぽいことを言うんだな」とロニーは言った。「気分でも悪いんじゃないのかい？」

「ううん、べつに。ただ、ちっと気がかりだったからよ」

二人は歩きながら、これから持つ家庭のことをあれこれと語り合った。どこか気に入った小さな家が見つかるまで、二人はロニーが今いるバーネスの下宿で当分暮すつもりでいた。ソニアは舞台に未練を持っていたが、ロニーはいっしょになったら、早く堅気にさせたいと思っていた。

「そりゃね、君がしあわせになることだったら、ぼくはちっとも構わないよ。舞台をやめちゃったら、君はつまらないというんだろう。舞台はきみのあこがれなんだからな」

新婚旅行はどこへ行こう。当日着る衣裳はどんなのにしよう。……それはもう何百回となく、二人で話しあった計画だった。待ち女郎などつかない、ごくおちついた静かな結婚式にするつもりでいた。

家へ帰ると、いつものとおり、メアリが夕餉《ゆうげ》の支度をして待っていた。ソニアは舞台へ出るまえには、ぜったいに夕食はたべないことにしていたのである。

「お姉ちゃん、さっきギボンさんから電話があってね、目の診察あしたと約束したけど、あしたは先生のつごうが悪くなって、あさってにしてくれと言って来たわよ。どうなの、目は？」

ソニアは、たいしたことないと答えた。ほんとはゴロゴロ痛んでたまらなかったが、それを言うとメアリが心配するといけないと思ったので、嘘を言ったのである。やがてロニーが帰っていくと、彼女ははじめてホッとして夕飯をたべ、それから床へはいった。

それから二日たった晩のことであった。コニー・バートンがグランピアン劇場の石段をのぼって、二階の大部屋へはいろうとすると、ちょうどそこの廊下のところで、ソニアが自分の部屋の扉のハンドルをまわしているところを見かけた。ソニアはぱっちりした青い目で、コニーのほうをちょいと振り返ると、そのまま声もかけずに部屋の中へスーッとはいって、あとの扉をしずかに締めた。

コニーはコニーで、その日はすこし遅刻したので、出に間に合うのがやっとだったくらいだから、ソニアの目のことを尋ねる暇もなかった。舞台の袖のところで、コーラスの子の一人から、ソニア来た？　と聞かれたから、ええ、今見かけたわよと答えると、相手は妙な顔をして、「あら、あたし今しがたクレメンツさん（座付作者）からことづけを頼まれて、部屋へ行って見たんだけど、ソニア来ていなかったわよ」といった。

それっきり話をする間もなく、出になってしまったが、コニーはクレメンツ先生のことづけって何だろうと、不審に思った。二幕目第一場、幕が上がるとまもなくソニアの出になるのに、どうしたのかソニアは出て来なかった。

幕の上がるちょっと前に、舞台の袖で頭取となにか話していたクレメンツは、ソニアに話があるのでジリジリしながら待っていたが、開幕寸前になっても、ソニアは影さえ見せなかった。「困ったな、なにかあったんでなきゃいいが」とクレメンツは頭取に言った。「いいえね、ゆうべなんだか元気がないって言ってやったばかりなんで、心配なんですよ。さっき部屋へ人を見せにやったんだが、いないんだ。こんなことは、あの子としては珍しいことだからな」「どこかほかの人の部屋にいるんじゃないかな」と頭取は言った。「さっき私が楽屋口でジョーと話していた時に、奴さん来たんだよ。ちっと顔色が冴えないなと、私もそん時思ったんだけど、ほかはべつにふだんと変らないようだったからな」

クレメンツはますます落ち着いた気持でいられなくなってきた。その幕に出るほかの連中は、みなもう自分の居所や舞台の袖についているというのに、ソニアだけがいない。クレメンツは、ソニアが見つかるまで幕をちょっと待ってくれと命じておいて、彼女の部屋へ人を見せにやったが、その男は部屋にもいませんといって戻ってきた。それ以上開幕をのばすわけにはいかない。見物はもう湧ききっていた。

しかたがないので、コーラスの中の一人に代役をさせることにし、その子に急いでソニアの役の支度をさせて、やっとそれで幕を明けることができた。

クレメンツにすれば、ソニアは自分の気に入りの子だったし、ずっと一座にいた関係もあったしするので、よけい心配でならなかった。念のために自分でも楽屋を回って捜してみた。が、どこにもいなかった。口番のジョーに訊くと、これも頭取と同じような返事であった。

「ええ。あっしもさっきたしかに見かけたんですよ。例日どおり、六時半にきちんと着到しました。いつもはなんかしら口をきく子が、きょうに限って黙ってるから、あっしもへんだなと思ったんだが、急いでると見えて、脇目もふらずにバタバタ上がっていきましたぜ」

「なんかあったような様子だったかい？」クレメンツは訊いた。

口番は首をふって、「さあ、ちっと顔色が悪かったようで、なにか心配ごとでもあるふうでしたが、でも、あの子はふだんから、そういう子ですからね」

「小屋から出て行ったのを見たかい？」

口番はしばらく考えていたが、「さあねえ、見なかったなあ。とにかくね、事務所ンとこを通れば、どうしたってあっしの目にはいるんですからね。そうだね、出て行ったとこは見ませんでしたねえ」

クレメンツは狐につままれたような顔をして、「へんだなあ。どこへ行きゃがったか……」

クレメンツは同じ幕に出る連中にも聞いてみたが、ソニアを見たというのは、コニー・バートンだけであった。

「ええ、たしかにあれはソニアですよ。そりゃ私、太鼓判おしますわ。部屋のそとの廊下のところに立って、片手を扉のハンドルにかけていたのを、私、はっきり見たんですもの。いくらも離れていませんでしたよ。手で触《さわ》れば触れたくらいだったわね。ただ、なんにも言わないで、首をこっちに向けて私のことを見てさ、そしてスーッと部屋の中へはいっちゃったんです。私、自分が急いでいなけりゃ、こっちから声をかけたんだったけど……」

「気分でもすぐれないようだったかい？」

「そうねえ、元気はなかったわね」とコニーは言った。「でもここんとこ二、三日、あの人、ずっと元気ないんですよ。目が霞むって、それを気に病んで。でも、けさは目医者へ行くとか言ってたわね。お医者様に診てもらうと、眼鏡かけなさいって言われそうだから、それが恐いんですって。それからわたし言ってやったんですよ。あんたね、そんな馬鹿なこと言って、舞台の人で眼鏡かけてる人は、いくらでもいるじゃないの、まさか舞台じゃかけないけどさって、そういってやったんです」

こんどの出し物では、ソニアの役はほんの端役《はやく》だったので、衣裳方はつかなかった。衣裳方の女はいつもソニアと相部屋であったが、あいにくとその晩は、衣裳方の女も悪性の感冒で休んでいた。進行係の呼出しの坊やは、ソニアの部屋の扉をノックした時に、中で声がしたかどうか、憶えがないというから、これは問題にならなかった。その晩ソニアが小屋へ来たという証人は、口番のジョーと頭取と、それからコニー・バートンの三人きりだった。この三人は、三人とも口を揃えて、たしかにソニアの姿を見たと言い張った。

迷いに迷った末、クレメンツはとうとうソニアの家へ自動車をのりつけた。玄関へは、まっかに目を泣き腫《は》らした妹のメアリが出てきた。

「お姉さんになにか変ったことでもあったのですか？」とクレメンツは尋ねた。

「まあ、それじゃ皆さん、まだご存知ないんですのね」メアリは意外な顔をして言った。「私、もうご存知だとばっかり思ってました」

クレメンツはわれ知れず、ハッとして、「ご存知って、なんですか?」

「姉は死んでしまいました」そういって、メアリはせき上げる涙に声も出ず、「今夜、六時半に、姉ちゃんはきゅうに亡くなってしまったんです。すぐお知らせしなきゃならなかったんですけど、私もう、どうしていいんだか分らなくなって。……ここんとこ、姉ちゃんは体の調子がよくなくってね、目のことをとても心配して、——盲目になるんじゃないかって、そのことばっかり気に病んで、それで体を悪くしたらしいんですよね」

クレメンツはただもう仰天してしまった。とにかく、弔意をのべて、メアリを慰めて、劇場へ引き返した。

「君たち、見まちがえたんだぜ」クレメンツはコニーと口番のジョーに言った。「ソニアを見るはずないよ。ソニアは今夜六時半に、自分の家で死んだよ」

二人は、ぜったいに自分の目にまちがいはない、今夜六時半に、ソニアをこの目でたしかに見たんだからといって、頑として聞き入れなかった。そして二人はクレメンツにも、小屋の連中にも逢う人ごとに言った。——

「あれがソニアでなければ、きっとソニアの幽霊だったに違いないよ」

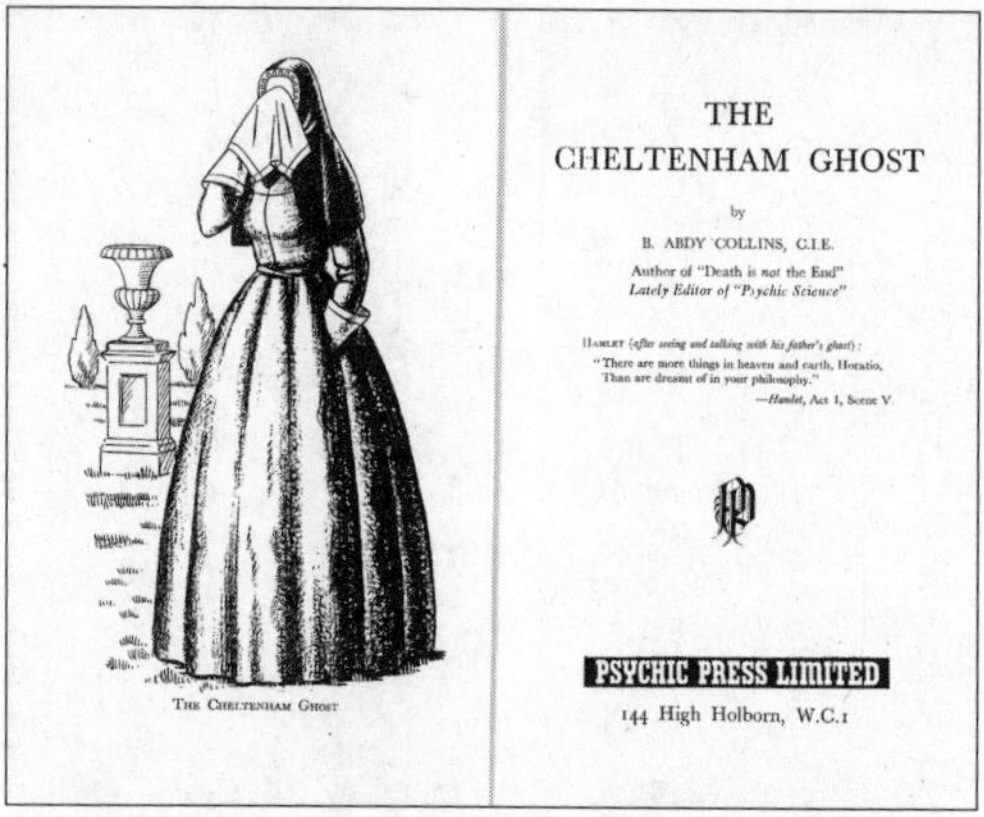
The Cheltenham Ghost

THE
CHELTENHAM GHOST

by

B. ABDY COLLINS, C.I.E.

Author of "Death is not the End"
Lately Editor of "Psychic Science"

Hamlet (*after seeing and talking with his father's ghost*):
"There are more things in heaven and earth, Horatio,
Than are dreamt of in your philosophy."
—*Hamlet*, Act I, Scene V

PSYCHIC PRESS LIMITED

144 High Holborn, W.C.1

St. Anne's: Garden Front.

『チェルトナムの幽霊』扉と挿絵

画室の怪

ロンドンのチェルシー・キングス・ロード×番地のある家の三階に、クレアレンス・フェローズという画家が部屋を借りて住んでいた。（この話は、その画家から直接聞いた話である。）二階と一階は事務所に貸しているので、昼間は人がいるが、夜になると、ここの建物にはこのフェローズという画家と、管理人の老人夫婦きりしかいなくなる。管理人は地階に住んでいた。

ある晩のこと、フェローズが大きな画室で仕事をしていると、一人の見知らぬ客が訪ねてきて、自分は明朝早くロンドンを発《た》つ者だが、今夜じゅうにパステルの肖像画を一枚、ぜひ描いてもらいたいという。

ふいを喰らってフェローズは、せっかくのお望みだが、それはとてもお受けしかねる。だいいち、肖像画がそんな短時間で描けるものではないし、それに自分は昼間でなければ肖像画は描かないことにしているからといって、一応は断った。だが、ちょうどかれはその時、さし迫って金のいることがあった。そこで客と押し問答をしたすえに、ではよろしい、描いてさしあげましょう。ちょうど今夜は手もあいていることだしするからと言って、さっそくそれから画室を片づけて、仕事にかかる支度をした。

客に坐ってもらって描きだしたのは、かれこれ九時頃からで、それから六時間、夜なかの三時にやっと描き上がった。客は描き上がった自分の肖像画を、しばらく眺めているうちに、きゅうに身震いをして、フェローズのほうを振り向くと、こんなことを言った。「この部屋は、どこからかしらないが、隙間風が来ますな。さっき坐っているうちから、それを感じておったのだが、それにしては窓もしまっておるし、扉もしまっておるしね。まるで氷みたいな冷たい風が、頬のあたりへあたるんですよ。おかしいな、ちょうどあすこいらから吹いてくるんだがね」といって、客は突当りの空間を指さして、「失礼ですが、あすこの壁は、もとは扉があって出入口になっていたんじゃないですか。どうもそんな感じがしますがね」

「奇妙だな」フェローズは呆気《あっけ》にとられたような顔をして言った。「じつはね、ぼくの前の人が住んでいた時分には、あすこに扉があったんだそうです。煉瓦《れんが》で積んだ戸棚だったそうですがね」

「それをなぜ潰したんでしょうな?」客はふしぎそうに尋ねた。

「いや、それには訳があるのです。こんなことを申すと、お笑いになるかしらんが、じつはその戸棚から幽霊が出るんだそうですよ」

しかし客は笑わなかった。笑わないどころか、その話に膝をのりだしてきた。

「なるほど、それで寒い風の原因がわかりましたよ。ごらんなさい、あすこに黒い影がありましょう。私はね、怪異というものはあると信じている人間です。これまでのいろんな経験で、あんなふうに部屋の中に暗い影があって、そこが妙にチラクラするようなところは、きっとなにか不思議がありますね。一体何ですか、その幽霊の正体というのは? まず私の見当では、だいぶ気味の悪い幽霊のように思われますが……」

「そうなんです」フェローズは客に巻煙草をすすめながら、「とても薄気味のわるい話でしてね。ぼくも又聞きの話なんだけど、かいつまんでお話ししましょう。

前にここの部屋を借りた人で、タムスン大佐という人がありました。細君と一人息子のチャールズの三人暮らしで、チャールズという子は、おやじさんがここを借りた時には、まだインドの赴任先にいたのですが、とにかく最初の晩からへんなことがあったのです。階段や踊り場の上で足音がしたり、へんな音が聞こえる。幽霊なんてものは頭から信じない人たちでしたから、おおかた風の音か、鼠でも騒ぐ音ぐらいに考えて、その時はまだ、ここの家に幽霊が出るなんて、考えもしなかったのですが、そういうことが毎晩のように、すこしずつ違って、手をかえ品をかえて起るのですな。日によって烈しい時とそうでない時があるんですが、どうも満月の晩になると、それがはなはだしいのです」

「いや、怪異というものは、だいたいそうのようですな」と客が言葉をはさんだ。

「で、伜《せがれ》さんのチャールズがこちらへ帰国するまでは、べつに大したこともなかった。その時分、ここの部屋はふだん使わない部屋になっていたので、ここを帰ってきたチャールズの寝室にしたわけです。

旅の疲れで、その晩はチャールズも早目に床へはいり、枕に頭をつけると、すぐにもう高いびき。と、夜なかに、なんだか顔のあたりに冷たい風があたったような心持がして目がさめました。昼間のうちはむし暑い日だったのに、イギリスの陽気は気まぐれだから、夜半になってきゅうに冷えこんできたのだろうと思って、チャールズは蠟燭をつけて、窓を締めるつもりでベッドを下りました。ところが、窓のそばまで行ってみると、ベッドの中で覚えた寒さはどこへやら、あたりの夜気はむしむしするほど暑いので、チャールズはなにを寝ぼけていたのだろうと、へんな気がしました。

　とにかく窓を締めて、へんなこともあるものだなと、半信半疑でベッドへはいって横になると、またヒヤリと冷たい風が吹いてきました。どうもそれが壁の戸棚のあたりから吹いてくるらしいのです。戸棚というのは、つまりあすこですよ」とフェローズは突当りの壁を指さした。

「そこでチャールズは、戸棚のなかをすっかり調べて見ました。しかし、風のはいるような穴も隙間も、どこに一つ見あたりません。で、戸棚の戸を念入りに締めて、それから灯火を吹き消して、ふたたびベッドにはいりました。

　トロトロとしたと思うと、また顔へ冷たい風があたって、目がさめました。こんどは蠟燭をつける手間はいらなかった。というのは、さっき雲にかくれていた月が部屋の中へこうこうとさしこんでいたからで、その月かげのなかで、チャールズはベッドの上に起き上がって、ひょいと戸棚のほうを見ると、驚いた。さっき自分で締めた戸棚の戸が、いつのまにか明けっぱなしになっているのです。

　チャールズは考えました。この界隈《かいわい》の家は、みんなもう年数のたった古い家ばかりだから、ちょっとしたなにかの響でグラグラ家が揺れるのだろう。きっと重い荷車でも通って、その響で家が揺れて、そのために締めた戸棚の戸が明いたのだろう。だけど、おかしいな、さっき締めた時にはちゃんとサルもかっておいたのだがなと思いながら、チャールズはまたベッドを出て戸棚の戸をもとどおりに締めて、こんどは締めた戸の前に椅子をかっておきました。『よし、こんどは大丈夫だぞ。これなら、ちっとやそっと家が揺れたって戸の明く気づかいはない』

そうひとりごとを言って、それからまた床へはいってトロトロしたと思うと、また冷たい風に目がさめました。そこでもう一ど起き上がって、戸棚を見たら、とたんにゾッと恐くなったのです。

見ると、戸棚の前にかっておいた椅子が、五、六フィートも脇へずれていて、戸棚の戸が明けっぱなしになっています。そこではじめてチャールズは、これは不思議だ、ただごとではないぞと思って、それから起きて、もう一ど戸棚の戸を締めてサルをかい、またさっきのように戸の前に椅子をかって、さて床の中へはいってじっと番をしていました。

しばらくの間は、なにごともありませんでしたが、そのうちに、戸棚の戸がとつぜん、ひとりでに動きだしました。チャールズはギョッとなって、目を皿のようにして椅子と戸棚の戸を睨んでいました。しばらくすると、椅子がひとりでにソロリ、ソロリと床の上をズリだし、戸棚の戸がすこしずつ開いてきました。

チャールズはべつに恐がり坊ではなかったけれども、この時ばかりは、頭から水をぶっかけられたようにゾッとしたと言います。なにかこれは戸棚の中にいて、中から戸を押しているとしか思いようがありません。もちろん、戸棚の中にいるものは、ただものではない。おそらく魔物にちがいない。チャールズはとっさにそう思いました。

そんなことを考えている間にも、戸棚の戸はなおもすこしずつ開いて、壁の口がだんだん大きくひろがってきました。チャールズはどうなることかと思って、ハラハラ、ワクワクしながら、手に汗を握ってじっと見つめていました」

フェローズはそこでちょっと息を入れて、客に巻煙草の箱をすすめ、自分も一本とって吸いつけると、そこまで夢中で話を聞いていた客は、「そりゃチャールズさんのその時の心持は、私にもよくわかるね。それからどうしました?」と話の先を促した。

「ええ。そのうちに戸棚の戸がぜんぶ明いたんですな。明いたと思ったら、はたして中に何かいるのですね。ボーッとしていて、なんだかよく分らないけれども、何か中にいる。どうもしかし、人間や動物じゃなさそうで、よく分らないが、なにかこう、桶か樽みたいな物に見えるんですな。

すると、それがね、やがて戸棚の中から床の上へごろごろ出て来たんですな。そして床の上をひとりでゴロゴロ転がって、チャールズのいるベッドのすぐそばを通りぬけたそうですが、いや、その時の恐ろしさは、なんともかんともいえない、いやな心持だったそうです。

ところが、部屋の扉も窓も錠が下ろしてあります。しかし、魔物はそんなことはいっこう頓着しない。ゴロゴロ転がって行って、錠のかかっている部屋の扉を、明けもせずにそのままゴロゴロ抜け出して、階段のところまで行ったと思うと、階段を一段ずつ、ドスン、ドスンとえらい音をたてながら下りて行きました。そしていちばん最後に、階下の床に下りたと見え、家じゅうに鳴り響くようなえらい音がドシンとしたと思ったら、それきりあとは嘘のようにしんと静かになってしまいました。寝室の炉棚の上にある置時計のコチコチいう音がいやに冴え冴えと耳につくばかり。チャールズは夢のような気持で、しばらくは明いている戸棚の戸をぼんやり見ていたということです。

翌朝、チャールズは寝不足のしょぼしょぼした顔をして朝食に下りてきて、昨夜のことを両親に話すと、両親は笑って、夢でも見たんだろうといって取りあってくれません。両親には笑われたけれども、チャールズは昨夜の恐さに真顔になって、ぼくは今夜からあの部屋には寝ませんよといって、その晩からは客間のソファの上に寝たそうです」

「それで話はおしまいですか?」客はうす暗い壁のほうを気にして見ながら、尋ねた。

「いや、まだその先があるのです」とフェローズは話を続けた。「それから四、五日たって、タムスン大佐が夕方、いつもよりもすこし早目に役所から帰ってくると、細君と伜さんのチャールズはハムステッドの知合いのところへ行って、まだ帰って来ていない。二階や一階の事務所はとうに退《ひ》けて、建物のなかは人の気《け》もなく、しんとしていました。

大佐はなんの気なしに階段を上がって、三階の自分の寝室へはいろうとすると、ふとだれか自分のあとから階段を登ってくる足音が聞こえました。きっと管理人の爺さんが手紙でも持ってきてくれたのだろうと思って、大佐はいちばん上の踊り場の手すりのところから、下をのぞいて見ました。

けれども階段には誰も見えません。もう家の中は薄暗くなっていました。大佐はへんだなと思って、薄暗いなかをなおも目を凝らして見るというと、二階の踊り場にだれやら人の影が見えます。が、それは管理人の爺さんではなくて、背の高い、橙《だいだい》色の髪の毛をした、シャツ一枚の見たこともない男でした。

この男がさっさと階段を上がってくるから、大佐は怪訝《けげん》に思って、『おい、誰だ？　なにか用があるのかね？』と声をかけると、その男は階段の中途で立ち止まって、大佐のほうを見上げました。薄暗いなかでその顔を見て、大佐は思わずぎょっとしました。血の気のないまっ白な顔で、ひと目見てこの世のものではない、なんともいえないまがまがしい顔色です。大佐はそこへ釘づけになったように、物も言えず、身動きもならなくなってしまいました。

すると死神みたいなその男は、骨と皮ばかりの細い手を上げて、大佐に向かってその手をフラリフラリと振ると、そのまま戸棚のある部屋――つまりこの部屋へスーッとはいって、あとの扉をバタンとえらい音をたてて締めたのです。

とたんに大佐は体の縛《ばく》を解かれたから、すぐさま怪しい男のあとを追って、この部屋の扉をいきおいよく明けました。ところが、部屋のなかには男の姿が見えません。見ると、戸棚の戸が明けっぱなしになっているから、きっとあの中へ隠れたなと思って、戸棚の中をのぞいてみたが、大きな油虫が一匹、中の壁を這っているだけで、戸棚の中はからっぽでした。まるで狐につままれたようで、大佐がボーッとなって部屋の中につっ立っていると、戸棚の中から、エヘヘヘという嘲《あざけ》るような笑い声が聞こえました。これを聞いて、さすがの大佐も震え上がって、夢中で階段を転げるように駆け下りたと言います。その晩、大佐はさっそく家主に話をつけて、翌日ほうほうの体《てい》でこの家を引き払ったそうです。タムスン大佐が引っ越してから、まもなく問題の戸棚は、あのとおり煉瓦を塗って、とり潰したのだそうです」

「なるほどね」と客は帽子をとり上げながら、「しかし、幽霊の出る原因というのは、何なのでしょうな。それは分っているのですか?」と尋ねた。

「それがどうもはっきり分らんのですがね」とフェローズは答えた。「大体、この家はもと旅館だったんだそうですよ。その旅館時代にへんな噂がたったそうで、なんでもこの部屋で、人殺しがあったとかいうんですがね」

「ははあ、その橙《だいだい》色の髪の毛をした男が殺されたんですな。だけどゴロゴロ転がる樽というのはなんですかな? 樽がなぜ出てくるんだろう?」

「それがですね、どうもその樽へですな、おおかた死体を詰めたんじゃないんですか。私もそのところは知らないんですけどね、ありそうなことじゃないですか」

そういって、フェローズは炉棚の上の置時計を見やった。

「ほう、もうそろそろ五時ですな。これからおいでになると、ちょうど汽車の時間にいいでしょう。私もそこまで出ますから、ごいっしょに出かけましょう」

「こんなに早く、ご散歩ですか?」客は外套に手を通しながら、ふしぎそうな顔をして尋ねた。

「いや、そうじゃないんですよ」とフェローズは答えた。「じつは私、ここの家ではふだん寝ないことにしているのです。ゆうべはあなたが見えたものだから、それこそ番外だったのです。もっとも、ゆうべは満月でなくて闇夜でしたから、大丈夫だったんですが、ふだんはここはアトリエに使っているだけで、寝るのは友達の家へ行って寝ることにしているんです。これからそこへ行って、ひと眠りするんです」

フェローズが言い終るか終らないかに、いきなり階上のどこかで、バタンとえらい音をたてて扉を締めた音が聞こえた。二人がハッとして、顔を見合わせたとたんに、階段をドスン、ドスンと、なにか重い物が転がり落ちて行く物音が、手にとるようにはっきりと聞こえだした。やがて階段の一番下の段のあたりまで行って、その物音が止んだのを聞くなり、フェローズと客は夢中で帽子をひっつかむと、階段を四、五段ずつすっ飛ぶように駆け下りて、まだ人っ子一人通っていない未明の往来へ飛びだした。

それっきり、フェローズは二どとふたたび、その家で夜を明かしたことはなかった。今でも近所では、その家を幽霊屋敷だと言っている。

R・T・ホプキンス『亡霊との冒険』

魔のテーブル

一八六九年、ロンドン方言協会の委員会があったおりに、その席上でアッパー・ノーウッドのベンジャミン・コールマン氏が、ある時テーブル降神術をやった時に起ったという不思議な話を披露した。

その不思議が起った時に、コールマン夫妻とお嬢さんは、マルヴァーンのウィルモアという人の家に泊っていた。その家には、ほかにウォーセスターのミス・リーと、ハリファックスのムーア氏とが客として泊っていた。

ある晩その家へ、霊媒者のマーシャルという者が夫婦してやってきて、客間でウィルモア氏夫妻とミス・リーが、型のごとくテーブルのまわりにまるくなって坐って、降神術をやりはじめた。

するとまもなく、主人のウィルモア氏がコールマン夫妻の部屋へ血相かえて飛びこんできて、なんだかテーブルがへんなことを始めだしたから、ちょっと来て見てくれという。ウィルモア氏のようすがただごとでないので、コールマン氏の細君もお嬢さんも、魂消《たまげ》て震え上がってしまった。

さっそくコールマン氏が客間へ飛んで行ってみると、入口のところで三本足のテーブルにバッタリ出っこわした。テーブルは「おや、今晩は」と挨拶でもするように、コールマン氏にむかってピョコリ、ピョコリお辞儀をした。部屋の中で術をやっていた連中は、みんなもうガタガタ怖毛をふるって、ソファにかじりついたまま、キャアキャア喚いていた。

コールマン氏が動顛して気絶しそうになっているミス・リーのほうへ行こうとすると、テーブルも三本足でピョン、ピョン飛びながら、いっしょにミス・リーのところまでついてくるから、コールマン氏はいきなりテーブルを押さえて、部屋のまんなかにしっかりと据えて怒鳴りつけた。「魔物め、もういいから、さっさとこの家から出て行け！」それがきいたと見えて、テーブルはそれなりおとなしくなって、ノコノコ踊り出さなくなった。

ウィルモア夫妻の話によると、なんでもテーブルは今のようにガタピシ踊り出すまえに、たいそうはっきりとお告げをしたそうであった。いよいよ神下ろしの術にかかるその前までは、ウィルモア夫妻はじめミス・リーも、みんな物質論者だったから、降神術なんてものは頭から甘く考えていたのであるが、このことがあってからは、みんな超自然というものを信じるようになってしまった。

筆者も、テーブル降神術は何度か見たことがある。ウィルモア氏が見たように、まさか踊りだしはしなかったけれども、ガタガタ音がするとか、グラグラ揺れるぐらいのことは、ちょいちょい見たことがある。

次の話は、エッジバストンのリー氏から十年ほどまえに聞いた話だが、いかにも薄気味の悪い話なので、今でもよく憶えている。なるべくリー氏の話をそのままにお伝えしようと思う。

「これはね、今から二十五年ほど前の話なんだがね」とリー氏は語りだした。「ある朝、食事をしていると、家内のアンが『ねえあなた、私自分の仕事部屋にテーブルが一つほしいんですけどね』と言うのだ。家内はその時分商業美術をやっておって、ポスターなんかでそうとう稼いでおってね。『テーブルといっても、そこらにあるようなのでなく、私の部屋に合うような骨董物がほしいのよ。タビサ叔母さまの持っていらっしゃるようなのがほしいわ、私。叔母さま、あれをなんにも分らないフィリップなんかにやらないで、私に形見に下さらないかなあ』というから、私は言ってやった。

『そりゃお前、だめだよ。きょう日、骨董物はなんによらず、目の飛びでるほど馬鹿高いんだからね。そのうち、いくらか値の下がる時機もあるだろうから、それまで待っていなさい。待てないかね?』

『そんな気の長いこと、ご免ですわ。テーブルは今すぐ必要なんです。私、お金は半分自分のお金を出しますわ』

家内のやつ、ぼくがそんなことをさせないことを、ちゃんと心得てやがるんだよ。

『あなたという方は、ご自分はクラブなんかいくつもおはいりになって、お金をふんだんに使っていらっしゃるくせに、家のことでなにか私が買うなんていうと、ああ、そんなものはいらないって、頭からとりあって下さらないんだから』

そういわれると、なるほどその通りなんだから、こっちは跋《ばつ》が悪いやね。もっとも、家内はクラブ、クラブと目の敵のようにいうけれど、なるほどぼくはクラブ気ちがいで、ほうぼうのクラブへ首をつっこんじゃいるが、こっちはクラブで飯を食うことなんかめったにないんだしさ、仲間と飲むといったって、せいぜいビールぐらいなんだから、正直のはなし、家内のいうほどふんだんに金を使っているわけじゃないのさ。まあしかし、このさい事を荒立てちゃまずいと思ったから、ここは家内のいいなりに、よし、じゃ一つ、すばらしい掘出し物でも見つけてこようというんで、それから二人で道具屋漁りに出かけたというわけだ。道具屋はじき近所に二、三軒ある。で、そこを一軒々々ひやかしていったが、なかなか家内の気に入るような品は見つからない。帯にゃ短かし、襷《たすき》にゃ長しで、いろいろ見せてもらったが、これならという、家内のツボにはまった品がない。さんざひやかして一軒の店を出ようとすると、顎髭をはやした、耳のとんがった、気むずかしそうな道具屋のあるじが揉手をしながら、『奥さま、じつは手前どもの蔵にしまってあるのがございますが、これならお気に召すかと思います。お値段のところは、せいぜい勉強をいたして、五ポンドというところで、こりゃもう捨値でございますよ。いかがでございます、ご覧頂きましょうかな?』という。

店の者がかつぎだしてきたそのテーブルをひと目見ると、家内の目が光った。むしょうに欲しくなったらしい。黒い丸テーブルで、四本の足には彫り物がしてある。なるほどりっぱな品にちがいなかったが、家内もそう感じたらしいが、どうもぼくには、なにかこう、しっくりしないものがあった。しかしあるじがしきりと、お値段はせいぜいお安くしてある、これなら掘出し物だというもんだから、ぼくも家内に、どうだ、これにしておかないかと言うと、道具屋のあるじは額をなでながら、『これは奥さま、正真の黒檀でございますよ。中部のさるお屋敷からお払いになりましたものでな。なんでもそのお屋敷は、チャールズ二世がご処刑になられる前の晩にお泊りになられたお家だそうで……』
由来を聞くと、家内はニッコリ笑って、『これ、きょうじゅうに届けて下さるんでしたら、あたし頂くけど』
すると、道具屋のあるじの顔に、なにかホッとしたような安堵の色が浮かんだのを、ぼくは見たような気がした。
『へえへえ、そりゃもうお届けいたしますですとも。ありがとう存じます』
というわけで、そのテーブルは、まもなくぼくの家に届けられた。ちょうどぼくはお茶を飲んでいた時で、店の者がかつぎこんできたテーブルは、家内がかねて用意をしておいた仕事部屋へ運びこまれて、よきところに据えられた。明るいところで改めて見ると、磨きこんだ黒いテーブルの面が、ガラスのようにピカピカ光っている。家内はもう嬉しくてたまらないというふうで、『いいテーブルだわ。私のほしいと思っていた品に、ピッタリだわ。こういうのが私ほしかったのよ。これをうちの宿六様が、このたびわたくしのためにお買い求め下さいましたのね。なんともお礼の申し上げようもございません』
しかし、どうもぼくはそのテーブルが気にくわなかった。なんだかこう、へんにうす気味悪いものがまつわっているような気がしてね。だいいち色がまっ黒けだし、美しい彫物のしてある長い四本足がテラテラに光っているのが、なにか怪獣が餌でもふんまえているようでね。その足をじっと眺めていると、なにかこう不吉な感じがして、ひとりでに胸騒ぎがしてくるんだよ。

その晩、ぼくはひどくうなされた。どんな夢だったか忘れてしまったけれど、とにかく目がさめたあとしばらくの間、身動きもできないほど恐かったことだけはたしかだ。そのままぼくは寝そびれてしまって、一時間以上、まんじりともしないで床の中で起きていると、どこかでドスン、ドスンと、へんな音が聞こえるんだ。なにか重い箱か樽みたいな物を、床の上へ落とすような音なんだよ。

するとと、次の間に寝ていた家内が声をかけた。『あなた、そこにいらっしゃる？　なんでしょうね、あの音？』

『だれか階下で、家具でも動かしているんだろう』とぼくは答えた。

『あら、だって、こんな夜なかに？　迷惑至極だわ。あしたの朝、階下の人にそういってやらなきゃ』

ドスン、ドスンという音はまだしている。と、入口の扉をドンドン叩く音がした。今頃だれだろうと思って、ガウンをひっかけてぼくが出て行ってみると、扉のそとに、階下に住んでいるジェイムズさんが立っていて、

『困りますな、今頃何をしているんです？　あんな音を立てられちゃ、みんな目をさましてしまう。なにをしているんだね？』と大へんな剣幕なんだ。

『いや、うちじゃないんですがね。うちじゃ、なにも音なんか立ててやしませんよ。お隣りの家でしょう、きっと』

と言いもおわらぬうちに、よけい大きな音で、ドスン、ドスンと音がする。こんどこそは、

ここの家に違いなかった。しかもその音は、家内の仕事部屋から聞こえてくるじゃないか。『ははあ、強盗だな、きっと』とぼくは小声でいった。『ほかに誰もいるわけないもの。ジェイムズさん、ちょっとあなたいっしょに来て下さい。野郎、おどかしてやろう』

『いや、警察へ電話かけたほうがよかないですか』ジェイムズさんもひそひそ声で、『あんたここにいるうちに、私、電話かけてきますよ』

『いやまあ、まだその必要もないでしょう』

『じゃ、私は失敬しますよ』ジェイムズさんは逃げ腰になって、『うちの奴が、私になにかあったと思いますから。うちの奴ときたら、からもう臆病なんでね……』

フン、うちの奴より、誰かのほうがよっぽど臆病なんだろうとぼくは思ったが、それは口に出さずにいると、ジェイムズさんはなにやらブツクサ言いながら、行ってしまった。仕事部屋の物音はまだ止まない。大きくなったり、小さくなったりして聞こえている。

それからぼくは、思いきって抜き足さし足で、家内の仕事部屋の入口へそっと近づいて行ってみた。ドスン、ドスンという音は、さっきよりもまた大きくなった。ぼくはいきなりその扉を勢よく明けて、電灯のスイッチをひねった。とたんに物音はパタリと止んだ。部屋の中は、雑然と散らかっている。ところが新しいテーブルは、きのう自分と家内とで据えた場所にない。画架は床の上に横倒しに倒れているし、椅子はあおのけにひっくり返っているし、キャンバスはそこらじゅうに散らかっている。しかし、部屋の中にはだれひとり、それこそ猫一匹いないのだ。

窓は、表の地上から二十フィート以上もある。てっぺんだけ風ぬきに明いていたが、入口は一つしかない。その一つしかない入口の閾《しきい》ぎわに、ぼくは唖然として、体が金縛りにあったようになってつっ立っていた。びっくりしたんだね。まもなく我に返るが否や、急いで扉をしめて錠をおろして、家内の部屋へぼくは飛んでかえったよ。それっきり、その晩は脅かされなかった。

翌朝、朝食をすましてから、家内はさっそく仕事部屋を元通りに片づけたが、なんとなく気味の悪いようすで、

『ねえ、誰もいないし、猫一匹いないとすると、一体何なんでしょうね？　幽霊じゃないわね。幽霊はあんな重いテーブルなんか動かさないでしょ』

『いや、ポルターガイストという奴もあるぞ』

家内はうなずいて、『そうね、そういうこともあるわね。だけど、ポルターガイストは、若い娘のいるところだけへ出るんじゃないんですか？』

『若い娘は階下にいるぜ。ジェニー・ジェイムズが』

『あら、あの子はまだ子供ですよ。おっかさんに似て、たいへんなやんちゃよ』

どうもしかし、ポルターガイストと考えてみても、腑に落ちない点があった。かりにジェニーというその娘に悪霊がのりうつっているとすると、今までにすでにそういうことが起っていていいはずではないか。ジェイムズ一家は、もう五、六年もここの家に住みついている。それがどうして昨夜から始まりだしたのだろう？

一体ジェイムズという男は、これはぼくの想像だけど、根からの懐疑主義者なんだよ。そういうタイプの男なんだ。なにかいうとすぐ喧嘩腰になる、強情で自分勝手な、ガリガリの物質主義者でね。そのまた細君というのがこれがまた、よせばいいのに、へんてこりんな鳥の羽根を帽子にくっつけているという、イカモノでね。まあ、似合いの夫婦なんだ。

ぼくが昨夜の物音は、どうも幽霊とよりほかに考えられませんねと、正直のところいうと、奴さんニヤリと笑って、『幽霊なんてものは、世の中にありっこありませんよ。昨夜のあのドスン、ドスンいう音は、ありゃあなた、人間がやった音ですよ。だれがやったんだか知らないが、とにかくお宅で音がしたんだからね。こんどあんな人騒がせな音がしたら、わたしゃ黙っていませんぜ』とぬかす。

なにを言う、ご近所で聞いてみろ、ゆうべは貴様酔っぱらって、だいぶ遅く帰ってきたというじゃないかと、よっぽど言ってやろうと思ったが、まあまあと思って、ぼくは腹におさめておいた。

と、その晩も困ったことに、またドスン、ドスンがはじまった。おまけに昨夜よりまた大きい音なんだね。ジェイムズ夫婦が、してやったりとさっそく飛んでやってきた。二人とも寝間着の上へガウンをひっかけていたが、細君は寝白粉をつけて、かつらの縮らし髪なんかつけているから、ふだんよりよけいペチャンコな顔に見えた。

二人して悪態もくたいをどなり散らすから、それからぼくは言ってやったんだ。それほどに仰言るなら、あんた方、仕事部屋の入口へ行って、耳をおつけてお聞きになったらどうです。

そしたら二人ともへんな顔をして、モジモジしていたが、やがてノコノコ中へはいってきた。細君というのは二人がけもあるほどのデブでね、痩せっぽちのジェイムズは、その上《かみ》さんのかげに小さくなってる。とにかく、よく訳を話して、四人して仕事部屋の物音を聞いてみると、さすがの二人も魂消《たまげ》ていた。おかしいことに、ただドスン、ドスンという音がするだけで、ほかに足音も聞こえなければ、話し声も聞こえないんだからね。ゆうべよりも又一段と気味が悪かったよ。

やがてぼくは、ゆうべと同じように扉を明けて、電灯をひねると、音は止んだ。見るとゆうべと同じように、部屋の中は乱脈になっている。テーブルは家内と据えた場所からとんでもない離れたところに立っていた。画架は倒れているし、椅子はひっくりかえっている。しかし、それをやった者の姿は、どこにも見えないんだ。

『ジェイムズさん、あなた、これをごらんになって、なんと仰言います？』と家内が大きな声でなじった。

ジェイムズは肩をすくめたが、思いなしか、顔の色がまっ青のようだった。

『なにかこれには訳があるにちがいないと思うけど、なるほど、これはちょっと驚きましたな』

『ねえジェイムズさん、どうです、今夜この部屋へお泊りになっては』とぼくは言ってやった。『幽霊なんかないと仰言っているんだから、恐いことなんかおありにならんでしょうし、もし強盗かなにかだったら、ピストルでもお持ちになっていれば、安心ですから。ねえ奥さん、どうですか？』

細君は咳払いをして、さすがにいやな顔をしていた。

『どう、あなた、恐いことなくて？』と亭主にいうと、亭主は苦い顔をして、『なに、恐いことなんかないさ。しかし、こんなことで夜明しをするのは、馬鹿げているからね。もっとも、それで謎の元がつかめるというのなら、そりゃまた話が別だ。その時は、リーさん、お邪魔させてもらうよ』

ぼくは、どうぞいつでも、と受けあった。

その晩十一時過ぎに、ジェイムズは家内の仕事部屋で夜明しをするといって申し出てきたよ。新しいピストルを持ってきて、ぼくにそれを見せびらかして、『こいつは弾がこめてある。もしだれかいたずらをする馬鹿があれば、こいつでズドンさ』と得意なんだ。

それからぼくは言ってやった。ここの家は壁が薄いから、お隣りの人でも怪我をさせるとえらいことになるから、そのつもりでやって下さいというと、そんなヘマはやらないから大丈夫だ。とにかくやってみるといって、どうしてもきかない。そういう馬鹿なんだよ、この男は。

ジェイムズの細君とぼくと家内は、仕事部屋のまん前の踊り場に陣どった。ホールの大時計が一時打つまでは、べつになにごともなかったが、そのうちに、なにか重い家具でもひっぱるような、ズルリ、ズルリという音が聞こえだしてきた。やにわにジェイムズが黄いろい声をはりあげて、『やめろ！　やめないと、打つぞ！』と仕事部屋のなかでどなりだした。その声がふるえて、姿は見えないが、奴さん、もうオロオロしているらしい。

ぼくはもうすこしで吹き出すところだった。あれほど恐くないといって豪語していた懐疑主義者が、まだほんの序の口、幕があがったばかりのところで、このざまなんだから、笑わざるをえない。もうすこしたったら、一体どうなることやら?……と思っているうちに、ドスン、ドスン、ズルズルが続けざまに始まってきた。

『やい、止めろ! 聞こえないのか! こら、止めろったら!』とジェイムズは中でしきりに怒鳴るが、その声音からいって、ますます驚愕顚倒《てんとう》してるらしい。怪しい物音はだんだん大きくなって、椅子のひっくり返る音や画架のぶっ倒れる音も、それにまじって聞こえる。そのうちにドシンと、今までにない大きな音がして、なにか重い物を――人間の死体でもズルリ、ズルリと引きずるような、なんともいえない身震いのでるような恐ろしい音がしだした。

へんだと思って、ぼくは急いで仕事部屋の扉を明けて、スイッチをひねったとたんに、あっと驚いた。ジェイムズが床につんのめっていて、その上に黒檀のテーブルがドデンとのっかっているのだ。

『後生だ! このテーブルをどけて、早く起してくれ! やい、なんだって、そんなとこにぼんやり突っ立って見てるんだ! この馬鹿野郎!』とジェイムズは、もう恐さに夢中になって口走っている。ぼくは家内と二人でテーブルをどけて、ジェイムズを起してやった。

『どうしたのよ、あんた?』とジェイムズの細君がつっけんどんに言って、『まあ埃だらけだわ! こっちへ来なさいよ、払ってあげるから。あんた、あの埃の中につっ伏してたのね。この家は、年に一どしか大掃除しないんだよ、きっと』

『いやもう、埃なんかどうでもいい。おれは今まで魔なんてものは信じなかったが、あのテーブルにはたしかに魔がついているぞ。いきなりお前、ヒョコヒョコ歩きだしてきて、おれのことをぶっ倒したんだ。リーさん、あんたね、このテーブルはもう一日もここの家に置かないほうがいいよ。朝になったら、さっそくどこかへやってしまいなさい。やらなきゃ、私は訴えるよ』

『おいおい、そんなことはさせんぞ、君。なにも君に言われなくったって、こっちは、朝になったら、テーブルの処分法は家内と二人でとっくり考える。ところでジェイムズ君、改めてぼくは君に言っておくがね、よく君考えたまえ。こっちが下手に出ているのをいいことに、よくも君はああ威張りちらしたもんだな。家内の前で、君はなんども毒づいたじゃないか。ありゃ君、紳士のすることじゃないぜ。こんどあんなことをすると、君のその鼻をねじり上げてやるから、そう思っていたまえ。もういいから出て行け、二人とも！』

二人は出て行ったよ。ジェイムズはぼくにやりこめられたもんだから、びっくりして口もきけず、細君は細君で目を丸くしてやがった。帰りしなに、細君はぼくに唾をひっかけて行ったよ。こっちはもう相手にもしなかったがね。

翌朝、ぼくと家内は、さっそく先日テーブルを買った古道具屋へ品物を返しに行った。そして、道具屋のおやじにいちぶしじゅうの話をすると、おやじはべつに驚きもしないで、あっさり金を返してくれたよ。その金で、ぼくらは店に出ていたべつのテーブルを買った。こんどのは、ごくありきたりの形のやつにした。

道具屋のおやじの話によると、あの黒檀のテーブルが買主から返されてきたのは、これが初めてじゃないんだそうだ。『もし来歴を知りたいと思召したら、どうかプラット大佐のところへいらして頂きます。あの方から私はあれを買いましたので』といって、おやじはプラット大佐の住所を教えてくれた。

それから二日おいて、ぼくらはプラット大佐の家へ行ってみた。ちょうどいいあんばいに、大佐は在宅だった。

『自分がこれからお話しする話は、おそらくあなた方には信じて頂けんかもしれんが、信じて下さろうが下さるまいが、とにかく正真正銘の話なんだから、そのつもりで聞いて頂こう』大佐はこう前置きしてから、語りだした。

『自分は一時、神秘学にえらく凝《こ》ったことがあって、よくほうぼうで催す降神会へ行ったり、自分の家でもよくそれを催したことがある。その時分、自分はロンドンの近くに住んでおったが、そういう席でよく顔を合わせる知人のなかに、コンラッド・ウィルソンという、えらい気むずかしやがあった。この人はインドで生れて、東洋はずいぶんほうぼう旅して歩いた人だが、いわゆるプロジェクションという奴、つまり遠方の人に自分の影像を見せる術だね、そいつを実験したこともある人でね。イギリスにおって、中国、チベットなどへ霊気にのって行かれるのだね。むこうにおった時には、中国人と日本人の間に、じっさいに千里眼をやってみせたことなんかもあったそうだ。霊気にのって、チベットの僧院へ行って、そこの庭から摘んできた花だといって、なんだか青い花をだいじに保存したやつを見せてくれたことがあるが、なんでもハーレー街の専門医に診てもらったところが、だいぶ心臓が弱っとるから、あんまり過労をしたり緊張したりしてはいかんと宣告されたそうでね。体の丈夫な時分には、よく喋る男でした』

そこへ電話がかかってきたので、プラット氏は電話口へ出て行ったが、やがて戻ってくると、また話をつづけた。

『すると、ある日のこと。ウィルソンが自分のところへやって来て、この間から無生物に自分を憑《の》り移らせる実験をしておるというのだね。今のところは、まだ、手で持ち運びのできるようなごく小さな物で実験しておるが、そのうちにもっと大きな物で、きっと成功して見せる確信があるというのだ。自分はなんだか怪しいものだと思ったから、まあ成功したらお目にかかろうといってやると、大将えらく怒ってね、フランスの神秘学協会のセオドール・ルガルドー先生の《心理的現象》のなかから、いろんな例を引いて、けっして自分は空中に楼閣《ろうかく》を築いておるのじゃないと、しきりに言うとった。その時聞いた例のなかに、ドヴィンヌ家の掛時計というのがあってね。なんでもドヴィンヌ家の先祖が、わが家でだれかが死ぬ時には、ホールの掛時計を十三鳴らしてやると誓ったという言い伝えがあるんだそうで、はたしてその先祖が言ったとおり、ドヴィンヌ家の当主が死ぬ時には、かならず時計が十三鳴るそうだ。

もう一つ時計の話では、やはりフランスのまじない師でドニーズ・エルサンという人の話があった。この人はその道ではなかなか腕のあった人だそうで、学者連のまえでいろいろの奇蹟を行なったらしい。やはり自分の霊を時計にのり移らして、いくつでも自分の思う数だけ時計を鳴らしたということだが、もっともあんまりほうぼうへ引っぱり出されて、精神をそれに集中しすぎたものだから、のちにこの人は頭がへんになって、精神病院へ入れられたそうですがね。

ところが、ウィルソンに言わせると、そのエルサンという人も、インドの瑜珈《ヨガ》僧、シッキンのラマ僧、モンゴリアのシャーマン僧などの修行をしていたら、きっと発狂はしなかったろうと、しきりにそれを言っとったね。アジアのそういう教派の連中は、一人前の呪術師の先達になるまえには、みんなそういった修行をするんだそうだね。インド、チベット、モンゴリアあたりを旅行してみると、あのへんのそういう連中は、無生物に自分を憑《の》りうつらせるなんてことは、ザラにやっていると、ウィルソンはその時言ってました。

君はテーブル降神術をやったことがあるかと、ウィルソンがその時聞くから、ちょいちょいやったことがあると答えると、それなら君に中国の降神術をぜひ見せたいなと言ってましたよ』

『へえ、中国の降神術というのは、どんなものなのですの?』と家内が目を丸くして訊くと、プラット氏は答えた。

『ウィルソンの話だと、中国の降神会ではいろいろ不思議なことがあるらしいね。なんでも、北京の降神会へ行った時には、テーブルが人間の手に支えられないで、六フィートも宙に浮き上がって、そのまま部屋の入口から廊下へ出て、やはり宙に浮いたまま階段の下まで下りたのを見たといってましたよ。どうしてそういうことが起きるのか知っているかというから、さあと首を傾げていると、そこだよ君、つまり、霊がのり移るからそういうことが起るのさと、得意になっておった。その時の霊媒者は、アジアの魔道の発祥地であるパシャイの生れの人だったそうだが、そのテーブルに自分の霊をのり移らしたわけなんですな。有力な霊媒者なら、誰にもこれはできるんだとウィルソンはその時いっていました。で、その時、どうだね、そのうちぜひ一と晩、君のところのその黒檀のテーブルで、おれに実験させてみてくれというのです。どうもね、その時のウィルソンの目に、なんとなく気に食わん色があってね。妙にギラギラ光っとるんだな。その目を見てふっと自分は思いだした。自分の知合いの男で、のちに殺人罪を犯して気の狂った男があって、その男がそういう目つきをしとった。それをその時思いだしたから、こりゃうっかりこの話には乗れんぞと思ったが、一方また、待てよ、奴の言うようなことが果してできるものかどうか、ひとつ試しにやらしてみてやろうかという好奇心も湧いてきた。

で、いよいよ降神会をここでやるという晩にウィルソンは早目にやってきて、きょうは今家で、猫を一匹殺してきたというんだね。聞いてみると、いつも玄関の扉が明いているとはいってくる野良猫がいて、きょうもはいってきたから、いきなりカッとなってその猫をひっ捕えて、金槌で頭をぶちのめして殺してやったというのだ』

『まあ、ひどいことを!』と家内が気色の悪い顔をすると、プラット氏はうなずいて、『そう、まったく残酷な話ですよ。それを話す時のウィルソンの目つきが、気のせいか、いよいよ気ちがいじみてきたように見えましたよ。ほかにも客が来ていたからよかったようなものの、そういうウィルソンと二人きりでいたら、とてもやりきれなかったことだろうと思う。客は知人のメイスン夫妻と、ミス・ピムの三人でした。

やがてみんなで座についたが、まだ部屋の中はまっ暗にはなっていなかった。四月というのに、いやにうすら寒い晩で、部屋のガスの灯は細めにつけておいたから、坐っているおたがいの顔ははっきり分るくらいの明るさでしたよ。ウィルソンは自分とメイスン夫人の間に坐っていたから、かれが刻々に気がたかぶって緊張してくる様子が、自分には手にとるように分ってね。

《やりますぞ、やりますぞ。静かにしていて下さい。やりますぞ》とウィルソンは大きな声で言いだした。

だれも物を言う者はない。みんな眉一つ動かさず、じっと固唾《かたず》をのんでいた。と、自分の隣りのウィルソンの椅子がガタガタ鳴りだした。ウィルソンはなにか咽喉《のど》の奥でへんな音をたてながら、全身ブルブル震えている。しばらくすると、それがパタリと止んだ。薄気味の悪い静けさが部屋のなかを領した。と、なにか光った物が、ウィルソンのいるあたりからテーブルのまんなかへ、ピカッと飛んで、パッと消えたようだった。

《今の、見ましたか?》と誰かが囁いたが、だれが囁いたのか、自分にはよく分らなんだ。ただ分っておったのは、テーブルの中で、なにか動悸みたいなものが打っておるんだね、ドキドキ、ドキドキとね。最初ウィルソンは椅子にシャンと腰かけていたが、それがいつのまにか首をうなだれて、椅子の背にグッタリともたれておる。

その時自分はハッとしてウィルソンからテーブルに目を移した。テーブルがへんなことをやっておるのだよ。どういうのか知らんが、テーブルがむやみと傾《かし》いで、重い四本の足で床を弾んで、ウィルソンから離れて行くんだな。ウィルソンは椅子の上に目をつぶったまんま、ぐったりしている。そのうちにテーブルがクルクル、クルクル、まるで狂ったように回りだしてきた。それがね、メイスン夫妻も、ミス・ピムも、自分も、とても追いつけないくらいの早さなんだな。と思っているうちに、どうだろう、テーブルが五、六フィート、宙へグーッと浮き上がった。アッと思うまに、またスーッと床の上へ下りてきて、ピタリと止まったら、そのまま力が抜けたように動かなくなった。

驚いたね、これには。みんな思わずホッとしたように息をついたね。その時、たしかミス・ピムだったと思うが、ウィルソンさんはどうしたでしょうと言った。自分はすぐに立って電灯をつけて、ウィルソンに、どうだ、大丈夫かと訊いてみたが、答がない。メイスンがさっそく片手をとって、しばらく脈を見ていた。みんな心配になって、メイスンの顔色を窺っていると、やがてメイスンが自分に、医者に電話をかけてくれと言うので、急いで電話をかけた。いいあんばいに医者は家にいて、すぐに駆けつけてくれたが、もうその時にはウィルソンは事切れていた。今考えると、ちょうどピカッとなにか光った物が、ウィルソンの体からテーブルへ飛び出した、その時にウィルソンは死んだのだろうと思うんだが、なんにしても不思議なことでしたよ』プラット氏はそういって、しばらく息を入れていた。

その時家内が『失礼ですが、あなたはウィルソンさんの魂がそのテーブルにのり移ったと、今でもほんとにそう思っていらっしゃいますか？』と訊くと、プラット氏は答えた。

『ええ、そう思っています。その時、こういうこともあった。ウィルソンが死んでから、メイスン夫妻とミス・ピムと自分と、四人してそのテーブルの前に坐っておった時に、ミス・ピムがテーブルに向かって、ウィルソンさんの魂はこのテーブルの中におりますかといって訊いた。そうしたら、トントンとはっきり二つ、タップの音が聞こえましたよ。この二つのトントンと叩く音は、降神術のほうでいうと、《イエス》の意味なんでね。それからみんなして、いろいろ質問をしてみたが、それによると、ウィルソンは実験には成功したけれども、どうしたのか分らないが、なにか邪魔するものがあって、魂が元の体へかえれないでいるというのだね。そういうところを見ると、自分の死んだことをウィルソンは知っておらんのだな。こんなテーブルの中にいつまでもいるんじゃかなわないといって、しきりと歎いておるから、メイスン夫人が、では助けて差しあげたいが、どうしたらいいかといって尋ねたら、とたんにテーブルが怒りだして、いきなりドタンバタン跳ね狂いだして、われわれのほうへ向かってきたから、こっちはびっくりして、ほうほうの体《てい》で別の部屋へ逃げこんだような始末だった。それっきり、そのテーブルには坐ったことがない。それからというものは、夜になるとガタピシ、ドスンバタン騒ぎだしてね、同宿の者や隣り近所の人たちからさんざん苦情が出たもんだから、それでとうとう売り払ってしまったのです』

『まあ、それにしてもずいぶん不思議なお話でございますのね』と家内が眉根をよせながら言った。『ウィルソンというお方は、きっと前から心臓が弱っておいでで、あんまり緊張なすったために心臓麻痺をお起しになったんでしょうが、それは私にも分るんですけど、今おっしゃったような、テーブルに魂がはいったというようなお話、あれがどうも私には腑に落ちませんの』

プラット氏は肩をすくめて、『いや、それでね、私もウィルソンが言っとった北京の降神会の不思議については、コロンビア大学の中国史担当の仙蘭教授に問い合わしてみたのですよ。そしたら教授から、自分も中国でそういう降神会を見たことがあるが、たしかにウィルソンとやらいう方のお話のとおりの不思議をじっさいに見た。そのほか、東部シベリアのヤクート族の男で、大きな独楽《こま》に自分の魂を入れて回したのを見たこともあった。この男は大理石で彫った像にも魂を入れて、さながら生けるがごとくに見せた……というような返事を頂きましたよ』ということであった。

ぼくは、どうもこれは集団催眠術による幻影ではないかと思うがどうだろうと、プラット氏に訊いてみようとした時に、また電話がかかってきたので、だいぶ長いことお邪魔をしたことに気づいて、家内と早々に辞去してきた。

それから四、五日たって、ぼくは例の古道具屋へ椅子を買いに寄って、あのテーブルはまだ売れないかねと聞いてみたら、おやじのいわく、あれは私も気に病めてならないから、思いきって叩きこわして、玩具や細工物をこしらえている知合いの人に、薪の値段で売ってしまいました、と言っていたよ。

それで、いつも家内と二人で不思議に思うことなんだが、けっきょく、そのウィルソンという人の魂があのテーブルにのり移ったとして、――あの不思議なテーブルの行状は、そうとでも思うよりほかに説明の方法はないよ――肝心のそのテーブルを叩きこわされたあと、一体ウィルソンの魂はどうなったんだろうね？　魂もいっしょに叩きこわされたんだろうか、それとも、バラバラになったその材料の一つ一つに、魂は宿っているのだろうか。あるいはまた、テーブルをこわされたら、魂は解放されて、自由にどこかへフワフワ飛んで行ったのだろうか。そしてなにか別の物へ憑《の》り移って、またそこで何かおっ始めているのだろうか。

これは君、謎だよ、これの正しい解決は、ぼくらが宇宙の偉大な力、つまり超自然を支配している偉大な力を会得した時に、はじめて得られるものなんだろうなあ」

そういって、リー氏はこの長い話を終った。

H・ヴァン・サール編『怪談傑作選』
（平井の署名・蔵書印あり）

貸家の怪

貸家。――南区、小住宅。家賃低廉。

照会先、ブラウン商会。委細面談。


ある朝ロンドンの新聞に、こういう広告が出ていた。むろん、この広告は多くの人の目に触れたにちがいないが、これを見たなかの一人に、イースト・エンドのある有名な裁縫店の裁ち方をやっている、ベンジャミン・ムリガンズという男があった。

ムリガンズは、手頃な家があったら一軒借りたいと思っていた矢先だったので、新聞広告を見るとさっそく、照会先のブラウン商会へ出かけて行った。

「あの家は、なにか曰くがあるんですか?」ムリガンズは先方の店員に会うと、のっけにそういって尋ねた。

「曰く?」店員はちょっと開き直った形で、「どこからそういうことを仰言るんですか?」

「いや、家賃が安いというからね」ムリガンズは言下に答えた。「ときに、家賃はいくらなの?」

「年三十ポンドです」と店員は答えた。

「年三十ポンドか。ねえ君、今時あの場所でだよ、なにかそこに曰くでもなきゃ、そんな安い家賃で家が借りられるわけないものね。どういうんだね、一体？　下水は？　もし大きな下水管でもあれば、ぼくはご免だ。ぼくのおやじは大溝へ落っこちて死んだんだから、その二の舞はご免こうむる」

「衛生設備は申し分ございませんよ」店員はまじめな顔をしていった。「とても健康な家です。とにかく、ぐずぐずなすっていると、後口がたくさんあるんですから、お早くおきめになったほうがお得ですよ」

そこでムリガンズは鍵を借りて、急いでその家を見に行った。家というのは低い長屋の一軒で、隣り近所もごみごみしており、いかにも陋巷《ろうこう》の中といった感じの家だった。

「だけど、思ったより明るい、こざっぱりした家だな。修繕も案外行きとどいているし」

台所からはいって、ムリガンズがそんなひとりごとを言いながら、家の中をほうぼう見まわしていると、どこかで咳払いをしたような声が聞こえた。ふり返ってみたが、誰もいない。

「へんだな、さっきから、誰かうしろに立っているような気がするんだが、気のせいかな」

そんなことを呟きながら、台所から二階へ上がって行ってみると、ムリガンズはハッと驚いた。階段の上の踊り場のあたりから、なにか音楽の音が聞こえるのである。甘い、うら悲しい音楽であった。誰かいるのかなと不思議に思いながら、ムリガンズは階段を上がって、音楽の流れてくる部屋の入口の前に、しばらく立って聞いていた。

最初は、なにか昔のハプシコードみたいな音に聞こえていたのが、そうやって近くで聞いてみると、蓄音機の音らしいことが分った。それも数年前にたいそう流行《はや》った、ソフト・トーンの新しい蓄音機の音質であった。

ムリガンズは、だいたい音楽はなんでも好きなほうだったから、この蓄音機を聞いているうちに、なんとなくうっとりとしてきた。曲はなんだか知らないけれども、いかにも嫋々《じょうじょう》とした調べであった。やがてムリガンズは部屋の扉をそっと明けて、中をのぞいてみた。と、驚いたことに、部屋のなかには誰も見えず、とたんに音楽もパタリと止んでしまった。

おかしいな、音楽ははっきりその部屋の中から聞こえていたんだから、べつに空耳のわけはないし、なんだか訳わからず、ムリガンズはその部屋を出て、もとどおり扉を締めた。と、扉を締めると、また音楽ははじまりだしたのである。

ムリガンズは、べつに生れつき臆病な男というわけではなかったが、さすがにこの時ばかりは、なにか恐怖に近いものを感じた。と、その時、またさっきのへんな咳払いの声が聞こえた。こんどはそれが階段の中途で聞こえた。まもなく階段がミシリ、ミシリと鳴って、だれかこちらへゆっくりと上がってくるけはいである。

階段をのぞいてみたが、誰も見えない。音楽はあいかわらず、締めてある扉の中からうら悲しい調べをつづけている。やがて足音は階段の上まで登ってきた。足音はムリガンズのすぐそばを通って、音楽のしているほうへ歩いて行った。足音がすぐ前を通った時、冷たい風がスーッと顔に当ったような心持がした。と、さっき自分が締めた部屋の扉が、ひとりでにスーッと明いたと思うと、バタンと大きな音をたてて締まった。ハッと思って気がついてみると、ムリガンズは空家の二階の踊り場に、ひとりでぼんやり立っていた。うら悲しい音楽はあいかわらず聞こえている。

これはただごとではない、なにか怪しいものに違いないと思って、ムリガンズはとたんにガタガタ震えがきたが、しかし恐いと思いながら、どうしても怪しいその音楽から身をひきはなすことができなかった。もしその時、べつの人達が家を見にやって来なかったら、ムリガンズはいつまでそこの踊り場に、ぼんやり立っていたか分らなかったろう。

家を見にきた連中が、玄関からドヤドヤはいってきて、あとの戸を締めたら、音楽はパタリと止んだ。同時に、ムリガンズも妖魔の金縛りから解かれた。かれはほうほうの体《てい》でその家を飛びだすと、はっきりあの家は借りまいと肚をきめた。

その晩ひと晩じゅう、ムリガンズは自分の出あった不思議な経験に悩まされつづけた。あの怪しい音楽が夢の中まではいってきて、かれの心を恍惚ととろかすのである。まるであの音楽に魅入られでもしたような心持で、どうやっても忘れることができない。で、いったんは借りまいと肚はきめたものの、どうしても思い切れず、翌朝十時頃に、ふたたび差配の店へ出かけて行って、三年という契約であの家を借りることにした。それが三月のことであった。

月があけて、四月の三日に、ムリガンズはその家に引っ越した。引っ越したての二、三週間は、毎日、二階の部屋から流れてくるあの甘美な、誘いこまれるような音楽に、心ゆくばかり聞き惚れた。もっとも、妙な咳ばらいや、ミシリミシリ階段の鳴る音や、怪しい足音は、あいかわらず聞こえた。これはあんまり気持がよくなかった。どうかすると、自分のいる部屋の扉がだしぬけにスーッと明いたり、なにか床の上へドサンと物を落とすようなえらい音がしたりして、ビクンと飛び上がることもあった。が、どこを見ても、なにも見えないのである。

ある晩のこと、勤めから帰ってきて、所在なさに台所で本を読んでいると、だれか、今晩はと訪ねてきた者があった。出てみると、お隣りのジョーンズさんであった。この人とはまえに一、二度表で立話をしたことがあったが、朝など顔を合わせれば、挨拶をかわす程度の間柄であった。

「いえね、じつはその、妙なこともあればあるものだと思って拝見しているんですがね、あなたべつにお変りはないんですか?」とジョーンズさんは言うのであった。「私はこのお隣りに、もう二十年以上住んでいますが、ずいぶんここの家には、入れかわり立ちかわり、人がはいりましたよ。前の人はバーローという人でしたがね」

「へえ。その人、なにかあなたに言っていましたか?」

「ええ、なんでも妙な音が聞こえるというような話でした」

「私もそれは聞いているんです」ムリガンズは正直なところを打ち明けた。「じつに不思議な音です」

「あなた、なにか怪しい物を見られませんか?」

ムリガンズは首をふった。するとジョーンズさんが言った。

「じゃ、そのうちに見ますよ。この家へはいった人は、はいってからしばらくすると、みんな見るんですから。怪しい音は、夜分聞こえますか？」

「ええ。朝も昼も聞こえますが、夜がいちばん聞こえますね」ムリガンズはそういって、自分がこの空家へはじめて足を踏み入れた時からのいちぶしじゅうの話を、ジョーンズさんに話した。話し終ったあとで、ムリガンズは、「一体どういう訳なんでしょうね？　なにかあなた、心当りでもおありですか？」といって尋ねてみた。

こんどはジョーンズさんが首をふって、「まあ、私の考えは、もうすこしあとで申し上げましょう。ところで、どうでしょうな、そのうち私もひと晩こちらで、あなたと夜明しをして見たいんだが……いかがでしょうな、明晩あたりは？」

ムリガンズは、明晩ならちょうどこちらもつごうがいいから、ぜひお待ちしていると答えた。

「例の蓄音機が鳴りだすのは、いつも何時頃ですか？」とジョーンズさんが聞くから、夜なかの一時頃からだと答えると、では十二時ちょっと前に伺うからということに話がきまった。

翌晩、ジョーンズさんは約束どおり、十二時十五分前にやってきた。かれの提言で、家じゅうの灯火はぜんぶ消して、ホールの入口と階段のあいだの短い通路に、二人で陣どることになった。夜はしだいにふけわたり、二人は物も言わずにパイプばかりふかしながら、ものの十五分ばかりも待っていると、やがてムリガンズがいつも聞く咳払いの声が、二人のすぐうしろでだしぬけに聞こえた。と、次の瞬間、ジョーンズがムリガンズの肱をつついた。

「ほら、ごらんなさい！」とジョーンズは息を殺した声で、「あすこの玄関の扉のところ！　ほら、なにか光ったものが！」

ムリガンズが言われたほうを見ると、なるほど玄関の扉のすぐそばの、壁から一フィートばかり上のところに、円い筒のような形をした、ボーッと光ったものが見えた。二人は固唾をのんで、その光ったものをじっと睨んでいると、だんだんその光った物のまんなかから、なにかもやもやしたものが形になって現われてきだした。

おや、何だろうと思って、なおも二人が目を凝らして見ているうちに、しだいにそれが人間の形になってきた。手がはえ、足がはえ、胴体ができ、ひとりでにムクリムクリと人間の体になってきて、いちばん最後に顔ができたところを見ると、背の高い一人の男の姿である。いやに白い顔で、顎髭をはやしており、大きな黒い目でじっと階段のほうを睨んでいる。

「〆《し》めた！　分りましたぞ！」ジョーンズが小声で言った。「ありゃバーローです。あなたの来る前に、ここの家に住んでいた男です。どんなことになるか見ていましょう」

万物鳴りをしずめたような静寂のうちに、時は一刻一刻と過ぎてゆく。と、やがて二階の部屋から、ムリガンズの耳にタコのいっている音楽が、嫋々と流れだしてきた。思いなしか、いつもよりまた一段とうら悲しい、なにか訴えるような、人を誘いこむような調べである。

「こりゃ不思議だ」ジョーンズは呟くと同時にムリガンズの腕をつかんで、「ちょっと、バーローをごらんなさい。奴も、ほら、音楽を聞いてますぜ」

ムリガンズに、そういうジョーンズの歯の根が、ガタガタ鳴っているのが聞こえた。

なるほど、ジョーンズの言うとおり、怪しい影は、入口のところにすこし前こごみに立って、じっと耳を聞きすましている様子である。しかし、一心に聞き惚れているという様子ではなかった。その顔には、恐怖の表情が描かれていた。ことに、二つの目にそれが現われていた。それと、白い、長い、ちぢかんだ指が、まざまざと恐怖の表情であった。怪しい影はしばらくそこにじっと立っていたが、やがてフワリと前へ動きだすと、身をすくめてブルブル震えている二人のそばを通って、巨人のような大股で階段をノシリ、ノシリと上がって行ったと思うと、二階の闇のなかへ消えてしまった。

「さあ、あとをつけて行きましょう」とジョーンズが促した。「もうこうなりゃ、恐さのあまり命をなくしたって、怪しい正体はきっとつきとめてやるから。最後まで見届けてやりましょう」

そういって、ジョーンズは歯の根をガタガタさせながらも、震えるムリガンズをむりやり押しかつ引っぱりながら、恐る恐る階段を上がって行った。まっ暗ななかを、やっとのことで二階の踊り場まで上がると、ちょうど怪しい影が、音楽の聞こえる部屋の中へはいったのが見えた。はいったと思うと、家じゅうに響きわたるようなえらい音をたてて、扉がバタンと締まった。締まったその扉口へ、ジョーンズは体当りに飛びつくと、扉を押し破って、部屋の中へ転げこむように飛びこんだ。

部屋の中はガランとして、なにもなかった。音楽は止んでしまった。ジョーンズとムリガンズとは、月のさしこんでいる床の上に、たがいに呆気にとられた顔を見合わせているうちに、いきなりアッといって両方からかじりついた。カーテンのない窓と自分たちの間に、なにやらまっ黒な物がダランとぶら下がっていたのである。

よく見ると、さっきの背の高い男が、梁から首をつってぶら下がっているのであった。二人が思わず息を呑んで見つめているうちに、ぶら下がった男が、いきなり風に吹かれたようにフラリ、フラリと動きだした。二人はワッと叫ぶなり、どっちが引きずったのか引きずられたのか分らないが、転ぶように手をひっぱり合って部屋を飛びだすと、夢中で階段を駆け下り、玄関から表へ逃げだして、隣りのガス・ストーブの家へ命からがら逃げこんだ。

ややあって、二人は客間のガス・ストーブの前に腰をおろして、どうやらホッとおちついたところで、あるじのジョーンズが言った。

「いやどうも、驚きましたな。ところでムリガンズさん、ゆうべ私は、あとで自分の考えを述べると申し上げたが、それをこれからお話ししましょう。あなたのあの家はね、ありゃ非常にたちの悪い悪霊がとりついているんですぜ。つまり、人を破滅におとしこんで喜んでいる悪霊ですよ。あの家が今建っている地所は、おそらくむかし絞首台か、さらし首の石でも立っていたか、あるいは魔女が妖術を行なった十字路だったんでしょうよ。そういうところには、かならずたちの悪い悪霊が寄るもので、いわゆる妖気というか、魔というか、そいつがきっと立ち迷う。でなければ、以前あの家に、あんな人に害を与えるような音楽を鳴らす妖術師でも住んでいたかさ。

とにかく、私が知ってからあの家へ住んだ人は、みんなあの妖しい音楽を聞いて、ひとり残らず毒気にあてられていますよ。酒乱になった者もあるし、麻薬常習者になった者もある。公金を横領して刑務所へぶちこまれた者もある。バーローは首を吊って死んだしね。そのくせ、みんなあの家へ住むまえには、ひとかどの鷹揚な暮しをしていた人達なんですよ。

それとね、も一つ不思議なことは、あの家でだれか死ぬと、きっとその幽霊があすこの家の玄関のところへ出るんですよ。五年前に死んだスミスがそうだったし、そのあとがミルズ、つづいてベイツ、それからバーロー。これが代りばんこに、あのうす汚れた玄関の扉のかげへ幽霊になって出るんですよ」

「いやだな、どうも」とムリガンズは顔をしかめて、「ぼくも今にそうなるみたいで、弱ったな、どうも。そんな話、聞かして下さらなきゃよかったな」

「いや、私はまたあなたを恐がらそうと思って言ったんですよ」とジョーンズは言った。「あんな家に長く住んでいたら、それこそあなた、しまいには取って返しのつかないことになりますぜ。悪いことは言わないから、一日も早く、あの家は引っ越しておしまいなさい。それに越したことはありませんよ」

するとムリガンズは強情に首をふって言った。

「いや、ぼくはあの家を引っ越しませんね。引越しはもうたくさんです。それにね、じつをいうと、あの怪しい音楽にぼくは心を惹かれているんです。あの怪しい音楽を聞いていると、ぼくはなんともいえず、気持が和《なご》んでくるんですよ。あれはぼくは、できることならいつまでも聞いていたいな」

ジョーンズは深い溜息をついて、「ふーん、そうですか。いや、あるいはそうかもしれんな」

ムリガンズは肩をすくめて、「いろいろしかし、ご心配頂いてすみませんでした。そのうちぼくは家主にそういって、あすこの玄関の扉にガラスを入れてもらいますからね。もしぼくがあの家で死んで、今夜のバーロー君みたいに幽霊になって出たら、ひとつ隣人のよしみで、あなたあすこから覗いて、ぼくに『よう、ご機嫌よう』と笑って見せて下さい」

こんな話をとりかわしてから、かれこれ三、四カ月たったのちのことである。ムリガンズの死体が二階へ上がる階段の下のところで発見された。死体は首の骨が折れていた。なにかに躓《つまず》いて、階段の上からでもまっ逆様に落ちたものと見えた。

葬式がでた日の夜、十二時半ごろに、ジョーンズはそっと家をぬけ出て、約束どおり、隣りの家の玄関の扉のガラスから、家の中をのぞいてみた。ジョーンズは、扉の奥にボーッと光った物でも見えるのだろうと思って、ひょいとガラスを覗いたとたんに、ワッと胆をつぶしてしまった。ムリガンズのまっ白な死顔が、目をギョロンとむいて、ガラスのすぐうしろからこちらを見て、ニタニタと笑っていたからである。

ジョーンズは「よう、ご機嫌よう」どころか、すっ飛んで家へ逃げ帰った。

石切場の怪物

イギリスの南部地方にも、幽霊屋敷はずいぶんほうぼうにたくさんあるが、次の話もその一つで、これは実見者のミセス・ヴェシェルの身うちにあたる人から、直接聞いた話である。

——

今世紀のはじめのころ、ミセス・ヴェシェルはそれまでいたノーフォークの邸宅を売り払って、ここよりも気候の温和な、どこか南部のほうにでも土地を買い求めることを思い立った。まいにち数種の新聞広告を読みあさり、土地周旋所へお百度を踏んだあげくに、サウス・ダウンズからあまり遠くない、グリーンデイル・ホールが売物に出ていることを聞き知って、さっそくそれを検分に行くことにした。

行ってみると、彼女はグリーンデイル・ホールをひと目みたとたんに、ばかに気に入ってしまった。値段を聞いてみると、案外安い値段であったが、といって、そうおいそれと右から左へ、咽喉《のど》から手の出るほどの値段ではなかった。うっそうとした老樹に囲まれた、木蔦のからんだ建物の見つきも、べつにそう古色を帯びた、奥床しいというほどのものでもなかったが、しかし、なにか言うに言われぬ微妙な感じで、彼女の心を吸い寄せるものがあったのである。

建物は、広い国道から約四分の一マイルほどひっこんだところに建っており、国道から長いうねうねした馬車道ではいるようになっている。馬車道の両側には、見上げるような楡や槲《かしわ》の大木が立ち並び、真夏の日盛りでもその下は涼しい木蔭になるように、うっそうと枝をかわしている。

家の前は広い芝になっていて、そのずっとはずれに大きな池がある。池のむこうは雑木林と、今は廃址になっている石切場がある。石切場には、雑草や茨が丈なすほどにおどろに生い茂っていて、その下のほうに青々と澱《よど》んだ池がある。その池は底なしの池だと、村の人達は言っていた。

屋敷の主屋《おもや》は、あとからあとから建増しをして、なにかまとまりのつかないような、だだくさした古い建物で、廊下や通路がやたらにあり、思いがけないところに、隠れた小部屋へかよう階段が幾つもあったりした。しゃれた暖炉がどこの部屋にもあり、窓はみんな枠が菱形のダイアモンド窓だった。その時々に、あっちを模様替えしたり、こっちを手入れしたりしてあるので、住みよくはできているものの、住むとなれば、だいぶ手入れをしなければならない家だった。

ところで、いざ移ってきてみると、奉公人の問題が予想以上に厄介なことがわかった。ノーフォークからは、今までいた料理女と二人の小間使をつれてきただけで、あと足りない手は、近所の村から雇えばいいと、ミセス・ヴェシェルはたかをくくっていたのである。ところが来てみると、意外にもすっかり当てがはずれてしまった。村の連中は屋敷へ奉公する気がぜんぜんないのである。訳をきいてみたが、どうもよく分らない。ただ、ある老婆がこんなことを言った。この老婆は、つい最近よそからこの村へ来た者であった。

「いいえね奥さま、村の者はみんな恐がっておりますんですよ」

「なにを恐がっているのさ？」ミセス・ヴェシェルは問い返してみた。

すると老婆は、あたりを見回して、だれも聞いている者がないのを確かめてから、声を落として答えた。「それがね、へんなお話ですけど、こちらのお屋敷には幽霊が出ると、そう申しておりますんです」

ミセス・ヴェシェルは高笑いをして、「なにを馬鹿なことを言うんだろう。お前さん、それを本気に思ってるのかい？」

老婆はかぶりをふって、「いいえ、滅相もない。わたくしと夫《やど》はそんなこと信じちゃおりませんけど、村の人はみんなそう思っております。まさかこちら様や、よそから来た方には、けぶりにもそんなことは申しませんけどね」

「一体、ここの家に何が出るというのさ？」ミセス・ヴェシェルは尋ねた。老婆は「さあ」といって言葉を濁らしていたが、じつは何が出るのか知らなかったから、返事ができなかったのである。で、その話は、その時はそれでおしまいになったが、ミセス・ヴェシェルは村の連中の馬鹿さかげんに、内心腹が立ってならなかった。

奉公人は、やっとなんとか手をまわして、よその村から見つけたので、家の中の用はどうやら足りるようになった。

引っ越してきてから二、三週間は、村の連中がいうような怪しいことは、なにも起らなかった。はじめて怪しいことが起ったのは、九月のある晩、夜中の二時から三時のあいだのことであった。

　ミセス・ヴェシェルには娘が三人あった。総領のアイオンというのが、その晩寝室が締めきってあったせいか、夜中に寝苦しいので目がさめて、ベッドから出て窓を明け、しばらく窓ぎわに腰をおろしていた。そのうちに眠くなって、そのまま椅子にもたれてウトウトしたらしい。どのくらい眠ったものか、しばらくしてハッと目がさめ、窓から外を眺めると、雲がしずかに動いて、ときおり雲間から月が顔を出している。風はソヨリともなく、あたりはなんだか気味のわるいくらい、しんと静まり返っていた。

　アイオンはなんの気なしに空を見上げた目を芝生のほうに移すと、ふと雑木林のなかに、なにか影みたいなものがあるのを目にとめた。ボーッとした、形もなにもない、青っぽい霧みたいなものであったが、ひょいとそれを見た瞬間に、彼女はなんだかその中に、恐いものが隠れているような気が直観的にした。霧みたいなものはだんだんこちらへやってくると、どこかで犬が何匹も、いやな声をして遠吠えをした。アイオンはきゅうにゾッと寒気がした。霧みたいなものは、やがて芝生から砂利道のほうへ動いてくると、フワリフワリ馬車道をこえて、家の角から裏のほうへと曲がって、見えなくなってしまった。

　アイオンは何だろうと思ったが、とにかく気味が悪かったので、いそいで窓をしっかり締め、扉にも錠をおろして、ふたたび寝床へはいったが、さあ寝られない。そのうちに、妙な足音がホールの階段を上がって、廊下をミシリ、ミシリと鳴らして、自分の部屋のほうへやってくるのが聞こえるような気がした。アイオンはもう恐くて恐くて、布団を頭からひっかぶると、ベッドの中で息を殺して小さくなっていた。いやに夜が長いようで、早く夜が明けてくれればいいと、それのみを願っているうちに、まもなく窓の外がうす明るくなってきたので、彼女はホッとして、それからすこしトロトロとまどろんだ。

翌朝、アイオンは朝食のときに、よっぽど昨夜の不思議な影の話をしようと思ったが、母が恐がるといけないと思って、話すのをさしひかえてしまった。

あとで聞いたのだが、料理女もゆうべは女中部屋の外で妙な音をきいて、ひと晩じゅう目がつかなかったということだった。だれか踊り場のところを、跣足《はだし》でピタピタ行ったり来たりするような音だったという。

それから二、三日はなにごともなくて過ぎた。するとある晩のこと、アイオンが雑木林から出てきた怪しい影を見たのとやはり同じ時刻に、こんどは妹のエニッドが、寝室の中でなにかミシミシいう音を聞きつけて、びっくりして目をさました。その晩は月のない晩で、窓からさす星あかりで、やっと部屋の中の家具がボンヤリ見える程度の暗さであった。エニッドはすぐ目と鼻の先にある大きな衣裳だんすに、じっと目を凝らしていると、やがてギーという音がして、衣裳だんすの扉がひとりでに明きだしてきた。

べつに怪しいわけはない、猫か鼠のしわざだろうと、エニッドはいっしょけんめい自分に言いきかせながら、なおも目を離さずに見ていると、たんすの扉はだんだん大きく開いてきた。が、なにも見えない。なにも見えないが、彼女はその時、なにか目に見えない、なんともいえない恐ろしい物が自分のほうへ音もなくスーッと忍び寄ってきたのを感じた。それでも彼女はじっとして声も立てずにいると、やがてその怪しい物が自分のベッドのすぐそばまで来たので、もうたまらなくなって、キャッと悲鳴を上げた。

ちょうどその時、隣りの部屋に寝ていた妹のドニーズも、偶然やはり目をさましていた。エニッドの悲鳴を聞くと、ドニーズはもしや姉が気分でも悪いのじゃないかと思って、すぐに隣りの部屋へとんできてみると、エニッドが半分気絶しかけている。びっくりして呼びかけると、そこへアイオンも駆けつけてきて、二人して介抱すると、エニッドはまもなく正気に返って、なんだかへんな物がこの部屋へはいってきたといって、二人にいちぶしじゅうの話をした。それを聞いて、アイオンもはじめてその時、先夜自分の見た怪しいものの話を二人の妹に打ち明けたのである。

三人は額をあつめて、さてどうしたらいいかと相談をしたが、べつも名案もない。だいいち、この話を母に話したものかどうか。もし母に話して、母が自分たちの言うことを真に受けてくれるとすれば、おそらく母は、あれほど気に入っているこの家を、さっそく売るか、人に貸すかしてしまうにちがいない。反対に、母の耳に入れずにおけば、ひょっとすると母が幽霊を見るかもしれない。見れば、いくら幽霊なんかないといっている母でも、びっくりするに違いない。物の本や人の話によると、ふだん幽霊を馬鹿にしている人に限って、いざとなると、よけい恐がるということだ。三人はさんざ相談をしたあげくに、けっきょく、しばらくこのまま様子を見ることにしようということになった。

ところが、まもなく奉公人からいろいろ苦情が出てきた。ノーフォークからいっしょに連れてきた二人の女中が、夜中に寝ているとなにか部屋の中へはいってくる。扉がひとりでバタンと音をたてたり、扉の引き手がガタガタ鳴ったりして、恐くてしようがないと言いだした。

それから二週間ばかり、いいあんばいに、怪しいことはなにごとも起らなかった。ところが、こんどはいよいよミセス・ヴェシェルがいやなことを経験をする番になったのである。ある晩のこと、彼女は夕食をすませてから、屋敷から半マイルほど離れたところにある知合いの家へ訪ねて行った。帰りに先方の人がお送りしようというのをむりに断って、彼女はひとりで近道をして、原っぱを抜けて帰ってきた。まだあたりはほの明るい黄昏どきであった。夕日はちょうど地平線に沈んだばかりのところで、金と赤の夕焼空がしだいに鼠色に暮れかけてきていた。あたりは静かで、ときどきどこかでホーホーと鳴く梟の淋しい声と、遠くで犬の吠える声が聞こえるだけであった。

屋敷の雑木林のはずれの、石切場からちょっと離れたところに、もとは夏館《なつやかた》にでも使われたらしい、木造の家が一棟たっている。ミセス・ヴェシェルは、まえから一ど中を覗いてみたいと思いながら、いまだに果たさずにいたので、ちょうどいい折だと思って、彼女はその建物のそばまで行ってみた。

行ってみると、ずいぶん荒れほうだいになっていた。泥だらけの床はところどころ根太が落ち、天井からは大きな蜘蛛の巣が房のようになってぶらさがり、屋根の穴からは空がすけて見えた。部屋の隅やそこらへんに、がらくた道具が——錆びて使えなくなった庭道具だの、蓋のない空罐だの、口の欠けた水入れなどが転がっており、首のない人形やおもちゃの木馬、背や足のとれた椅子など、使いものにならない壊れ物が、足の踏み場もないくらいに散らばっていた。

ミセス・ヴェシェルは足もとに気をつけながら、中へふた足三足踏みこんで、床の上に落ちていた一枚の銭を、身をかがめて拾おうとした瞬間に、なんだか訳わからず、きゅうにゾッと恐くなった。べつになにも見たわけではなかったが、なにか恐ろしいものが自分のすぐそばに、ニューッと立っているような気がしたのである。人間でもなし、動物でもなし、妙なかっこうのブヨブヨした、毛のはえていない、角々《つのづの》がたくさん出ている物だった。キャッと声を立てようとしたが、口がきけなかった。その気味の悪いものが、自分のすぐそばへ来ようとしているのに、彼女は逃げるも引くも、てんで身を動かすことができなかった。

あやうく気が遠くなりかけたところへ、だれかこちらへ、ガサガサ来る足音がして、やがて入口の戸がバタンと明いたと思ったら、庭男が木の枝をひとかかえ担いでノッソリとはいってきた。とたんに恐ろしい物はどこかへ消えてなくなったので、彼女はやれやれとホッとした。が、家へはいるまで、胸の動悸はいっこうに静まらなかった。

このことがあって二、三日してから、ある晩ドニーズが書斎へ本をとりに行こうと思って、ホールを通ると、彼女のそばをなにか大きな物がスッと通りぬけて、そのまま階段を上がって行ったけはいがした。なにか蜘蛛みたいな長い足のはえた、体のブヨブヨした物の感じだった。ドニーズはアッと思って、いきなり母や姉妹たちのいる客間へ逃げ戻るなり、半分気絶したように長椅子の上にぶっ倒れてしまった。

「どうしたのよ？　なにかあったの？」とエニッドが尋ねた。

ドニーズはまもなく正気に返って、ホールで今自分が見た物の話をみんなにした。すると、それまで夏館での経験を娘たちに話さずにいた母親も、その時自分の見た話を語って聞かした。

その翌日はちょうど土曜日で、夫人の総領息子のジャックがアーチボールド・フェイルという友達をつれて、グリーンデイル・ホールへ泊りにやってきた。アーチボールドは中年の男で、鼻めがねなどかけて、似合わないグレーの服を着ているような男であった。中食のときに、ジャックとアーチボールドは、怪しい出来事のいちぶしじゅうを母や妹たちから聞かされた。

「へーえ、そうですか。ぼくはそんな物見なくてしあわせだったな」とジャックは言った。

「そんな物見たら、ぼくなんか一ぺんにキューだぜ」

「ねえフェイルさん、あなたは恐いことなんか、おありにならないでしょう？」エニッドが言った。「あなたは幽霊なんか信じていらっしゃらないって、ジャックが言ってましたもの」

アーチボールドは答えた。「そうねえ。ぼくはやっぱり、幽霊を見る人はだいたいにおいて偏執狂者だという説に、賛成のほうですね。あなたがたは、ここの家に幽霊が出るという噂をきかれたものだから、それがもう、頭にしみついているんですよ。四六時中幽霊のことばかり考えて、そのために恐い恐いで神経が緊張していらっしゃるから、なんでもないものが、つい想像で怪しい物に見えるんですよ。頭脳がそういうふうになっちゃっているんですな。だけど、そりゃあどこまでも主観的なものでね、一種の幻影ですよ」

アイオンは笑って、「あら、それじゃ平たくいえば、私たちが偏執狂だと、あなたはおっしゃるのね。気狂いのいる家へいらして、恐いことありませんこと？　うっかりすると私たち、あなたを殺すかもしれませんわよ」

アーチボールドは話に夢中になると、それが癖になっている鼻めがねをしきりとかけ直しながら、「いや、ぼくはなにも、あなたがたが偏執狂者だとは、言ってやしませんよ。ただ、そういう場合もあると申し上げているんですよ」

「怪しいものよ。私たち、偏執狂かもしれませんわよ」エニッドが言った。

「いやまあ、そんなことよりも、ミセス・ヴェシェル、よろしかったら、ぼくはあなたのお気に入りのご邸内というのを、すこし散歩してみたいのですがね」

「よし、ぼくもいっしょに行こう」とジャックが言った。

「いや、君はいいよ。ぼく一人でやらしてくれ。そのほうが物を考えるのにいいから。なに、じき帰ってくるよ」

アーチボールドの「じき」は二時間以上かかった。客間でみんなしてお茶をのんでいるところへ、かれはノッソリ帰ってきた。

「いかがでした。ずっとご覧になりましたか？」とミセス・ヴェシェルが尋ねた。

アーチボールドはうなずいて、「ええ、あなたが恐い思いをなすったという、夏館も拝見してきましたし、石切場も見てきました。あすこ、最初に石を切りだしたのは、いつ頃のことでしょうな？」

「さあ、私もはっきりとは知りませんけど、なんでも私にこの話をしてくれた村の年寄が、自分の子供の時分だといっていましたから、ずいぶん古いことなんでしょうねえ。あすこの池のことを、土地の人は『自殺の池』といってますの。何人も人が死んだんですとさ。あなた、石切場をごらんになって、なるほど幽霊の出そうなところだとお思いになりましたか?」

「いや、今見て来たばかりで、まだこれという意見もありませんが、あとでなにか考えつくかもしれません。しかし、ぼくは神秘学だの幻覚だの、そういう方面のことはあまりよく知りませんから、ご期待にそうような意見は出そうもないことを、あらかじめお断りしておきます」

話はそれからほかのことにそれて、ジャックは妹たちとカルタ遊びをし、アーチボールドは夫人とお喋りをしてから、夕食まで読書をした。

夕食後、婦人たちがそれぞれの部屋へ引き揚げてしまったあと、ジャックとアーチボールドも広い寝室にはいって、明け放った窓ぎわでしばらく喋りこんでいたが、そのうちにジャックは眠くなったので、話をやめてひと足先に床へはいった。

アーチボールドはまだ眠くなかったので、窓からひろびろとした庭の夜景を眺めていた。ひろい芝生、その先の大池。池の面にはこうこうと月がさして、水がキラキラと銀色に輝き、池のむこう岸には樺の木がこんもりとおい茂っている。白い砂利道が夏館のほうへダラダラと下がって、そのむこうに石切場が見える。ちょうど満月で、風はソヨリともなく、木の葉一つそよがず、万籟《ばんらい》ことごとく絶えたような静かな晩であった。ときおり蝙蝠《こうもり》が木立や藪から、夜空へハタハタと舞いたっては、またハタハタと舞い下りる。裏庭でおりおり犬の吠える声、陰気な梟のホーホー鳴く声のほかは、夜の静寂をみだすものもない。

しばらくすると、アーチボールドは突然立ち上がって、窓から身をのりだすようにして、何物かをじっと凝視した。夏館と石切場の方角から、なにか月かげのなかをこちらへ動いてくるものを見たのである。林間の細い小径から、主屋の前の芝生のほうへとそれが出てきた。おや、何だろうなと思っているうちに、あっ、あれだな！　と分って、アーチボールドはギョッとなった。

あわてて窓から首をひっこめて、ジャックを起そうとしたとたんに、芝生のあたりから、絹を裂くような、なんともいえない不吉な悲鳴の声が聞こえた。

ただならぬその声に、ジャックも目をさまして、飛び起きた。

「何だ、何だ、どうしたんだ？」

アーチボールドはまっ青な顔をして、ただブルブル震えながら、返事もしない。かれは寝室の入口へ駆けよると、そこの扉をそっと明けて、あたりに耳をすまし、ジャックに手まねで、静かにしろと合図をした。と、まもなく廊下に足音が聞こえた。見ると、月の光が窓からさしこんでいるなかに、ボーッと白い女の影が、ホールの階段のほうへと急ぎ足で歩いて行くのが見えた。

アーチボールドはそっと爪足で廊下へ出ると、ジャックにいっしょに来いと手招ぎをした。二人は白い女のあとを、抜き足さし足でつけて行った。女は階段を下りると、ホールをつっきり、やがて玄関の扉の錠をはずして表へ出、車寄せから広い芝生へと出て行った。アーチボールドは、すこし離れたそのうしろから、その跡をつけて行ったが、明るい月かげに照らされたそのうしろ姿から判じて、女はドニーズ・ヴェシェルに相違なかった。

ドニーズはすこし足を早めながら、芝生を渡って砂利道へと出て行く。そして脇目もふらずに急ぎ足で、夏館のわきを通って、石切場のほうへとドンドン歩いて行く。アーチボールドも早足になって、だんだん距離をつめて追いかけて行った。そして石切場の穴の縁からもう一歩で落ちるという前に、ドニーズをうしろから抱き止めた。

「まあ！ 私、どうしてこんなところに！」ドニーズは愕然として息も絶え絶えに、目の下の石切場をギョッとしてのぞきこんで、「眠っているうちに歩いてきたのかしら？」

「そうかも知れませんね」アーチボールドはドニーズの手をしっかり捕まえたまま、「そんなことはまあ、あとの話として、とにかく家へ戻りましょう。そのなりでは、風邪をひいてしまいますよ、ことにここは空気が冷やっとしているところですから。さあ行きましょう」

そこへジャックもやってきたので、三人してとにかく家へ戻った。家へ戻ると、ジャックが台所から飲み物などを運んできて、それから三人して、客間でボソボソ喋っているうちに、とうとう夜が明けてしまった。三人ともすこしも眠らなかったのである。そのまま三人は、朝食まで起き通してしまった。

ドニーズの語るところによると、自分は眠りながら歩いていたのにちがいないというのである。そんなことはあとにも先にもないことで、アーチボールドに抱き止められるまで、なにがどうしたのかまるで憶えがない。ハッと気がついたら、あの恐ろしい石切場の縁に立っていたというのである。同じ話を、ドニーズは朝食の席で、母や妹たちにも語った。

「フェイルさん、いかが?」とミセス・ヴェシェルがアーチボールドに言った。「これであなた、私どもの幽霊の経験に、なにかご意見がおできになったでしょう?」

アーチボールドはうなずいて、「ええ。奥さんにぼくはご忠告します。早々にこの家は出ておしまいなさい」

「これでもやっぱりあなたは、私たちが偏執狂だとお思い?」エニッドが訊いた。

アーチボールドは鼻めがねをかけ直しながら、

「とにかく、ここのお家とここの地所には、なにか怪しいものがありますな。こういうところにいつまでもいらっしゃると、今にとんでもないことになりますよ」

「ゆうべ、君はなにか見たんだろう?」ジャックが言った。「へんな声がして、ぼくが目をさました時、君はただごとでない、まっ青な顔をしてたからな。なにを見たんだい、白状しろよ」

アーチボールドはうなずいた。

「なにをご覧になりましたの?」エニッドもそばから口を添えた。

しかし、アーチボールドは言わなかった。言いたくなかったのである。

「なにかで読んだか聞いたかした話なんだけど、廃址になった石切場というものは、いわゆる悪霊というか、人に危害を加えるような妖魔が、好んで巣をくうところらしいですな。あすこの石切場の池で、昔から自殺者がよくあったという伝説が本当だとすると、ゆうべぼくが見たものは、たしかにそれに関係のあるものかもしれませんね。ですからぼくは、明日といわず今日にも、この家からあなた方に出て頂かなければ、とても安心できないのですよ」

ヴェシェル家では、とてもその日のうちにというわけには無論いかなかったけれども、それから一週間ほどしてからグリーンデイル・ホールを引き揚げた。引き揚げると話がきまってからは、怪しいことはなにも起らなかったということである。

グリーンデイル・ホールは、それから数年後に、ついに取り壊された。石切場や魔の池はどうなったか、詳《つまび》らかでない。

呪われたルドルフ

ある夏の日、一人の青年が南ウェールズの草深い田舎道を、足にまかせてブラブラ歩いていた。青年はジョン・ウォートンといって、べつに定まった職もない、ごく気散じな身の上だった。その日はまたばかに暑い日であった。ウォートンは少し歩き疲れたので、のどでも湿そうと思って、とある路傍の一軒の居酒屋へはいって、なにか飲むものをくれと注文した。居酒屋のかみさんは心得顔に、さっそく庭先の涼しい木蔭のテーブルに席をしつらえ、まもなくなにか冷たい料理にビールを持ってきてくれた。ウォートンはちょうど腹もへっていたので、出された料理とビールをうまそうに平らげた。さてこれからどうしようかな、炎天のこのカンカン道をまた汗だくで歩くのも恐れいるし、すこし涼蔭のできるまで、ここで休んでいこうかなと、食べた皿を前にして、とつ追いつ思案をしているところへ、主屋《おもや》のほうから一人の客がブラリと出てきて、ウォートンの腰かけているテーブルへきて席を占めた。

客は四十がらみの、上背のある、目鼻だちのきりりとした、彫りの深い目をした人であった。服装も地味で、どうやら休日を利用して田舎へ行楽にきた勤人といったふうな人体《にんてい》に見受けられた。気軽に天気のはなしなどをウォートンに話しかけて、かねがね当地に幽霊の出るという古い城跡があると聞いていたので、それを見物にきたのだと、問わず語りにそんなことを言った。自分はそういう幽霊屋敷を見物するのが好きで、ドイツのライン地方へいくと、そういう曰くつきの古い城がたくさんある。客はそういって、その地方に古くから言いつたえられているという怪談や伝説を、二つ三つウォートンに話してくれた。

ウォートンは客の語る話をおもしろく聞いたが、やがてなんとなく索然とした面持で、こんなことを言った。「今のお話をうかがうと、どうもそういう怪談や伝説は、みんなあの地方へ来る観光客めあてにでっちあげた嘘話が多いようで、ガッカリしますな、実話はないものですかね、ほんとうに幽霊の出る実話は？」

すると客はうなずいて、「いや、ごもっともだ。お見受けするところ、あなたなどは、怪異談は頭から笑って信じないほうの組でしょう。そこへいくと、私などは怪奇党でね。こんどこっちへ来たのも、このへんはだいぶひねった幽霊屋敷や、お化けの出るところが多いと聞いたもんだから、それで来たようなわけなんだが、どうですな、あんた我慢をして聞く気があるのなら、数年前に私がドイツで経験した、不思議な話をご披露におよぼうかね。このはなしは、いまだに自分でも、これという解釈のきめ手がつかずにいるんだが、どうです、ひとつ聞いて下さるかな？」

ウォートンは好奇心をそそられたので、ぜひ伺いましょうというと、客はそれではといって語りだしたのが、次の話である。――

「数年前、私はババリアを旅しておった時に、ある日ニューレンベルグに泊ったことがある。ホテルで夕食をすませたあと、ボーイが芝居の広告を持ってきたのを見ると、マイエルベールの有名な歌劇『悪魔ロベルト』の公演で、当地では初演としてある。かねがね、私も見たいと思っていた歌劇だったから、旅のつれづれにちょうどいいと思って、さっそく私は劇場へ駆けつけた。行ってみると、小屋の前には、もういっぱいの客がつめかけている。やっと切符を買って中へはいり、満員のなかをいいあんばいに、ちょうど土間の中程のところに席がとれて、うまく腰かけられた。私の隣りの席は若いフランス人で、この人も私とご同様に旅の人だった。

やがて荘重な前奏曲で幕が上がる。観客は固唾《かたず》をのんで舞台に吸いよせられる。まもなくベルトラムが登場して、舞台よきところ、居どころきまって、さて歌おうと口をひらいたところが、どうしたのか声が出ない。ロベルトに扮した歌手が低い声で、どうした、歌を忘れたのかと訊いたが、ベルトラムは首を横にふって、もう一ど出直して歌おうとしたが、やっぱり声が出ない。ベルトラムはいきなり舞台の椅子に身を投げると、へんだ、きゅうに声が出なくなったと、手まねで合図をした。

さあ、そうなると見物は承知しない。場内はドッと湧き立って、『歌え！　歌え！』という声が、あっちからもこっちからもかかる。『おれたちは《悪魔ロベルト》を聞くために木戸銭を払ったんだぞ。なんでも歌を聞くまでは、ここを動かないぞ。歌え！　歌え！』と、いやもう大へんな騒ぎになった。

そこでベルトラムは、もう一どやって見るために椅子から立ち上がった。途中で手を止めていたオーケストラも、改めて演奏をはじめる。ベルトラムは指揮者のきっかけにのって、ふたたび歌おうとしたけれども、どうしたのか咽喉《のど》からかすれ声一つ出ない。

その時、オーケストラの指揮者が観客席のほうを向いて、『皆さん、ベルトラムに罪はございません。ベルトラムは突然声が出なくなりました』と大きな声で言った。『なんだと、言訳いうな！　歌え！　なにがなんでも歌え！』と平土間にいた若い見物の何人かが腹を立てて、ステッキをふり上げながら、血相かえてどなりたてた。

するど、その時桟敷にいた一人の年とった客が立ち上がって、とにかく医者を呼んだらどうだと提言した。ちょうど見物席に、ステルンという医者がきていて、すぐにこの人が舞台へ駆け上がって、ベルトラムの脈をとり咽喉をしらべた結果、ベルトラムは神経組織に故障がある、これではとても歌はうたえない、さっそく絶対安静を要するという診立《みたて》だ。

しかし、見物はますます湧くばかりで、藪医者がなにをほざく！　せっかく聞きにきた歌劇を続けなければ、この小屋をぶちこわすぞ！　といって威かすという騒ぎ。そこへ劇場のマネジャーが舞台へ姿を現わした。マネジャーが満員の観客席にむかって一揖《いちゆう》すると、さしもに湧きたった場内は、水を打ったようにしんと静まった。

『ご見物の皆さまに申し上げます。ただいま、ちょうどご当地を通りかかったある歌手の方が、なんとか皆さまにご失望をさせまいという一念から、ベルトラムの役を自分が代って歌おうと、ご親切にも申出がございました。当劇場のマネジャーといたしまして、私はただもう感涙に……』マネジャーの挨拶は、どっという歓声に、あとは何を言ったやら。そのまま満場の拍手のうちに、マネジャーは退場する。入れ違って、その代役をするという歌手が舞台に登場する。これまた割れるような拍手で迎えられた。

するとその時、私の隣りの席にいた若いフランス人が、小さな声で私に囁いた。『あの男は、ぼくは前にも見たことがありますよ。ザンパのフェイドー座で歌ったけど、たいして上手じゃありませんよ』

第一幕では、そのベルトラムの代役の歌手は、まあどうやらやっと歌いこなした。曲の合間《あいま》々に、隣席のフランス人が、なにかしら私に言う。『ぼくは間違いましたよ。あれはザンパで見たルヴァスールじゃないな』そんなことを言っていたが、私の席の近くの人は、あれはフロリヴァルという歌手だといっていた人もあった。ルヴァスールだろうとフロリヴァルだろうと、こっちはべつにどっちだろうと、そんなことは構わなかった。歌手としては、まあ可もなく不可もないという、中ぐらいの出来だからね。

やがて第二幕が始まった。ところがデュエットが終って、ベルトラムが『堕天女のプリンス』を歌うところへくると、見物はいっせいに、なにかしらないが不気味な気分にとらわれてきたんだね。歌手のうたう声のなかに、なにかこう、妙に人の心を捕えるような、目を見はって驚くようなものがあって、舞台のかげにいるコーラスの連中もそれを感じたものか、こんなに精いっぱい歌ったことはついぞないといったようすなんだね。げんに演奏しているオーケストラのほかに、もう一組のオーケストラがどこかにいて、それがいっしょに演奏でもしているように、ホルンも、トロンボンも、えらい力を入れた吹奏ぶりでね。指揮者は、まるでべつのオーケストラにこっちのお株をさらわれでもしたように、へんにうろたえたような、まっ青な顔をして、ときおりあたりを見まわしている。

その高い音響の上に、ベルトラムの声だけがいよいよ澄んで、アリスに自分の気持を訴えるあたりは、じつに柔らかい媚びをたたえ、やがてきびしい冷笑の気持が昂《たか》ぶるあたりになると、声はグッと調子をはり、『汝《なれ》は今こそわがものぞ！』と歌うあたりは音量といい、詐《いつわ》りの勝利の表現といい、薄気味わるいほど音吐《おんと》朗々たる歌いぶりなんだね。アリスの役の女優は、鷹の爪に踏まえられた小鳩のように、ベルトラムの右手の下に小さくなって、すくなんでいる。ふだんは陽気な、コケティッシュな女優なのに、なんだか得体のしれない驚きと恐怖の思いに、いきなり羽がいじめにされた、とでもいったような様子だ。ただもうベルトラムの声にすっかり魅せられてしまったようすで、しまいにその女優はキャッといったと思ったら、十字架の踏段の上へ気絶をして倒れてしまった。

とたんに、場内の女の観客が総立ちになった。なにかとてつもない恐ろしい危機が来そうな気がして、みんなもうまっ青になって、震えながら、つれの男の腕にしがみついた。泣きだす者もある。ニヤニヤ笑う者もある。なかにはヒステリックになる者もある。そして幕が下りた。

幕が下りたあと、しばらく場内の緊迫した空気はそのままつづいていたが、やがて憑きものでも落ちたように、観客はやっと目がさめると、土間でも桟敷でも、きゅうに人がざわざわ動きだした。話し声もガヤガヤ聞こえだした。今の今、アリスとベルトラムのやりとりにヒステリックになった婦人の観客たちも、いっとき前の驚きは打ち忘れて、ベルトラムを演じた歌手の妙技を声高に褒めそやした。

さて、まもなく三幕目の幕が上がって、こんどは尼寺の埋葬場の幕になる。ところで、ここでまたもや観客の血を凍らせるようなことが持ち上がった。どうです、ちょっと気を持たせるような話になってきたでしょう？」

ウォートンは肩をすくめて、「ええ、まあ。それでどうなりました？」と話の先を促した。

「いや、正直のはなし、私はこの先百年生きるとしても、あの晩のことは生涯忘れないでしょうね。むろん、自分の気のせいだろうとは思うけれども、とにかくベルトラムの背がきゅうに高くなったように見えたね。舞台はまっ暗だし、観客席も天井のシャンデリアがたった一ついているきり、それもグッと暗く絞られているから、場内はまるで逢魔が時みたいにぼんやりと仄《ほの》暗い。その仄暗いなかに、ベルトラムの目だけが怪しい光を帯びて、ギラギラ光っているんだな。

オーケストラは、これがまた前幕と同じようでね、なにか怪しい、目に見えないべつのオーケストラが、どこかにいて演奏でもしているように、楽器の調子がまるで耳を聾するばかり、その音といったらものすごいんだね。指揮者はただもう呆気にとられて、茫然としているふうだった。なんだか知らないが、歌劇の曲にない調べが、妙なぐあいにどこからともしれずはいってきて、それがふしぎとまた、音楽にうまく合っていてね。

そのうちに、ボックスで演奏しているオーケストラの面々も、指揮者と同じように呆気にとられて、楽器の手を止めてしまった。ところが怪しい音楽は依然として止まない。ベルトラムはその怪しい音楽にのってさかんに歌っている。やがて尼僧たちが出てきて、ベルトラムのまわりを取り巻く。その尼僧たちが紅《べに》で化粧をしているくせに、ただならぬ恐怖に襲われたように、みんなまっ青な顔をして、歯の根をガタガタさせている。尼僧長がベルトラムの前に出る。

その尼僧長の膝がワナワナ震えているのが、見物席からよく見えるんだな。あっと思っているうちに、尼僧長は舞台で気を失って倒れてしまった。倒れた拍子に、首にかけた十字架でどこか怪我をしたと見えて、見る見る衣裳の胸のあたりがまっかに血に染まって、あとでまもなく自分がそこで死ぬことになっている墓の上で、それなり人事不省になってしまった。ほかの尼僧たちは、それを見ていよいよ恐くなったが、逃げようにも手足が痺れたようになって、言うことをきかない。

舞台はまっ暗で、ベルトラムの目だけが怪しくギラギラ光っている。尼僧たちはブルブル震えながら、舞台の墓のまわりに二列に輪をくんで並んだが、この時舞台も観客もひとしく慄然となり、場内は息苦しい霧のような妖気につつまれてしまった。その恐ろしさに、何人かの観客が席を立って、バタバタと外へ逃げ出したのをきっかけに、場内はたちまち騒然として見物はみんないちどに出口へどっと殺到し、ものの何分とたたないうちに、さしもに満員だった場内は、まるで汐が引いたように、からっぽになって、私と隣りにいたフランス人だけがガランとした見物席にとりのこされてしまった。

すると隣席のフランス人が言うのに、『ぼくはフロリヴァルに会ってみたいな。なにも知らない見物を恐がらしたあの男が、ぼくを見て恐がるかどうか、見てやりたいな。ねえ君、フロリヴァルを夕食に誘ってみませんか？　しかし、まだ時間が早いな。あとまだ二幕以上あるからな』という。

私はその時不思議な気がしてね。これほどの騒ぎを引き起したフロリヴァルという男は、いったい何者だろうと、好奇心がおこったから、言われるままに隣りにいたフランス人のあとにくっついて、舞台裏へ行ってみたんだ。すると、これまた不思議なことは、舞台裏はしんとひそまり返って、人っ子ひとりいない。フランス人は大きな声で、『フロリヴァル！ フロリヴァル！ おーい、どこへ行った！』と呼んだ。

ちょうどそこへ大道具の爺さんが、カンテラを下げて出てきて、『旦那がたは今夜ベルトラムの役をやった方をお呼びですかい？ あの方はいませんぜ。さあ、どこへ行ったかね。三幕目であんな騒動をおこしたあと、それきり姿を消しちゃってね。衣裳が奈落の部屋に脱いであったっけが、小屋を出たのを見た者がねえんですよ。フーッと来て、フーッと行っちゃったね。あんな人にゃ、もう二どと出てもらいたくねえね。おっかなくってさ。なんだか薄気味の悪い人でしたよ』

私はいくらかの金を爺さんの手につかませ、残念な思いをしながら、人のけはいもない、しんとした劇場を、フランス人といっしょに外へ出てホッとした。

それが縁で、そのフランス人とは二、三日つづけて会っているうちに、ばかにウマが合って、まるで百年の知己みたいに仲よしになってね。ちょうど前から一度来い来いといわれていた、友人のフォン・フルスタイム男爵の別荘《キャッスル》へ行くときに、私はかれをいっしょに連れて行ったのさ。

男爵にはマルガレートという一人娘があって、これが芳紀まさに十七歳、青い目をしたブロンドの美人なんだ。従兄のルイズ・フォン・スパンドーという青年士官が、その時やはり別荘《キャッスル》に泊っていたが、一見してマルガレートとは恋仲のようすだった。

ある夕方のこと、いっしょに行ったフランス人と別荘の近くを散歩していると、むこうから馬にのった男が二人やってきた。見ると、どうだろう、それがね、フロリヴァルと下男なんだよ。驚いたね。友人のフランス人は、ひょんなところであの不思議な歌手に会ったというんで、いやもう大喜びでね。さっそく、この方の知合いの男爵の別荘へいっしょに来ないかというと、フロリヴァルはニヤリと笑って、これは千万忝《かたじけな》い、お言葉に甘えてお供をしようという。生地《きじ》でみると、フロリヴァルという男は、年のころは三十になるやならずだが、顔がじつに千変万化する男でね。面《おも》だちから表情までしじゅう変るように見えたね。黒い髪の毛がふさふさとしていて、目は濃い灰色で、人を射抜くような鋭い目つきなんだが、姿こなしはしなやかで、品がある。しかし、なにかこう身辺に、人を不安にするような、へんな雰囲気というか磁力というか、そんなものがモヤモヤしている。着ているものは、黒い無地の外套に、服も黒い服だった。

友人のフランス人は、この間ニューレンベルグでは、三幕目がすんだあと、なぜあんなに急いで劇場を去ったのかといって尋ねると、フロリヴァルはあははと笑って、いやあの時はほかによんどころない先約があったものですからと言っていた。

さて別荘へ帰ると、ちょうど夕食時で、男爵一家はみんなもう下の食堂の席についていた。友人のフランス人は、パリジャンらしいそつのなさで、男爵一家の人たちにフロリヴァルを引き合わせた。

ひととおり紹介がすんで、よもやまの話になった時に、友人のフランス人がフロリヴァルに尋ねた。――新聞にもだいぶそのことが出ていたが、先日の舞台で、観客にああいう心持を与えたそのわけを、ひとつ演者自身の口から伺いたいものだが……というと、フロリヴァルは笑って、わけとおっしゃられると当人も返答に窮するけれども、まあひと口に申せば、かねがねあの役は自分でこう行かなければと思っていた、それをそのとおりに一心不乱、全力をあげて演じたまでだと答えていた。

やがて食事がはじまった時に、ふと私は、フロリヴァルが男爵のお嬢さんのマルガレートのことを、しげしげと見つめているのを見た。ぶしつけな奴だなと私はその時思ったが、フロリヴァルはしばらくマルガレートを見つめていたその目を、やがてマルガレートのすぐうしろの壁にかかっている肖像画に移した。と、それは私の気のせいであったか、それとも光線のぐあいであったか、よく分らないが、とにかく、とつぜんその時、私は肖像画の色がサッと変ったような気がして、おやっと思った。その肖像画は、この別荘へ来た時に私は近々《ちかぢか》とそばへ寄ってみて、唇、額、目の色がいかにも生けるがごとく、じつに鮮やかなみずみずした色に描かれているのに驚いた絵なのだが、それが今自分の目の前で、まるで恐怖か怒りに震えだしたように、見る見る頬の色が青ざめ、唇が紫色になり、額に暗い皺がよったのだから、驚いたね。私はフロリヴァルの顔色をそっとうかがってみた。かれは謎めいた微笑をうかべながら、じっと肖像画を見ている。

その時、これもさっきからフロリヴァルの様子に気をつけていた男爵が言った。『だいぶその肖像画に興を持たれたようだが、それは私の曾祖父の肖像ですよ』するとフロリヴァルがへんにニヤリと笑みを洩らしながら、『ええ、知っております。ひと目拝見して、すぐにそれと分りました』という。

男爵は笑って、『いや、そんなはずはないわけだがね。曾祖父は一七四三年に歿した人ですよ。この界隈の田舎の連中は、妙な綽名《あだな》をつけてその爺のことを呼んでおるがね。どういういわれがあるんだか、私はいっこうに知らんけれど……』

『なんという綽名でございます？』

『《呪われたルドルフ》というのだがね』

すると、いきなりお嬢さんのマルガレートが、『お父さま、そのお名前を私の前でおっしゃっては厭！』というと、自分のほうをじっと見ているフロリヴァルを見て、きゅうにマルガレートがソワソワしだしたのに私は驚いた。フロリヴァルはなおも鋭い目つきで、マルガレートのことをじっと見ている。マルガレートはフロリヴァルの凝視を恐れながらも、なんとなくその目に心惹かれているようなようすなんだね。それを見ながら、ふと私は、過日ニューレンベルグの劇場で見たあのフロリヴァルの不思議な演技を思いだして、なんだかこの場の雰囲気が、あの時のそれに似ているような心持がした。

いや、驚いたのはそればかりではなかった。マルガレートの様子がきゅうにへんなことになってきたのだ。フロリヴァルのことを見つめていた彼女の目が、きゅうに浮いたようになったと思ったら、唇がワナワナ痙攣して、まっ青になった顔に死人のような斑《ぶち》があらわれてきたのに、並みいる者は仰天した。『呪われたルドルフ！　呪われたルドルフ！』とうわことのように口走りながら、マルガレートはそのまま失神して椅子にくずれ折れてしまった。

なにがどうなったのか分らない。座にいた者は、フロリヴァルを除いて、みなマルガレートのそばに急いで駆け寄って介抱した。フロリヴァルはなにか怪訝《けげん》な、怒ったような顔をして立っていたが、その目には、なにやら勝ち誇ったような光がギラギラ輝いていたように私は思う。さいわいマルガレートはじきに正気に返って、あんまりお部屋が暑かったので心持が悪くなったのだというから、私はすぐに立って窓を明けて上げた。窓を明けたひょうしに、私は広い庭に、常とはちがう妙な光を見た。それは月の光でもなく、もちろん日の光でもなかった。月の光にしては明るすぎ、日の光にしては暗すぎる光だった。あたりは夕立でも来る前のように、風一つなく、いやに静かな重苦しいけはいで、邸内の木立のあたりで、ふた声三声、キキ、キキと不吉な夜鳥の鳴く声が聞こえた。

いやな晩だなと思ったとたんに、屋敷の中庭で、馬の嘶《いなな》く声がした。するとフロリヴァルが言った。『私の馬が暴れているらしいな。あの馬は厩《うまや》が嫌いでしてね。ハルルがさぞ困っていることでしょう』

『ハルル？　ハルルというのは誰です？』と友人のフランス人が尋ねた。

『私の下男です。さっきごらんになりましたろう』

『ハルルとは珍しい名前だな。どう書くんです？』

『ぼくは字が書けません』とフロリヴァルはそっけなく言った。

友人は私と顔を見合わせて、フロリヴァルほどの身分と職業の者が、字を書けないとはおかしいなというふうに首をふったが、私はまた字が書けないことなどより、まだもっと不思議なことがこの男にはあるような気がした。

そんなことをいっているうちに、馬の嘶きはますます大きくなる。しかもその嘶き声には、馬の声とは似てもつかない、なんだか異様な、呪うような響があった。いや、そんなばかなことはない、こっちの気のせいだと私は自分に言いきかせたが、それでもへんな気がしてならなかった。

馬の嘶きがなかなか止まないものだから、友人のフランス人が、ちょっと厩へ行って馬を静めてきてやろうというと、フロリヴァルがそれを押し止めて、『いや、ぼくが行きます。ぼくの馬は、ほかの人の言うことはぜったいにきかないのですから』といって、急いで自分で廊下へ出て行った。それがまるで、きょう初めてきて、西も東も分らないこの家の様子を、なにもかも知っているような素振りなので、男爵がへんな顔をしたから、私がとりなし顔に、どうですか、みんなしてあの男の馬の静め方を見に行ってみませんかというと、みんな一も二もなく賛成して、よし行ってみようというので、一同ゾロゾロ食堂を出て、中庭を見渡す画廊の窓のところへ行ってみた。見ると厩の戸が明けっぱなしになっていて、中で火が燃えているのが見える。その火がまるで鞴《ふいご》で起しているように、ボーボー燃えている。しかし、フロリヴァル主従が乗ってきた馬は、どこにも見えない。厩の中にいるのは、男爵の飼っている二頭の馬きりで、しかもその二頭の馬がまるでなにか物に怯えでもしたように、厩の隅っこのほうに二匹で小さくなってちぢこまっている。

こっちは馬の鳴き声が止んだから、とっくにフロリヴァルは厩の中にいるものとばかり思っていたのに、かんじんのそのフロリヴァルの姿も、厩の中には見えない。呼んでみたが返事もない。みんな狐につままれたような心持で、ノコノコ食堂へ戻ってくると、なんのこと、いつのまに戻ったのか、フロリヴァルがすました顔をして男爵夫人と話しこんでいる。なんだ、ばかに早いんだなというと、フロリヴァルは、なに馬を静めるのに、声も手も使やしない、睨みつけてやればそれで納まるんだといって、私の顔をグッと睨みつけた。その目つきの気味の悪さといったらなかった。ゾッとするような目つきだったね。あとで友人のフランス人にそのことを話したら、自分もあの男の目つきは気味が悪い、あの男は目と声に、なにか妖気みたいなものを持っていますねと言っていた。

男爵が二、三日泊って行けというと、フロリヴァルは、いや折角だが、そうしてはいられない。今夜一時にお暇をしなければならないという。男爵をはじめ、友人のフランス人もひどく残念がって、それでは帰るまえに、ぜひなにか一曲歌をきかしてもらいたいと所望した。みんなもそれがいいといって、そばから口を添えた。

フロリヴァルは満座の所望いなみがたく、『今夜は声の調子がよくないけれども、まあやってみましょう。そのかわりお願いがあるのですが、ニューレンベルグで《悪魔ロベルト》を上演した時にアリスをやった、ヴェルニエ嬢を呼ぶことを許していただきたい』という。

すると男爵が、いやそれは困る、この屋敷へ女優を入れることは堅く禁じてあるからといって、はじめのうちはだいぶ難色を見せておられたが、まあよかろう、今夜はフロリヴァル君のために特別の異例を許すことにしよう、しかしそれはよいが、夜分こんな遅い時刻だから、かんじんのその女優さんのほうで断りはしないかというと、フロリヴァルは笑って、『いやいや、ヴェルニエ嬢なら、ハルルに呼びにやればすぐ来ます』というが早いか、下男のハルルにそのことを命じに、さっさと部屋を出て行った。

と、ものの一分とたたないうちに、中庭から馬の蹄《ひづめ》の音が聞こえだしたので、一同は舌を巻いて驚いてしまった。まあ、なんという早いことだろう、あれでは鞍をおく暇もないだろうにと、みんなが顔を見合わせているところへ、フロリヴァルは悠々と戻ってきた。ちょうどその時、時計が十一時を打った。

フロリヴァルがいうのに、『せっかくのご所望ですから、《悪魔ロベルト》のなかのベルトラム、ロベルト、アリスのトリオを歌うことにしましょう。ヴェルニエ嬢がアリス、私がベルトラム、ロベルトはあなたひとつ演《や》って下さい』と、フロリヴァルは私の友人のフランス人をさして、『あなたは素人歌劇にお出になったこともあるんだから、大丈夫でしょう?』という。

友人のフランス人は怪訝な顔をして、『あなた、ぼくが素人歌劇団へ出たことを、どこでご存知なんです? ぼくはあなたに言った憶えがないけど……』というと、フロリヴァルは黙ってニヤニヤ笑って、どこで聞いたとも言わなかった。

『とてもあなたやヴェルニエ嬢とトリオなど歌う資格はありませんが、せっかくのお名ざしだから、ほんの座興にやってみますが、伴奏はしかし誰がやるんです?』『伴奏はハルルが弾きます』『へーえ、あの下男、音楽の心得があるのですか?』『ありますとも。なかなか上手ですよ。あの男、むかしパガニーニを教えたことがあるのです』『えっ、パガニーニを? へーえ。ハルルなんて名前、聞いたこともないな。パガニーニもそんなことは言っていませんね』『そうかもしれませんな。ハルルはパガニーニのごく貧乏な時代に知り合ったのだそうでね。パガニーニもそんな不幸な時代のことは、忘れたいでしょうからな』

男爵は、楽器がここには古いハプシコード一台しかない。それもしばらく使わないから、調子が狂っているが、ちょっと調べてみてもらおうかと言った。フロリヴァルはさっそく承知して、ハプシコードの置いてある部屋へ行って、楽器を調べた。長い指が鍵盤の上を流れるように走ると、なるほど調子の狂ったところがあった。フロリヴァルはあちこちネジを締めて、たちどころに調律を正常に直してしまった。『楽器はこれで直りました。もうそろそろヴェルニエ嬢も見えることでしょう』

といっているうちに、蹄の音が聞こえたようだったから、私が窓からのぞいてみると、ハルルが黒毛の馬にまたがって、うしろに女の人を乗せて、別荘の門から風のようにはいってきた。来たなと思っているうちに、もうヴェルニエ嬢はハルルといっしょに部屋へはいってきた。その間がほとんど一分とはかからないくらいの早さだった。ヴェルニエ嬢は、若い、きれいな人だったが、どこか体の調子でも悪いのか、あるいは疲れたのか、目がひどくくぼんで、顔の色がいかにも冴えない。いや、それよりも私は、彼女の体のこなしや動作を見て、奇異の感に打たれた。ほかの人たちはどう思ったか知らないが、まるで彼女の動作は、人間の動作というよりは、なにか機械でうごく自動人形みたいな身のこなしなのだ。

やがて、ハルルがハプシコードの前に控えた。そしてフロリヴァルが前にすすみでて、歌いはじめるきっかけの合図をした。

三人は歌いだした。するとどういうものか、三人が三人とも、まるで人間の咽喉から出る声の調子ではないのだね。言ってみれば、天国と地獄と下界の三人掛合の歌なんだね。——下界の声は、真理と慰藉をもとめてもがく疑念と心慮にみち、天国の声は無尽の愛と歓喜にみち、地獄の声は憎しみと絶望の断末魔をあらわす。しかも全体に、悪の勝利と悪魔の歓喜にあふれかえったような声だ。ハプシコードはただその声に伴奏をつけているだけ。おりから、またしてもあのニューレンベルグの劇場で聞こえた、目に見えない幻のオーケストラが鳴りだしてきた。そのひびき、えも荘重に、一調の狂うところもない。が、えも妖しきその調べは、人の胸にしみ入って、怪しき戦慄に血を騒がせる。ために別荘の古壁も、おのずからおののき震えるかと思われた。

やがてトリオの最後の歌章にかかると、きゅうに男爵はじめ、私もほかの連中も、みな申し合わせたように、不思議にうとうと眠くなってきた。そして、みんないつか知らず、グウグウ寝こんでしまった。ハッと思って目がさめると、部屋の隅の台の上の置時計がチンと一時を打った。男爵も、男爵夫人も、マルガレートも、マルガレートの恋人の若い士官も、私も、私の友人のフランス人も、みんな客間にいたけれども、フロリヴァルと、ヴェルニエ嬢と、ハルルの姿が、どこへ行ったか影も形も見えない。いつ帰ったか、だれも帰った姿を見ないという。

その時、マルガレートの従兄の士官が言った。『どうもぼくには分らんな。あの歌手の本名は、ほんとにフロリヴァルというのでしょうかね？　ほんとに実在の人間なのでしょうかね？』

といったとたんに、不思議や、蓋のあいている、誰も弾いていない古いハプシコードから、とつぜんホロン、ホロンと、風に鳴る琴のそら音《ね》のようなひびきが鳴りだした。聞くともなく聞くと、その調べは、まさしく『悪魔ロベルト』の終幕の歌のしらべで、『かの人ぞ悪魔！かの人ぞ悪魔！』という歌のことばが、さながら天女の楽のように部屋じゅうにひびきわたった。――その翌日、私は友人のフランス人といっしょに、男爵の別荘をおいとまして、もとのババリアの町へ戻って、二、三日そこに滞在したんだがね」といって、客はそこでひと息入れた。

「へーえ、それでその話はおしまいなんですか？」とウォートンはきいた。

「いや、まだその先があるんだよ」客はそういって、話の先をつづけた。

「それから二年ほどたって、ある時、偶然カルルスバードの温泉で、私はマルガレートとあの従兄の人に会ったのだ。この二人はすでに結婚していて、両親の男爵夫妻もとうにみまかり、あの屋敷も人手に渡ったという話だったが、そういえば、いつぞやのあのヴェルニエ嬢という女優さんは、宅で歌をうたったあの晩十二時に、ニューレンベルグの劇場で急死したのだそうですねと、マルガレートがその時私に言っておった」

「へえ、そうすると、あの晩歌ったのは、その女優さんの幽霊だったのですか？」

ウォートンがそういって聞くと、客は黙ってうなずいた。

「なるほどねえ、ずいぶん妙な話ですね」とウォートンは目をしばたたきながら、「でも、なんだか怪しいような話だな」

「だけど、事実の話だよ」と客はまじめな顔をして言った。「われわれが今こうしているこの谷間にも、それと同じような不思議な話が、いろいろ起っているよ。これから先も、そういう不思議はときどき起るだろうね」

客はそういって、やおら立ち上がると、そのまま主屋のほうへはいって行った。

ウォートンはひとりテーブルに頬杖をついて、今聞いた不思議な話を思い返しながら、客がもう一ど出てきたら、二、三尋ねてみようと思って、心待ちに待っていた。十分ばかりたったが、客は出て来ない。しかたがない、こっちから出向いて行ってやろうと思って、ウォートンは椅子から立ち上がると、自分も主屋の中へはいって行った。

「今あすこの庭で、ぼくといっしょにいた紳士の人、どこへ行ったろう?」とかれは居酒屋のかみさんに尋ねた。

かみさんは目をまるくして、「あら、お庭にはあなたのほかに、どなたもいらっしゃらなかったでしょ」

「いや、いたさ。その人から、ぼくはおもしろい話を聞いたんだ。話が終ったんで、その人、こっちへはいって行ったよ。背の高い、黒っぽいなりの人だったぜ」

かみさんはウォートンの顔をしげしげと見つめながら、「いやですよ。ほんとにあなた、その人がここへはいって行ったのを、ご覧になったんですか？」

「見たさ、たしかにここへはいって行ったもの」

「あなた、へんなことをおっしゃって、おからかいになるんじゃないんですか。そんな人を見たなんて、あなたあすこで、うとうとなすって、夢でもごらんになったんですよ。だって、庭にはずっとあなたお一人でしたよ。ほかにどなたも見かけませんでしたよ。——そうだ、ちょいとこちらへいらっしゃい。あなたにお見せしたい物があるから」

かみさんは何を思ったか、ウォートンを自分の家の客間へつれて行くと、そこの壁にかかっている大きな絵を指さした。それは一枚の古い肖像画だった。ウォートンは、その肖像画をひと目見るなり、叫んだ。

「あっ、この人だ、さっきの人は！」

かみさんは狐につままれたような顔をして、「いやですよ、あなた。これはね、亡くなった夫《やど》がカーディフの道具屋で、何ポンドとかで買った絵ですよ。フォンなんとかいう男爵さんの肖像だそうですがね、その額縁の下の真鍮の板に、名前が書いてあるから、ご覧になってごらんなさい」

ウォートンはかみさんの話もうわの空で、髪の黒い、彫りの深い、目の光ったみずみずしいその肖像の顔をじっと食い入るように見ているうちに、背筋がゾーッと寒くなってきた。かみさんの言うままに、額縁の真鍮の板をのぞいてみると、そこには次のような文字がはっきりと読まれた。

《呪われたルドルフ》

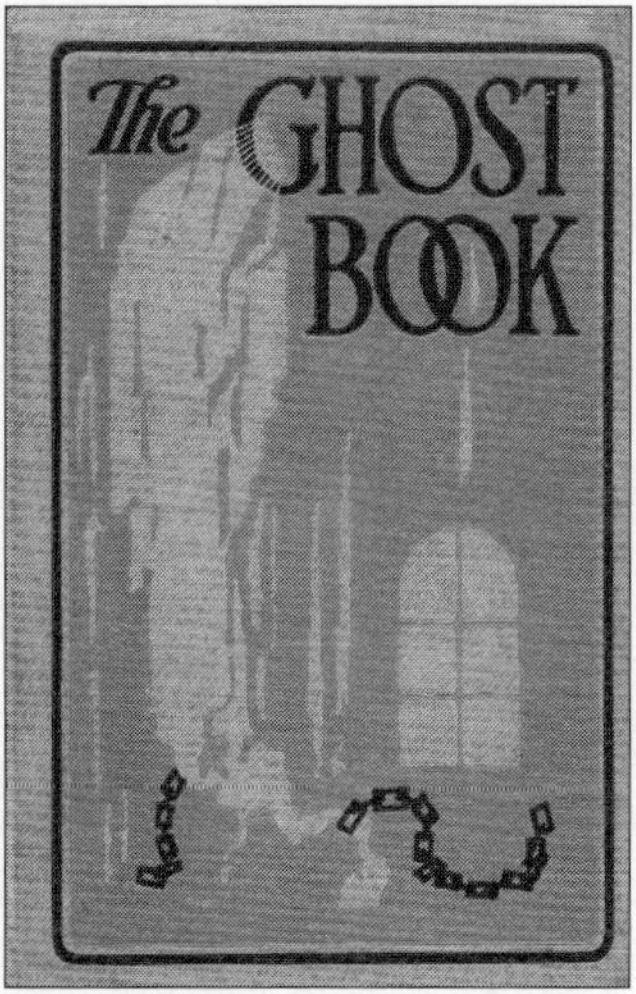

シンシア・アスキス編『ゴースト・ブック』

屍衣の花嫁

(この話の草稿は、ある道具屋が買った古机の抽斗《ひきだし》から出てきたものである。)

もうそろそろ春が近くなってきた。せせこましいロンドンの町中に住んでいる私たち兄妹――ヒルダにジャーヴェイズに私――は、どこか野びろい田舎へ引っ越したいものだと、明け暮れそれを願っていた。ある朝のこと、食卓で新聞を読んでいた兄のジャーヴェイズが、いきなり大きな声で言いだした。「おい、見ろよ! この世の天国があるぞ。三カ月間、家賃ただだぜ、おい!」

そういって、兄は新聞の広告を読み上げた。「場所はミッドランドシャ。外国ずまいの紳士の持ち家で、ガラス張りの邸宅」その邸宅の左翼の棟だけ、三カ月間家賃無料で貸すのだという。戸を締めてある部屋の掃除は、借りた人にしてもらいたい。これが条件だという。

「家賃、ただ?」兄と同じく職業画家ながら、実際的な頭の持ち主の姉のヒルダが言った。

「そりゃきっと、場所になにか曰くがあるのよ」

「とにかく、そこへ行って見ようじゃないか。行けば、どんなところか分るさ。その上で話をきめてだな、その外国ずまいの紳士の忝《かたじけな》いご厚志にあずかろうじゃないか。ねえ、どうだい?」

むろん、ヒルダも私も咽喉《のど》から手の出る話だった。広告に明記してある管理人の弁護士の事務所へ兄が出かけていくまで、私たちは早くしなさい、早くしなさいといって、兄をせきたてた。

昼ごろにジャーヴェイズは帰ってくると、まじめな顔をして言った。

「おい、あの家は幽霊屋敷だとさ」

「幽霊屋敷！　そんなことといって、人を担ぐんでしょう」

「馬鹿いえ！　たしかにそうだよ。行ってみると、管理人の弁護士というのが、いやに奥歯に物のはさまったような言い方をして、どうも話が煮え切らないんだ。邸はルーファス・サクソン卿という人の持ち家なんだがね、へんな名前がついているというんだ。要するに、幽霊屋敷なんだよ。こっちは男一人に女が二人だといったら、弁護士の奴、長い面《つら》をまた長くしやがったよ。それでね、弁護士のいうには、なにしろほかに一軒も家のない寂しいところだから、いらっしゃるんだったら、どなたか下男を一人つれておいでになったほうがいいというんだが、だれか心当りあるかなあ？」

「ええ、あるわよ」と私が言った。「マークさん夫婦をつれて行けばいいわ」

「そうか。じゃ、そのほうは、ケート、おまえに頼んだぜ」と兄は言った。

その晩、私はさっそく、チェルシーの国道に近い、土建監督のマーク夫婦のすまいへ訪ねて行った。おかみさんは二度目の人で、近所のお屋敷の炊事婦を勤めている。亭主のジョンは、宵越しの金は持たないという日雇人夫のつねで、出たとこ勝負のパッパ費いで、雨降り風間《かざま》の蓄えもない男。おまけに、ここのところ、右の手に怪我をして、しばらくトヤについている。女房のほうは惚れた因果で、せっせと稼いでは吹き流しの亭主に貢いでいるというわけだが、ときどき死んだ前のおかみさんのことで焼餅をやく。べつに焼餅といったって、根も葉もないことで、亭主がちょいと男振りがよくて、顔見知りの若い娘っ子にチヤホヤされるというのが、いつも喧嘩のタネなのである。二人とも、私が持って行ったほんの一時の腰かけ仕事を、二つ返事でよろこんで承知してくれた。帰りがけに、廊下でおかみさんが私の袖をひきとめて、礼を言ったり、こぼしたり。――

「ほんとにまあ、いつもお心にかけて下すって、お礼の申し上げようもありませんよ。いいえね、私もあなた、うちのあの人が」と客間のほうへ目をやって、「ここんとこずっと仕事にあぶれてるもんですから、並大抵の苦労じゃないんですよ。それがね、家にいればいるで、あのとおりちょいと面がいいもんですから、あばずれ女がしょっちゅうあとを追っかけまわしてね、わたしゃもう気が気じゃないんですよ。そこへもってきて、こんなこと私も言いたかないんですけど、ほら、うちの人のせんの人の娘でお嫁に行ったのがいるでしょ。あれがねあなた、ときどきやって来ちゃ、まあ口がうまくてねえ、私のへそくりをみんな持ってってしまうんですよ。……まあ、こんな愚痴ばなしを申し上げて……それじゃね、いつでもお日取りを知らせていただけば、停車場でお待ち申しておりますからね。はあ、どうぞ。まあほんとにご親切さまに、ありがとうございました」

それから二、三日たったある日、私たち五人の同勢はダルワースの駅で降りた。風立った、空模様の定まらない日で、ときどき雲の間から陽がカッとさしては、いつのまにかまた曇ってしまう、そんな日だった。田舎の小さな駅だから、ホームに屋根なんかない。その野天のホームのはずれに、ランプや手荷物を入れておく小屋があって、そこにモッソリした駅夫がいたから、その男に「ガラス荘」へ行く道をきいていると、駅長室から駅長が出てきた。駅長も、私たちの問をきくと、とたんに口をモゴモゴさせて黙ってしまったようだった。

「あんたがた、ダルワースよりも、ダルウィッチまでの切符を買ったほうがよかったね。『ガラス荘』はね、ここから村道について行って、三マイルはありますよ。畑道をぬけて行っても、二マイルはたっぷりあるね。だけどね、あんた」と駅長はジャーヴェイズのほうを向いて、「失礼だけど、これから日が暮れようというのに、女の方を連れていかれるのは、どうかと思うがね。わしならご免こうむるな。とにあれ、あすこはクリスチャンの行くところではないですよ。正直のはなし、そういう屋敷だよ、あすこは」

「いやね、ぼくら、わざわざそこへ住みに来た者なんですよ」と兄はわざと高い声で笑いながら、「ところで、そのクリスチャンが住めるように、荷物と下男夫婦をのせて先へやりたいんだが、どこかで馬車を一台借りられませんかね。ぼくらはあとから、畑道を抜けて行きますから」

駅長は、馬車と小馬はあるけれども、あいにく御者がいないという。自分の弟がいるが、これは啞で聾だから、お役に立つまいという。

兄は私たちを物蔭へ呼んで、「ねえおい、啞で聾なら、途中でマーク夫婦に幽霊屋敷の話もできないから、ちょうどいいじゃないか」

というわけで、荷馬車のほうは駅長のその啞で聾の弟に御者をたのんだ。支度ができて、ひと足先に出た荷馬車を見送ってから、私たち三人もあとからポクポク出かけた。へんてつもない田舎道をだいぶ歩いて、草深い田圃道を出はずれたところで、私たちはこちらへ引き返してくる荷馬車に行き会った。啞で聾の御者は、むこうに見える広い屋敷の門を鞭でさすと、いかにも無愛想に首をしゃくった。しばらく行って振りかえって見ると、啞の男は荷馬車の御者台につっ立って、私たちが門内へはいるのをじっと見送っていた。

ジャーヴェイズは門の扉に錠をおろして、その鍵をポケットにしまい、それから手をのばして門の鐘をはずし、はずしたその鐘を高い垣根の見えないところへ吊した。

「こうしておけば、うるさい奴が来ても大丈夫だ。これで一日でも二日でも世間と縁を切って、こっちはのうのうと暮らせるぜ」

「そうねえ」

みごとな楡の大木が両側に生い茂っている、広い並木道をしばらく行くと、やがて道はダラダラと爪下がりになって、広い芝生に出る。芝生の先にテラスがあり、大理石の花甕《はながめ》が両脇に立っている石段で上へ上がるようになっている。苔蒸したその石段を上がると、ホールへはいる厚い二枚扉のはまった入口がある。芝生の右手のほうには大きな池があり、池のむこうはうっそうとした木立になっている。

灰色の大きな石を積み上げた外壁、アーチ風の玄関や窓。——一見して、まるで僧院のような屋敷だった。窓という窓には鎧戸《よろいど》が固く締まっていた。

私たちがテラスに立った時には、もうあたりは暗くなりかけていた。しばらく暮れなずむ芝生を見渡してから、やがて三人が玄関のほうへ向き直ったとたんに、さっき兄がはずしておいた門の鐘が、とつぜんカンカンカンと鳴った。思わず私たちは顔を見合わせた。三人とも、なんとなく背筋がゾーッと寒くなるのを覚えた。

兄が玄関の小さなベルを鳴らすと、マーク夫婦が中から出てきたが、今門の鐘が鳴ったばかりなのに、もう玄関へ見えたかと思って、マーク夫婦は解せない顔をして、私たちのことをジロジロ見ていた。兄はポケットから鍵を出して、マークのおかみさんに見せて、

「ほら、このとおり、門は鍵をかけてきたよ。このへんは、だいぶ若い娘できれいなのがいるようだけど、いくらきれいだって、ノコノコここまではいって来られちゃ困るからね」

「まあ、あんなこと仰言って」

「まあいいさ。鳴らしくたびれるまで、勝手に鳴らさしておくさ」

門の鐘は、それっきり後は鳴らなかった。

ホールへはいると、なによりも先に三人の目をひいた物があった。正面の大階段がガラスでできているのである。素通しと緑の厚いガラスで張ってあるのだが、まるで東洋の大宮殿かなにかのような豪華な感じだった。そこを上がると、二階は美しいギャラリーになっており、光線のかげんで、ガラスの段々はあちらこちら、虹のような五彩の色に反射している。

その豪華さに、私たちはしばらくは気を呑まれたように、言葉も出ずに黙って立っていたが、

やがて兄のジャーヴェイズが言った。

「すごい階段だな。こんな幻想的な階段は、世界じゅうどこを歩いたって、まずないだろうな」

まもなく、マークのおかみさんがおいしい夕食を出してくれ、ご亭主は二階の部屋の暖炉に薪を焚いて、ほどよく部屋を暖めておいてくれた。十時打つと、私たちは床についた。そして幽霊屋敷の第一夜は、なにごともない、静かな安眠の一夜であった。

翌日も、あいかわらず空模様の陰気な日だった。でも、おりおりサッと驟雨《しゅうう》のくる合間を見て、私たちは屋敷のまわりを見て歩いた。その日も、その晩も、べつに怪しいことはなにも起らなかった。ジャーヴェイズは拳銃を机の抽斗にしまいこんでしまった。ヒルダは、幽霊なんか出るわけないわよ、出るなら出てごらんなさいよ、といって笑っていた。

＊

「お嬢さん、あのね、すこしお話があるんですがねえ」とマークのおかみさんが私に言ったのは、二日目の朝、食事をすましたあとだった。言われるままに、私は彼女のあとについて台所へ行ってみた。ご亭主のマークは、庭に出て馬鈴薯《ばれいしょ》を掘っていた。おかみさんの言うには、ゆうべ誰だか知らないが、門に錠がおりているのに、邸内へはいってきた者があるというのである。

「それがね、お嬢さん、二人なんですよ」おかみさんはがっかりしたような、恨めしいような調子で、「まあね、姿でもやつすつもりか、なんですか長い外套を着て、すぐそこの窓の外を、あっち行ったりこっち行ったりしてるんですの。人相の悪い、なにか魂胆のあるような奴ですよ。私もね、うちの人の怪我からこっち、貯金という貯金はスッカラカンに出しちゃったんですから、そりゃまあ仕方がないとしても、ここまでああやってうちの人の跡を追っかけてこられたんじゃ、いくら私でも我慢できませんものね」

「だけど、そりゃおばさん、なにか見違えたんじゃないの？　きっとそうよ。だって、だれもはいって来られるわけないんだもの」

「あら、だってお嬢さん、げんに私がこの目で見たんですよ。私、じっと見ていてやったんです。ゆうべはいいお月夜で、外は昼間のように明るくてね。そりゃね、若い女が思い詰めれば、なにがどうあろうと、思う男の跡を追っかけますよ。この垣一重がくろがねのも何もあったもんじゃありませんからね。私としては、こちらのお家で騒動は起したくないんですけど、だけど見ていてごらんなさいまし、あんなことをしているうちに、きっとあいつら、うちの人を見つけだしますから。なんだかへんなかっこうをして、月の明るいあすこの芝生を、ウロウロしてさ。片っぽのほうが背が高いんですよ。二人とも頭巾のついた黒い外套を着て、頭から足の先までスッポリかくしていましたけどね」

私には信じられなかった。マークがいくらいい男だって、春まだ寒いゆうべあたり、いかにいい月夜だって、見ず知らずの女が、こんなところまで追っかけてくるわけがない。だいいち、屋敷の中へどうしてはいれたのだろう？　大きな門は締っているし、ほかに入口はどこにもないのに。

その日も暮れて、夜になった。まさかとは思ったけれど、物はためしに庭のまわりを回って見てやろうと思って、私はだれにも言わずに、夕食のあとこっそりテラスへ出てみた。濃い縹《はなだ》色の空に月が明るく、星がキラキラ輝いていたが、池を渡ってくる風は肌寒く、夜なかにひと雨来そうなけはいであった。客間の窓から洩れる灯が、庭の小道にさしている。その小道を、私はしばらく行ったり来たりした。兄と姉が暖炉のまえで本を読んでいるのが、庭から窓ごしに見えた。カーテンのおりていない台所の窓からも、中にいるマーク夫婦の姿が見えた。おかみさんはテーブルの前でなにかしている。そのそばで、ご亭主がロンドンから持ってきた週刊新聞を読んでいる。

ふとその時、私は台所のなかに、背の高い、長い外套に身を包んだ、ボーッとした人の影を見た。顔は頭巾にかくれてよくも見えなかったが、ボーッとしたその人影がおかみさんのうしろに立った。おかみさんはハッとしたように、肩ごしにうしろをふり返った。すると、影はご亭主のほうへスーッと動いた。新聞が手から落ち、マークは不安な目つきであたりを見まわすと、椅子を女房のほうへずらし、新聞を拾って、また読みつづけている。とたんに、人影はパッと消えてなくなった。

「いやだわ。私自分が近眼のせいで、あんなものが見えたんだわ」私は胸の動悸をおさえながら、そう自分に言いきかして、さて歩こうと足を踏みだそうとしたとたんに、ハッと身がすくんでしまった。今の人影が、いつのまにか私のすぐそばに立っているのだ！

いつだったか汽船で旅をした時に、海のまんなかできゅうに物すごい寒さに襲われたことがある。その時船員が、これは船が氷山に近づいている寒さだと言っていたが、まるでそれは墓の中の死人の冷たさであった。それと同じ凍りつくような寒さが、今私のそばにいるものから発散していた。それといっしょに、墓穴のような腐臭が、あたりをたちこめた。私は立ちすくんだまま、動くこともならず、叫ぼうにも声は出ず、この怪しい影がピクリとでも動いたら最後、このまま自分の心臓が止まってしまいそうな情ない心持で、じっと目をすえているうちに、怪しい影はいつのまにかいなくなっていた。

どうやって家の中へ駆けこんだものやら、自分でも分らなかった。客間の扉を明けた時に、気のせいか、私はなにものかが、私といっしょに部屋の中へスッとはいったような気がした。しかし、私は兄と姉にはなにも言わなかった。

部屋のなかは暖かくて、陽気だった。家主のルーファス・サクソン卿は、借家人に薪をじゅうぶんに用意してくれてあった。乾いた薪は良質の石炭とともに、暖炉のなかでいきおいよくゴウゴウ音をたてて燃えており、焰は煙突の半分ぐらいのところまで燃え上がっていた。

「おれたちは今、怪奇とロマンスと骨董と美のなかに、こうしてロハで暮しているんだからな」とジャーヴェイズが読みさしの本を置いて言った。「ここから一つ、なにか稼ぎ出さなくちゃなあ。おいケート、お前クリスマス・ストーリでも本にまとめるんだったら、ヒルダとおれが挿画を描いてやるぜ。そのかわり、儲けは等分に分けるんだぞ。今どきの読者は、幽霊なんかに食いつかないというんなら、なにかまた新手を考えるさ」

兄はそういいながら、自分の椅子のそばに立っている、黒い屍衣を着た影のほうを見た。きゅうに死臭のようないやな臭いがあたりにプーンとにおって、部屋の中に死の寒さがひろがった。

兄の目がなにかそこらにいやしないかというけはいで、恐る恐るあたりを見まわした。と、いきなり水をぶっかけられたようにゾッとなって、あわてて椅子を壁ぎわから前へいざりよせると、偸《ぬす》むようにそっとうしろをふり返った。

「風が出たと思ったら、ばかにこの部屋寒くなってきたわね」とヒルダが言った。「ねえ、なんだかへんな臭いがする！」

見ると、黒衣をまとった第二の影が、ヒルダのそばに立っていた。二人は気がつかずにいるが、私にはそれがはっきり見えた。

「なんだか様子がへんだぞ」とジャーヴェイズが、暖炉に薪をくべかけた手を止めて、不審顔に言った。

「まるで北極がここの家へお客さんに来たみたいよ」とヒルダは暖炉の火に身をかがめながら、そういって笑った。

もうその時には、怪しい影は消えてしまっていた。いやな臭いも、死の寒さも、それといっしょに部屋の中からなくなった。ヒルダとジャーヴェイズはふたたび平静にかえって、クリスマス・ブックの挿画のことをしきりと論じはじめた。

その晩も、いつもの時刻に床についた。私は今夜はすこし起きていてやるつもりでいたのだが、どうしたわけか枕に頭をつけると、じきにグーグー寝こんでしまったらしい。

夜なかに、ふとだれかの手がさわったような気がして、私は目がさめた。ヒルダはすやすや眠っていた。この部屋だけがダブルベッドだった。雲間をもれる月の光で、ヒルダの静かな寝顔がよく見えた。

しんとして物音一つしない家のなかに、だれか行ったり来たり歩いている足音が聞こえる。女の話し声も聞こえる。低い、甘い声だ。太い男の声が、なにかそれに答えている。やがて、はげしく泣き入る嗚咽《おえつ》の声が聞こえだした。ものうそうな足音は、夜の白むまで、あっち行きこっち行きして聞こえていた。

私はしかし、それでもまだ、自分の見たことや聞いたことを兄にも姉にも話さずにいた。もうすこし確かめて見たかったのである。正体を見とどけたかったのだ。それにヒルダはあまり丈夫なたちでもなかったから、故もなく驚かすことはさしひかえたのである。

ヒルダとジャーヴェイズは、その日はせっせとなにか描いていたから、私はそのひまに家の中の鍵のかかっている部屋を見て歩いた。どの部屋も壁は黒い樫《かし》板で張ってあり、二階の部屋にはつづれの壁掛がかかっている。階下の部屋には猫足の椅子、テーブル、ソファなどが備えてあり、日本製の凝った戸棚には、今なら千金の価もするような珍しい陶器が飾ってある。あとで聞いた話だが、それらの部屋には、借家人はもちろんのこと、管理人も召使も、はいることを許されていなかったそうである。なるほどそのせいか、壁掛も、椅子やテーブルやソファの蔽布も、手入れが行きとどかないと見えて、色が褪せたり黴臭くなっていた。

みごとな絵天井の、広い宴会ホールを渡って、音楽家の肖像がかかっている画廊の下の、アーチ型の扉を明けてみると、そこは円天井の廊下になっていて、天井に採光窓があり、サクソン家代々の人の肖像が壁にズラリとかけつらねてある。アンリー七世時代のリチャード卿という人（この人がガラスの階段を造ったのだそうだ）から、今の当主のルーファス卿に至るまでの、代々の当主の肖像画であるが、美人系の家柄とみえて、みな端麗な顔だちで、家名のとおり、碧眼金髪の美貌の持ち主ばかりである。

一枚々々それを見ていくと、廊下のはずれの扉に面したところに、ほかの絵とは別にかけ離れて、すこし大ぶりな額縁に、男女の肖像を描いたのが掛けてあった。女は尼僧の法衣を着た美しい顔だちの人で、憂いをふくんだ濃い灰色の目ざしが深い傷心をたたえている。男のほうは三十歳ぐらいの、背の高い頑丈な甲冑姿で、尼僧の顔をじっと見ている。男の顔にも、なにか満たされぬ胸の思いに沈んでいるような悲痛な色があらわれている。肖像の上の名札に、「ラファエル卿とアロイシア・サクソン女」としてあり、その下にも一つ小さな札が添えてあって、それには「比翼連理」と書いてあった。

池のむこうの木立が風にゴーゴー鳴って、はげしい吹き降りの雨が、円天井の屋根をしたたかに打っていたが、私はしばらくそこに立って、その肖像を眺めていた。すると画廊のなかがきゅうに暗くなって、絵の色がボーッと霞んできた。とたんに私は、なにがなんだかいきなり恐くなって、夢中でそこを飛びだした。広いホールを駆けるようにつっきって、西の翼室のほうへ戻りかけ、ひょいとガラスの階段を見上げた瞬間、私はハッとそこへ釘づけになってしまった。階段の上に、今画廊で見てきた二人の姿が、もうろうと立っているのである。踏段のガラスからさす妖しい螢光《けいこう》のような光に包まれて、女の引く長い法衣の裾と男の着ている甲冑が光って、はっきりと見えた。いや、見えたように思ったのかもしれなかった。

客間ではすでに夕食の用意ができていた。夕食後、ヒルダとジャーヴェイズは、しだいに募ってくる風雨の音がうるさくて話もできないといって、またスケッチブックをひろげて描きだした。

私は二人の邪魔にならないように、ひとりでそっと部屋を出たが、なんとなく心が落ち着かないので、広いホールをブラブラしながら、どうしたものかと思い迷った。やがて私は、外套掛けから兄の格子縞の肩掛をはずして、自分の雨外套の上からそれをかけて、こっそりポーチの入口から、雨の吹《ふ》りしきっているまっ暗なテラスへ出た。しばらくそこに立って冷たい空気にあたり、止みまもない雨の音をきいているうちに、いくらか気持が静まってきた。

私は自分の見たものが、自分の想像のさせたわざだと思いたかった。いや、それに違いないと思った。とにかく、そう思うところを見ると、まだ自分の分別は狂っていない。私はそう思って、いささかホッとした。ほんとにあれが自分の愚かしい、迷信じみた想像だとしたら、ジャーヴェイズやヒルダがやっているように、私もここの家にいるうちに、なにか一つ書いて見ようかしら。そうだ、あしたの朝から書いてみよう。そうすれば、あんな恐い思いもたちまち吹っ飛ばしてしまえるだろう。

そんなことを胸のなかで考えながら、暗い地面を見つめていた私は、そのまま踵をかえしてポーチの石段へ足を踏みかけた時に、一陣の冷たい風がサッと吹きつけてきたと思うと、またしてもあのいやな死臭のような匂いが、あたりにプーンとにおってきた。ひょいと目をあげると、すぐ目と鼻の先に、あの二つの影がスーッと立っているのに、私はギョッとした。甲冑がチカチカ光っている。女のほうは紫色の法衣の裾を長く引き、ボーッと怪しい光のさしている胸のあたりが、ベットリと血に染まっている。

ポーチはまっ暗で、台所からも客間からも、ひとすじの灯影も洩れていない。そのまっ暗闇のなかに、二つの影を包んでいる青白い光だけが、燐火のようにボーッと浮かんでいるのだ。見ているうちに、二人の顔がありありしてきた。目鼻だちの美しい、凛《りん》とした男の顔と、愛らしい尼僧の顔と、二つながら画廊で見たとおりの面輪《おもわ》だったが、悲しいかな、あれとは違って、今ここに見るそれは、二つながら死人の顔であった。

まばたきするまに、影はいずくともなく消えたようであった。同時に青白い光も消え失せた。それからどうやって家の中へはいったか自分にも分らないが、やっとのことで私が客間の扉をしずかに明けると、ジャーヴェイズが蠟燭を手にかざしながら出てきて、私の顔を見るがいなや、

「ケート、お前どうしたんだ？　顔がまっ青じゃないか。体じゅうブルブル震えているぞ」

私はもう兄の前にかくしきれなくなって、

「兄さん、ちょっと来て頂戴。姉さんに見つからないようにして。私、自分が目がさめているんだか、それとも夢を見ているんだか、兄さんからはっきり言ってみて頂きたいの。正気なんだか、それとも頭がどうかなっちゃったんだか……」

そういって、私は兄を画廊にひっぱって行った。そして画廊のはずれの二人の肖像の前まで行って、蠟燭の火を高くかざして、兄に肖像を見せた。

「ラファエル卿とアロイシア・サクソン女」ジャーヴェイズは額縁の札を読んで、「何だい、この下の『比翼連理』というのは？　この二人が『比翼連理』なのかな？」

「知らないわ。まあそれはどうでもいいとして、じつはね」といって、私は絵の前に立ったま、はじめて兄にいちぶしじゅうの話を打ち明けた。

兄は頭から信じられないという顔つきをしていた。むろん、誰だって話を聞いただけでは、まさかと思うにちがいない。

二人はやがて画廊を出て、ガランとしたホールを渡ってくると、ジャーヴェイズがいきなり大きな声で叫んだ。

「おい、あれ何だろう？　ガラスの階段が光ってるぞ！　ありゃガラスの光じゃないな。階段全体がボーッと光っている」

私にはなんの光も見えなかった。

「どんな光？　どこが光ってるの？」

「あれ、お前にあれが見えないか？　へんだな。どんな光って、なんと言ったらいいか、とにかく見たことない光だな」兄はなにか妙に言い渋りながら、「おいケート、行こう行こう」といっているうちに声が変って、「おい見るな、階段の上を見るな！」

見るなといわれたので、私は見た。なるほど私の目にも階段が光って見えてきた。その光が陽炎《かげろう》のようにゆらゆら揺れている。そして、どこかでかすかにトロトロ、トロトロと音がしている。光に音があるものだろうか？　その時、階段の上に、またしても二つの怪しい姿がもうろうと現われた。揺れ動く階段の青白い光をうけて、二人の死顔が青く光っている。

「ケート、逃げろ！」兄が夢中で私の手をひっぱって駆けだすはずみに、私の手から燭台が落ちて、ホールは真の闇になった。私は恐さに足がすくみ、ガタガタ震えながらすがりついた兄の腕に、顔を伏せてしまった。

「ケート、しっかりしろ！　気をたしかにしてろ！——ああ、あった！　扉はここだ！」

扉を明けて、私をひきずるようにしてはいったが、部屋の中もまっ暗だった。すると部屋の外で、ヒルダの呼び声がした。

「ケート！　ジャーヴェイズ！　どこにいるのよ！　なぜ返事しないの？　さっきから恐いから、戸を叩いているんじゃないの？　どこよ？」

「ここだよ、ここにいるよ。大丈夫。蠟燭が消えちゃったんだ。入口はここだよ。姉さん、上を見るな！」

「上を見るな？」といったとたんに、見るなと言われて姉も階段の上を見たのだろう。いきなりキャッという声とともに、暗闇の中を部屋の中へころげこんできて、手探りでジャーヴェイズの腕にしがみついた。その声を聞きつけて、マークのおかみさんが台所から、なにかあったんですかと金切声で喚きたてた。

「いや、なんでもない。そっち、蠟燭ついているかい？　ついてたら持ってきてくれないか！

こっちは蠟燭が消えて、まっ暗闇なんだ！」

台所の戸が明いて、マークのおかみさんが蠟燭のあかりをかざしながら、ホールへ出てくる姿が見えた。おかみさんがホールの中程まで来た時に、私たちとおかみさんの間へ、屍衣をまとった二人の姿が音もなくスーッと現われた。

「あ、この人たちです！　この間の晩、台所の窓の外をうろついていたのは、こいつらです！　よくもおめおめと家の中まではいって来たもんだ！　お嬢さん、こいつが……」

黒い影がおかみさんのほうへスーッと顔を向けた。とたんにおかみさんは、キャッといって腰を抜かしてしまった。物音に驚いて、マークも台所から飛び出してきたが、これも二つの影を見て、アッとその場に立ちすくんでしまった。

甲冑をつけた影が、マークに向かって、しずかに枯れさらぼうた骸骨の手を上げて、戸口のほうをさした。どうやらそれは、「出て行け」と命令しているようなしぐさだった。闇のなかに、その気味の悪い、おごそかな動作が、私たちのいるほうからもはっきりと見てとれた。怪しい影はその動作を二、三度くりかえした。そのたびに凍りついたようなマークの声が、「へい、へい」とかすかに答えているのが聞こえた。

「出て行け。二どとわしたちの邪魔をするな！」

怪しい影は、そう命令しているようだった。ジャーヴェイズも、幽霊の動作をそうとったと見えて、客間の扉口から厳粛な声で、幽霊の動作に答えるように言った。

「承知しました。明日、さっそくここを引き揚げます。かならず引き揚げます。お騒がせしてすみませんでした」

もう一ど闇の中を見定めてみた時には、いつのまに消えたのか、二人の幽霊は影も形もなくなっていた。

その晩は、客間にみんないっしょに集まって、ありたけの蠟燭をともし、暖炉にどんどん薪を焚いて、一同夜を明かした。そして夜が明けると、すぐにみんなで手分けをして荷造りをはじめ、マークに停車場へ荷馬車を借りに行ってもらった。正午すこし前に私たちは「ガラス荘」を引き揚げた。

「あんたがた、どうせあの家に長くはおられまいと思っとったよ」切符を買う時、駅長がジャーヴェイズに言った。「今までずいぶん大ぜいの人が来なすったが、みんな逃げて行きなさるでね」

ジャーヴェイズが管理人のところへ鍵を返しに行く時、私もいっしょについて行った。管理人はひととおり私たちの話を聞いたあとで、言った。

「まあしかし、あなたがたご無事で、ほんとになによりでしたよ」

「ああいう家を、どうして人にお貸しになるんです?」と兄が訊くと、

「いやそれがね、ルーファス卿のお指図だもんだからね。ルーファス卿は、それについて、こういう考えを持っておられるんですよ。――つまりね、だれか見ず知らずの人があの家へ住むと、なにかの拍子で不吉な因縁がそれで破れると考えておいでなんだ。そりゃまあ、昔からそ

ういう言い伝えがあるんでしょうがね。しかしね、じっさい時によると、何カ月も怪しいものが全然現われずにいることもあるんだそうですよ。それがなにかの拍子に、時たってひょいとまた現われるんだね」

「あんなぐあいに、二人の影があの家を徘徊するというのは、なにか犯罪が関係しているのでしょうか？」私もそばから尋ねてみた。

するとと管理人は首をふって、「さあ、私もくわしいことは知らんけれども、しかしいろんな噂は耳にしてますよ。ルーファス卿もいつかちょっとそんなことを言っておられたけれども、まあ、ああいう由緒のあるお家の名誉に関することですからね、私も多くは言わんことにしています」

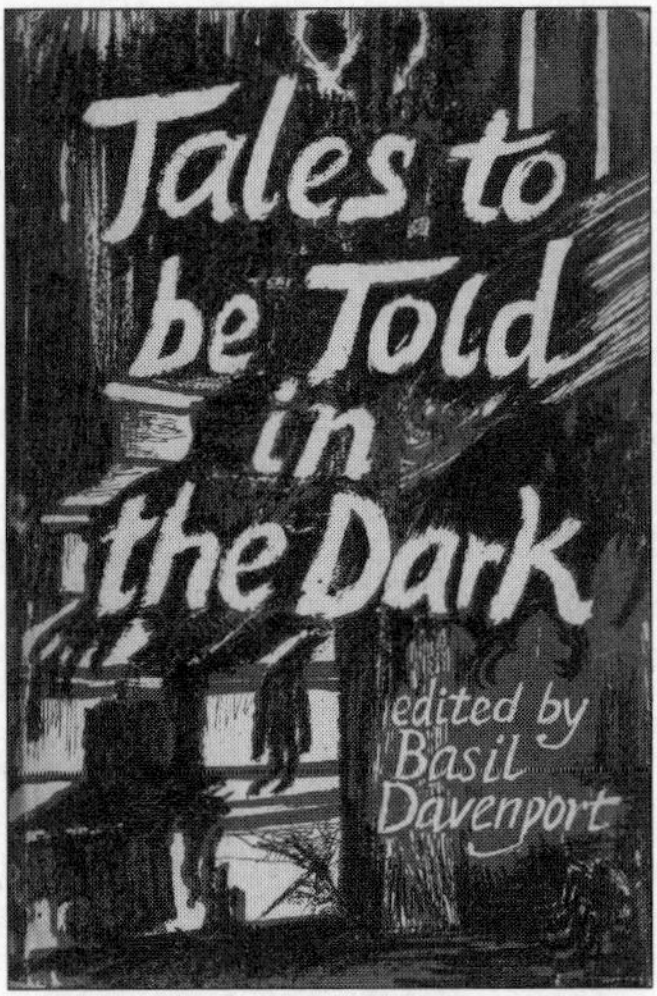

B・ダベンポート編『暗闇物語集』(平井の署名・蔵書印あり)

舵を北西に

ロバート・ブルースはスコットランドの旧家に生れ、家は代々船乗りで、ロバートも物ごころつく頃から父親といっしょに海上生活に親しみ、三十歳の時にはカナダ通いのある貨物船の一等航海士になった。

そのカナダ行のある時の航海のおりのことである。船がちょうどニューファンドランドの東方の沖合にかかり、ロバートは船長といっしょに甲板に出て、正午の日測をすませ、その結果を計算しに二人で船室へ下りて行った。

小さな貨物船のことだから、船室といっても、ごく狭いもので、艫《とも》から短い梯子で下りるようになっている。梯子を下りたところが狭い板の間で、そのつきあたりが航海士室、それとかねおりに船長室がくっついている。航海士室の机はドアのすぐわきに、入口に向いて据えてあるから、そこに坐っていると、隣りの船長室は丸見えに見える。

その時も、二人はいつもそうするように、べつべつの部屋にはいって、日測の計算をはじめた。しばらくして、ロバートは計算ができたので、隣りの船長室へ声をかけた。

「緯度××度、経度××度ですね。合ってますか？　そちらはいくらになりました？」

返事がないので、船長まだ計算中なのだろうと思って、しばらくおいてからもう一ど声をかけたが、やっぱり返事がない。へんだなと思って、ロバートは机から立って船長室の扉をノックして明けてみたら、あっと驚いた。船長室には船長がいないで、船長の机のまえの椅子に、見たこともない人間が腰かけて、じっとこちらを見ている。

ロバートは、長年海で鍛えた度胸のある男だから、こちらも臆せずに相手の顔をじっと見返したが、ぜんぜん見たことも会ったこともない顔である。さすがのかれもこれには驚いて、相手になにも聞くひまもなく、夢中で甲板へ駆け上がった。ただならぬロバートの様子を甲板にいた船長が見て、

「どうした、ロバート？　なにがあったんだ？」

「何がって、――船長室にいるあの人は、ありゃ一体だれですか？」

「知らんね、おれは」

「いや知らんて、あすこにいるんですよ、見たこともない人が」

「見たこともない人？　おいおい、ブルース、貴様夢でも見てるんじゃないのか？　給仕か船員を見たんだろう。命令もなしに、おれの部屋へはいる奴ア、ほかにありゃしないぞ」

「それがちゃんといるんですよ。あなたの肱かけ椅子に坐って、石盤へなにか書いているんです。ぼくはこの目ではっきり見たんですから」

「そいつがか？　へーえ、誰だろうな？」

「だれだか知りません。とにかく見たんです。それが見たことも会ったこともない人なんです」

「ロバート、お前頭は大丈夫か？　考えてても見ろ、この船は、国を出てからかれこれもう六週間になるんだぞ。知らない人間が乗りこむわけがない。――どれ、おれが見て来てやろう」

そういって、船長は下へおりて行ったので、ロバートもあとからついて行った。すると船長室にはだれもいない。船員室もからっぽだった。人の影らしいものはどこにも見えない。

「そら見ろ、ロバート」と船長は言った。「やっぱりおれの言ったとおり、貴様、夢でも見とったんだよ」

「夢なんかぼくは見てやしません。おかしいなあ。たしかに見たんだからな。ちゃんとその石盤へなにか書いていたんですからね。これが嘘なら、ぼくはもう二どと国へ帰りませんよ」

「ほう、石盤へなにか書いとったのか。それなら、石盤になにか書いたものが残っとるだろう」船長はそういって、机の上の石盤を手にとりあげて、「や、こりゃどうじゃ！　書いてあるぞ、字が！　ロバート、これお前の字か？」

ロバートは船長のさしだした石盤を手にとってみると、なるほど字が書いてある。――「舵を北西にとれ」とはっきり書いてある。

「いや、これはぼくの字じゃありません」

船長は「うーん」といって、机の前にどっかり腰をおろしたまま、石盤をまえに考えこんでしまった。やがて船長は、机の上の石盤の裏を返して、それをロバートの前につきつけると言った。「ロバート、お前ここへ、『舵を北西にとれ』と書いてみろ」

ロバートは船長に言われるとおり、石盤にその文字を書いた。船長は裏表の文字をくらべて見て言った。

「ロバート、二等航海士をここへ呼んで来い」

やがて二等航海士がくると、船長は同じことを命じた。二等航海士の次には給仕が呼ばれ、あとは字の書ける水夫たちが一人ずつ呼ばれた。しかし、石盤に書かれている謎の文字に似た字は、だれ一人なかった。

水夫たちが引き揚げて行ったあと、船長は深い思案にくれた。ややあってから、船長は言った。

「だれか紛れこんだ密航者でもあるのかな？　そんなはずはないがなあ。とにかく、船内を捜索してみよう。全員、船内捜索だ。それよりほかに手はない」

さっそく船長の命令で、船内は全員の手で隈なく捜索された。しかし、鼠一匹出てこない。そこで、船長はものは試しと思って、石盤に書いてあった文字のとおり、船の方向を北西にかえさせてみることにして、見張りの水夫をマストの上の見張り所につかせた。するとまもなく、見張り人から、氷山が見えるという知らせがあった。それから少したつと、氷山のそばに船が一艘見えるという知らせがあった。

まもなく、甲板で見ていた船長の望遠鏡が、帆を揚げていない一艘の船の影をとらえた。どうやらその船は、氷にすっかり閉ざされているように見えた。

だんだん接近するにつれて、その船はケベックからリバプールへ行く客船であることが分ってきた。ケベックを出港してから、途中で氷山にはさまれて、そのままとうとう、凍りついた危険状態のまま、ここ二、三週間漂流しているものらしい。船には穴があき、波に洗われた甲板には何もない。まさに難破船で、乗組員は食糧も水もとうに尽き、もはや助かる見込とてなく、まったく絶望していたところへ、思いもかけない救助船があらわれたのだから、その感謝感激は言わん方もなかった。

本船から出した救助ボートは、続々、生き残った乗員を搬出してはこちらの船へ移す。その三ばい目のボートが本船に横づけになった時、ロバートは甲板から見下ろしていたが、ハッチを登ってくる乗員のなかの一人の顔を見て、あっとその場に釘づけになってしまった。その男の顔が、三、四時間まえに自分が船長室のなかで見た顔と、まったく同じだったからである。

かれはさっそく船長に、このことを報告した。

生還した乗客たちに喜びの挨拶をのべてから、船長はロバートから話をきいた件《くだん》の男にむかって言った。

「あなたね、つかぬことをお願いしてまことに恐縮なんだけども、ちょっとこの石盤へ字を書いて下さらんかな?」

そういって、船長はなにも書いてない石盤の裏を出して見せた。

「お安いご用です。なんという字を書くのですか?」

「いやどうも恐縮ですな。ここへね、『舵を北西にとれ』と書いて頂きたいんだが……」

男は、なんだ、妙な注文だなというような、ちょっと解《げ》せないような顔をしたが、すぐにニコニコしながら、言われたとおりの文句をそこへ書いた。船長は、書かれた石盤を受けとって、しばらくためつすがめつ見ていたが、やがてちょっと脇へどいて、その男に見えないように石盤の表へ返して、それからまた男のそばへ来て、

「これ、たしかにあなたの書かれた字ですな?」と念を押すように聞くと、男はいよいよ面食らったような顔をして、

「今あなたご覧になっていたじゃありませんか。仰せのとおり、私の書いた字ですよ」と答えた。

すると船長は、石盤の裏を返して見せて、「じゃあ、これは?」

男は石盤の裏表を、かわるがわるひっくり返して見ていたが、なにがなんだかこんがらかってきたらしく、いよいよ怪訝《けげん》な顔をして、

「こりゃ一体、どういうのですか? 私は片側しか書かないけど、片っぽはこれ、どなたが書いたのですか?」

「じつは、それでこんな妙なことをあなたにお願いしたわけなんだが、ここにおるうちの一等航海士が、あなたがきょう正午に、わしの船長室の机に坐っておって、それを書いたと、こう言っておるんですよ」

難破船の船長とその乗客とは、「えっ!」とばかり、驚きの顔を見合わせた。難破船の船長は、自分の船の乗客に尋ねた。

「あんた、この石盤に、この字を書いた夢でも見ましたかね?」

「いや、そんな憶えはぜんぜんないですな」

「今、夢というお話が出たが、この方、きょうの正午には何をしておいででした?」と船長はきいた。

すると難破船の船長が言った。「船長、じつは私、あとでもうすこし落ちついてから、あなたに申し上げようと思っておったんだが、いやね、じつに不思議なことが私のほうにもあるんですよ。さよう、正午ちょっと前でしたかなあ、この方がたいへん疲れたご様子でね、えらい高鼾《いびき》でグーグー眠っておいでなんだな。それから一、二時間したら、ポイと目をさまされて、『船長、私たちはきょう救助されますよ』と、だしぬけにつかんことをおっしゃるから、そりゃまたどういうわけかと伺うと、今じつはどこかの貨物船へ乗った夢を見た。その貨物船がわれわれを助けに来るとおっしゃって、あなた方の船が現われて、船のかっこうまではっきりと、こういう形の船だと話されるんだね。そういう夢を見たんだとおっしゃってきた。それがこの方の言われた通りの船なんだから、こっちは、胆をつぶしましたよ。はじめ話を伺った時には、正直のはなし、なにを夢みたいなことをと、あんまり当てにもしなかったんだが、でも溺れる者は藁をもつかむのたとえで、ひょっとしたらそんなこともないではあるまいという心持は、どこかにありました。それが事実になって現われたんだから、たしかにこの、人間の頭では分らんところに、なにかこの大きな力が支配しておって、それによってこの世界はあんばいよく行っているのだということが、私その時はっきり分ったような心持がしましてね」

「それはたしかに、そういうことはありますな」貨物船の船長もそれに同感して、「とにかく、この石盤に書いた字が、それがだれの書いたものにもせよだ、けっきょく、あなた方を助けたんですからな。あの時、本船は南西へ走っておったのを、ひょっと石盤の文字で、北西へ方向を変えてみたんだからね。こんなことになるまでは、なんのことやら全然分らなかったものな。——それであなたは」と船長は乗客の男のほうを向いて、「石盤に字を書く夢はごらんにならなかったのですか？」

「ええ、見ないんです。夢の中でなにをしていたか、さっぱり記憶はありませんな。とにかく、夢の中で見た貨物船がわれわれの救助にくる。そういう感じがしましてね。どこからそういう感じを受けたかといわれると、返答に困るけど。それからも一つ奇妙なことがあるんですよ。今この船にこうして乗っていると、見る物がみんな、いつか前に一度見た憶えがあるような気がするんです。見たことも乗ったこともないこの船の物がね。これがどうも狐につままれたようで、自分にも不思議でなりませんな。その一等航海士さんは、何を見られたんですか」

そこでロバートは、前に書いたような自分の見たままを語った。……

O・シットウェル『憑かれた場所その他の物語』
(雑誌『牧神』第3号「幽霊奇譚」で平井による言及あり)

鏡中影

(これは一九一〇年のシーヴィアという雑誌に出ていた実話。)

ジャージー生れのマーチン・フラマリクという男が、ある時ベルギーのブルージェの安ホテルで、身の毛のよだつような経験をした。なんでも秋雨のそぼ降る晩、だいぶ遅い時刻に、マーチンはブルージェの駅に着いたのだという。はじめて来た土地で、西も東もわからないまま、駅前から乗った辻馬車の御者に、どこか二流どこの宿屋でいいから、なるべく、静かな家へやってくれ。あんまり宿賃の気ばらないところで、シーツさえきれいなら我慢するから、といって頼んだ。御者はこころえて、駅からいいかげん遠い、街灯のまばらな狭い裏町にある、注文どおりあまりおきれいでない小さな宿屋へ、かれを送りこんだ。

見つきを見て、マーチンはあまりゾッとしなかったが、とにかく疲れていたので、まあどこでもいいや、横になって一晩グッスリ寝られりゃいいと思って、傘の先でベルを押すと、出てきた女中が、年増だったが丸ぽちゃの、ちょいと愛くるしい顔だちなのに、女好きでは人後に落ちないマーチンは、ひと目見てこいつ鄙《ひな》まれとばかり、ついフラフラと泊る気になったのである。そのまま、その女の案内で二階の一室に通され、ベッドの支度万端型のごとく、ではごゆっくりと、やがて女中は下がって行った。

乗り物に疲れた眠い目をこすりながら、部屋のなかを見まわしてみると、四方の壁は頑丈な樫《かし》板張りで、天井がいやに低く、おまけに太い梁がむきだしときているから、いかにも野暮ったい陰気な感じのところへ、壁によせた備えつけの戸棚だんすも、曲のない頑固一式。一方の壁に部屋に似合わぬばかに大きな暖炉が幅をとっているのが、よけい部屋の中を寒々とした感じに見せている。どちらをむいても雑風景な、この凄涼とした部屋のまん中に、四本足の大きな寝台がドデンと据えてあって、寝台と向かいあいの壁には、天井までとどくような黒縁の大きな鏡が冷たく光っている。

マーチンはさっさと服をぬぐと、もう欲も得もなく、疲れた体を毛布のあいだに伸ばして、すぐに眠る支度をした。たいていの人がそうのようだが、かれも左下にしては寝られないたちだった。いつもするように右下にして枕についたが、ふだんは寝つきがいいほうなのに、どういうわけか、その晩は疲れているくせになかなか寝つかれなかった。疲れすぎたせいかとも思ってみたが、それよりも灯火を消したあと、なんだか部屋の隅のほうがミシミシいったり、だれか歩くような足音が聞こえたり、妙にザワザワして落ち着かないので、そのせいで眠られないのかとも思ってみた。

耳につくうるさい物音に、マーチンはだいぶ長いこと寝床の中でまじまじしていたが、そのうちに部屋の柱時計が一時を打ったころには、どうやらうつらうつら眠りに落ちた。すると、時計が二時打った音に、ハッと目がさめた。

目がさめたとたんに驚いた。だれか自分の隣りに寝ている者がある。氷のようにヒヤリとした冷たい者が、いっしょに床の中に寝ている。マーチンはギョッとなったが、あまりの驚きに身動きもできなかった。しばらくじっと横になっていたが、隣りにいるへんな奴の目をさまさせはしないかと思うほど、心臓がドキン、ドキンはげしく打った。

やがて、高い塔の上からでも飛び下りるつもりで、マーチンはやっとの思いをしてそっと床の上に起き上がると、目をパッチリひらいてみた。見ると、なんだか部屋のなかが燐のような光でボーッと明るくなっていて、そのボーッとした光のなかに、壁の大鏡が、ベッドをありありと映している。鏡のなかに映っている隣りの男は、顎髭をはやした青黒い顔の男で、どうやらすやすや寝入っているようすである。静かな寝息につれて、掛け布団の上がり下がりまでがはっきり見えるほど、鏡の中の映像は鮮明であった。

マーチンはなぜか自分で目をそらすこともならずに、なにかに魅入られたようなかっこうで、脇目もふらず一心に鏡の中をのぞきこんでいたが、やがてどこかで「マーチン！　マーチン！」と自分のことを呼ぶ、囁くような声が聞こえた。声のするほうを振り返ってみたが、だれもいない。見ると、ベッドの中にも、だれもいない、おやと思って、マーチンは部屋の中を見まわしてみたが、部屋の中にも誰もいない。扉はピッタリ締まっている。おかしいなと思って、もう一ど鏡を見ると、鏡に映っているベッドの中には、顎髭のはえた見ず知らずの男が、すやすや眠っている。ベッドを見ると、ベッドの中にはだれも寝ていないのである。

マーチンは狐につままれたように、なおも鏡の中を見つめていると、まもなく部屋の扉がしずかに明いて、扉の隙間から、なんだか人相の悪い顔がそっと部屋の中をのぞいた。その顔は、なぜかマーチンのことは眼中にないらしく、顎髭の男のほうだけをじっと窺っている。そして顎髭の男がベッドの中にすやすや眠っているのを見ると、〆《し》め〆《し》めというような思い入れをして、白い寝間着を着たその女――いや、女だか男だかはっきり分らないのだが、マーチンは女だと思った――は、薄気味のわるい忍び足で、ソロリ、ソロリとベッドに近づいてきた。そして、眠っている顎髭の男の顔を、しばらく怨むような憎むような、もの凄い形相《ぎょうそう》をしてのぞきこんでいたと思うと、いきなり女は寝ている男ののど笛を、骨ばった長い指で、力一ぱいくびり絞めにかかった。

あっと思った瞬間、鏡のなかの人殺しの影は、パッと消えてしまった。同時に鏡のなかはまっ暗になり、部屋のなかの燐のようなボーッとした光も、いつのまにやら消えてしまった。

憑《つ》きものが落ちたように、ハッと我に返ったマーチンがあたりを見まわしてみると、部屋の中には自分一人しかいない。なにやらホッとして、ああ、今のは夢だったのか、それにしても恐ろしい夢だったと、きゅうに汗をかいた襟もとが寒くなったかれは、つづけざまに嚔《くしゃみ》を二つ三つすると、そのまま布団をひっかぶって、ベッドにもぐりこんでしまった。

あくる朝、朝食をすませたのち、マーチンはこんな縁起でもない宿は早々にひきあげてしまおうと、そう思って勘定までしかけたのであるが、例の丸ぽちゃの女中の顔を見ると、妙に決心が鈍った。女中はゆうべ見たよりも、また一段と色っぽいようすをしている。ええ面倒だ、もう一晩泊ってしまえ、かれはそう肚をきめて、女中にその旨を含めた。

午後、町をひやかしてブラブラ歩いていると、マーチンは小学校時代の古い友達にひょっこり出会った。ヘリオットという男で、商用で二、三日この町へ来たのだという。カフェで一杯やりながら、久しぶりの四方山ばなしの末に、この町にはろくな宿屋がない、おれの泊った家などはひどい家だとヘリオットがこぼすので、マーチンは、じゃおれのほうへ来ないか、ちょいと鄙まれな女中がいるぜと水を向けると、そこは旅の身の気散じで、よし、じゃそうしようと話は一決して、それからいっしょにヘリオットの宿にまわり、手荷物をぶら下げて夕景近く、二人はマーチンの泊っている宿へ帰ってきた。

女中にきくと、あいにく今夜はほかに明いている部屋がないという返事。いいさ、おれたちは竹馬の友なんだから、遠足に行ったつもりで、久しぶりに一つ寝床に共寝をするのも旅の一興だ、枕と毛布だけ二人前くれれば、一晩仲よく話しながら寝るよ、ということになった。

ヘリオットという男は、ばかにまた手の早い男で、いつのまにどこでどう話をつけたものか、その晩はマーチンの先を越して、例の女中と話がもてたと見え、部屋へ帰ってきたのがかれこれ十二時近くだった。マーチンはひと足先に床にはいっていた。

「おい、あの女、君によろしく言ってたぜ」ヘリオットは寝支度をしながら、テレかくしにそんなことを言った。

「おきゃあがれ。さんざ楽しんできやがったくせに」

「だけど、帰りがけにあの女、へんなことを言ったぜ。ベッドの左側へ寝るんじゃないとさ。……はあ、こうして見ると、なるほど、君は右側で、おれは左側か。へんなことを言やがったな。なんのまじないかしらねえ」

ヘリオットはそんなことを言いながら、気軽に床の中へはいってきた。マーチンはちょっと気が咎めた。かれはゆうべの怪夢？のことはまだ、この男に話してはなかったのである。どうせ一場の夢なんだし、だいいち、この男が超自然な話など、頭から受けつけるわけがないと思ったので、マーチンは、黙っていたのであるが、今夜もあの鏡の中へなにか出るかなと思うと、かれは友人と一つベッドに枕を並べながら、内心ちょっと好奇心が湧かないでもなかった。

後生楽なヘリオットは、寝つきの早い男と見えて、枕につくとまもなくグーグー眠りこんでしまった。マーチンもいつかしらず眠りに落ちた。すると、廊下の柱時計が二時を打つ音に、マーチンはハッと目がさめた。べつに夢を見ないのに、全身に汗をびっしょりかいていた。部屋のなかを見ると、またしてもゆうべと同じ燐光のような光が、ボーッとさしている。そして自分の隣りに、やはりゆうべと同じような冷たいものが、じっと横たわっているのを感じた。マーチンは、ゆうべと同じようにそっと起き上がって、鏡の中を見ずにはいられなかった。すると驚いたことに、鏡のなかで自分の隣りに寝ているのは、ヘリオットではなく、やっぱりゆうべと同じ顎髭をはやした、青黒い顔の、髪をざんばらにした男であった。

こりゃへんだぞ、ヘリオットは一体どうなったんだろうと、マーチンが不審に思ったとたんに、部屋の扉がスーッと明いて、扉のすきまから、ゆうべ見た人相の悪い顔が、またのぞきこんだ。ふしぎなことに、その動作は一挙一動、ゆうべとそっくり同じであった。やがて忍び足でベッドにすりよると、すやすや寝ている男をのぞきこんで、同じように咽喉《のど》笛を力一ぱい絞めつけた。

ゆうべはそんなことはなかったが、今夜はウーンという断末魔の苦悶の声がして、掛け布団がはげしく蹴飛ばされた。それっきり、隣りの男はピクリともせず、静かになってしまった。怪しい燐光はいつのまにか消えて、鏡のなかはまっ暗になった。これで一場のパントマイムは終ったのである。

そのあと、マーチンはむしょうに眠くなって、朝までなにも知らずにぐっすり寝こんでしまった。目がさめた時には、さわやかな秋の朝日が枕もとまでさしこんでいた。

マーチンはなによりも先に、ヘリオットはどうしたろうと思って、そっと隣りに寝ている肩先にさわってみた。揺ってみたが、なんの手答もない。まだ眠っているのだろうと思って、もう一ど揺ってみたが、やはり手答がない。三ど目に揺ってみたが、同じく手答がないので、マーチンはそっと起き上がって、ヘリオットの顔をのぞきこんだ。ヘリオットは、かれの隣りに冷たくなって死んでいたのである。

呼ばれて来た医師は、ヘリオットの死を自然死だと診断した。もっとも、前から心臓には故障のあった男ではあったが、しかしマーチンはその医師の診断には、どうも服することができなかった。ヘリオットの死には、あの鏡のなかに現われた寝間着を着た幽霊が関係していることを、マーチンは信じて疑わなかった。とにかくその時は、旅先で友人を荼毘《だび》に付したが、その後マーチンは、それきり二どとブルージェの町へは足を入れたことがないそうである。

夜汽車の女

（これはアメリカのある紳士から聞いた話――）

もうだいぶ古い話ですが、ある年の一月のことです。ばかに寒さのきびしい晩で、なんでもよんどころない用事があって、私は夜汽車でベイズウォーターまで行ったのです。寒い晩でしたから、旅行者も少なかったとみえて、私の乗った箱には、乗客は私ひとりだけでした。話し相手もなし、長道中だからひと眠りして行こうと思って、うつらうつらしていると、車掌が検札にはいってきました。

「ばかに寒い晩だね」そういいながら、外套の胸のポケットから切符を出す指の先が、じっさいチリチリするほどかなっ凍りになっていました。

「どうも珍しいきびしさで。昨年の二月でしたか、貨物係のトムという男が、両足を凍傷でやられましてね。それからご婦人の乗客で赤さんを抱いておいでの方が、ある駅で降りて凍死をなさいましたが、あれ以来の寒さですな」

「凍死した？」

「はあ。そんなつもりもなかったんでしょうが、つい眠くなって、眠られたんですな。ちょうどそれがこんな晩でした。――ベイズウォーターは×時着でございますから、ご用がありましたら、どうぞお呼びを」

車掌はていねいに挨拶をして、行ってしまいました。車掌が行ってしまうと、私は外套の襟をかきあわせ、目を閉じて、またうとうとと眠りました。どのくらい眠ったか分らないが、だいぶたってからひょいと目をあいてみると、いつ乗りこんで来たものか、私の前の席に、若い娘さんが腰かけています。鼠色の毛套《けっとう》を肩にかけて、縁にビロードの赤い花のついた帽子をかぶった、痩せぎすな、きれいな娘です。

「あの、この汽車はベイズウォーターへまいりましょうか？」とやさしい声で、その娘が尋ねます。

「ああ、行きますよ。私もベイズウォーターへ行くのだが、なんでしたらお供しましょうかね？」

するとは首をふって、「いいえ、けっこうですの。降りたら馬車でまいりますから。でも、あちらへ着きますまで、ご迷惑でもしばらくごいっしょにご厄介になりますわ」

「どうぞ。私も話し相手ができて好都合ですよ。ベイズウォーターまで、あと三時間ばかりでしょう」

「途中、なんどぐらい停車いたしますかしら？」

「この汽車は、ベイズウォーターまで無停車ですよ」

「まあ、よかったわ」

娘はなにかホッとしたような顔つきで、私に目礼すると、そのまま座席の背に身をもたせかけました。

天井に下がっているランプの光で、娘の顔が私の席からよく見えました。なかなか顔だちのきれいな子です。年は十六ぐらいでしょうか。水色のぱっちりした目に、豊かな金髪、口もとが杏《あんず》のようにムッチリしています。顔と同じように、膝の上においた手も色白なかわいい手で、白魚をならべたような指に、さくら貝のような爪がかわいく光っています。

「ベイズウォーターでは、どなたかお知合いの方でもお出迎えですか？」

「いいえ。わたくし、あちらの学校へまいるんです」

「だって、むこうへ着くのは夜中の一時頃ですよ。あなたのような若い娘さんが、ひとりでお降りになるのは、物騒だな」

するとと娘は無邪気に笑って、「あら、わたくし、恐いことなんかちっともございませんわ。降りたら、まっすぐ学校の寮へ行きますから」

その時、いきなり汽車がガタンと止まって、けたたましい汽笛の声が聞こえました。なにか事故でも起ったのかと思って、私は霜で曇った窓を指先で拭いて、外をのぞいてみました。見ると、汽車はどこだか知らないが、松林に囲まれた、小さな寂しい駅に止まっています。

「ここ、ベイズウォーターですの？」と娘がやさしい声で聞きますから、

「いや、まだまだ。──おかしいな、どうしてこんなところへ止まったのかな？」私はそういって、なおも窓の外の闇の中をのぞきこみました。

「あの、この汽車、各駅停車なんですの？」そういって聞く娘の声が、どういうわけかすこし

震えていました。

「いや、ふだんはそうじゃないんだけど、なにか特別な信号でもあったんでしょうな、きっと。あなた、寒いですか？」

「ええ」娘は、聞こえるか聞こえないような声でそういうと、毛套《けっとう》の肩かけをかき合わせながら、「早くしてくれればいいんですのにねえ」

「もうじき動くでしょう」

といっているところへ、車掌がはいってきました。おかしなことに、さっき切符を調べにきた車掌とは違う車掌でした。私が停車のわけを尋ねると、

「じつは逃走犯人がありましてね、探偵が張りこんで調べているのです。ご迷惑でも、もうしばらくお待ち願います」

「この列車に乗ってるのかね？」

「どうもそうらしいんです」

「何をやった奴？」

「人殺しです」

ごく低い声で、そんなやりとりをすると、車掌は目礼をして、そのまま次の箱へ行ってしまいました。

「今の話、聞きましたか？」と私は娘に尋ねてみました。

「ええ」と娘はうなずいて、「人殺しですってね。まあ恐いわ、わたくし！」娘はそういって、

まっ青な顔をしています。

私は、なにもそう恐がることはない、私がついているから大丈夫だと力をつけてやると、娘はニッコリ笑って、「お願いします」と涙ぐんでいました。私はそのようすを見て、こんな若い、世間見ずの娘が、ひとりぼっちで夜汽車の旅をするなんて、どんなにか心細いことだろうとつくづく可哀そうになって、いろいろ慰めの言葉をかけてやりました。

やがて列車は、遅れた時間をとりかえすために、もの凄いスピードをかけて、闇の中を疾走しました。ベイズウォーターがだんだん間近になってきました。すると私の前の席にいた娘が、なにを思ったか、やにわに席を立ったと思うと、制止するまもなく、いきなり手近の扉口へ駆けよって、あっというまに汽車から飛び下りたのです。とたんに、ザブンという水音が聞こえました。汽車はちょうど川幅の広い鉄橋を渡っていたところだったのです。私はあまりの突発事に愕然として、そのまま気を失ってしまいました。

しばらくして我に返ると、私は自分の座席にひとりぼっちで腰かけていました。汽車はあいかわらずごうごうと闇を衝いて走っています。きっと自分は夢を見ていたのにちがいない。私はそう思って見ましたが、それにしても、夢にしてはすべてがいやにありありしすぎています。へんだなと考えあぐんでいるところへ、車掌がまたやってきたのを見ると、こんどはさきに検札にきた車掌でしたから、私は自分の不思議な経験をありのままに話してみました。すると車掌は、私の話を一笑に付するかと思いのほか、きゅうにまじめくさった顔をして、言うのでした。

「いや、それはあなた、ただの夢ではありませんよ。ちょうど六年前にやはりこの列車で、今あなたのおっしゃったと同じことが起ったのです。あなたの今お話しになった通りの若い女が、――私はよくその女を見かけたから、よく知っていますが――私の住んでいる町で人を殺しましてね。で、捕まるのがいやさに汽車で高飛びをしようとして、ちょうどベイズウォーターに近い、さっきの川の上へきた時に、飛降り自殺をしたのです。女は川へ落ちて溺死しました。その時乗りあわした車掌から、私はその話をくわしく聞いたんですが、女のなりといい、顔だちといい、話の模様といい、今のあなたのお話と寸分違いませんね。やっぱり、死んだ女の幽霊が出たんでしょうなあ」

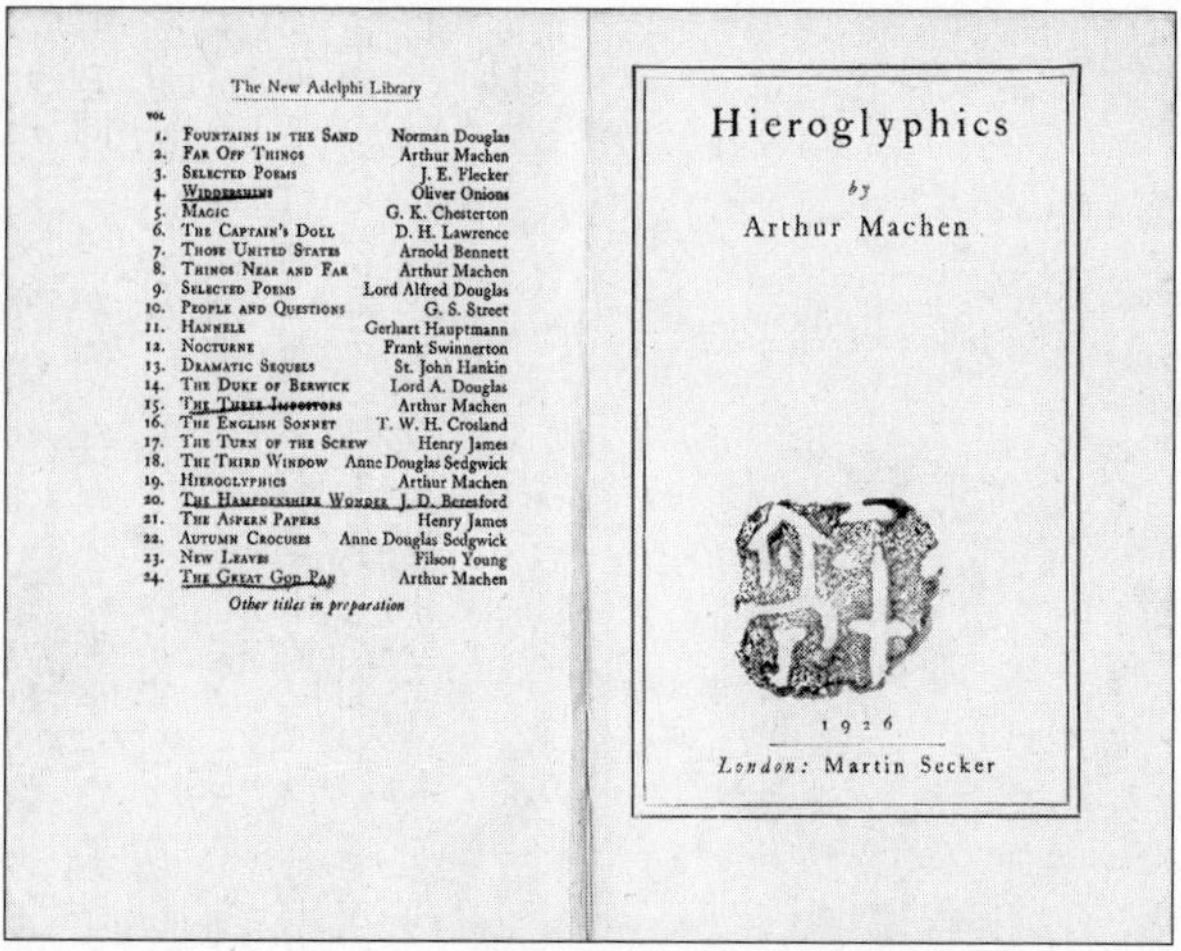
The New Adelphi Library

VOL		
1.	Fountains in the Sand	Norman Douglas
2.	Far Off Things	Arthur Machen
3.	Selected Poems	J. E. Flecker
4.	Widdershins	Oliver Onions
5.	Magic	G. K. Chesterton
6.	The Captain's Doll	D. H. Lawrence
7.	Those United States	Arnold Bennett
8.	Things Near and Far	Arthur Machen
9.	Selected Poems	Lord Alfred Douglas
10.	People and Questions	G. S. Street
11.	Hannele	Gerhart Hauptmann
12.	Nocturne	Frank Swinnerton
13.	Dramatic Sequels	St. John Hankin
14.	The Duke of Berwick	Lord A. Douglas
15.	The Three Impostors	Arthur Machen
16.	The English Sonnet	T. W. H. Crosland
17.	The Turn of the Screw	Henry James
18.	The Third Window	Anne Douglas Sedgwick
19.	Hieroglyphics	Arthur Machen
20.	The Hampdenshire Wonder	J. D. Beresford
21.	The Aspern Papers	Henry James
22.	Autumn Crocuses	Anne Douglas Sedgwick
23.	New Leaves	Filson Young
24.	The Great God Pan	Arthur Machen

Other titles in preparation

Hieroglyphics

by

Arthur Machen

1926

London: Martin Secker

A・マッケン『象形文字』扉と既刊書一覧
（赤鉛筆によるチェックは、平井旧蔵書の特徴／蔵書印あり）

浮標《ブイ》

第一次大戦のちょっと前の話である。ある晴れた九月の夕方のこと、二人の男がブリタニーの海岸道を歩いていた。場所はタルベール岬とグルナブルの間である。

「ねえルグラン、君はルイが行方不明になった晩に、ほんとにかれといっしょにいたのかい」と、年下のエルヴァンという男が年上のルグランという男に、そういって尋ねた。

「うん、そうだ」とルグランは答えた。「あの時は四人だったよ。――ぼくの家内と、姪のジェニエと、君の兄さんのルイと、それからぼくと、この四人だった。あの日は、ぼくら、タルベール岬へピクニックに出かけてね。その帰り道に、ついこの先の曲り角までくると、君の兄さんが、じゃ、ぼくはここで失礼するからといって、みんなとそこの角で別れて、そのまま兄さんは、ひとりでサン・マルタンに向かって帰っていったんだ。それが見納めでね、それっきり君の兄さんの姿を見た者は、どこにもないんだ。まるで地べたがいきなり割れて、そのなかへ兄さんが吸いこまれてしまったみたいにね」

「だけど、兄貴がそれからどうなったのか、まるっきり見当がつかないのかしらね?」

「いや、むろんいろいろの説はあるさ。あるけど、どれひとつとして、満足になるほどと思えるものはないものな。エルヴァン、ぼくは友達ずからに君に言っとくがね、この謎を解こうなんて料簡は、まあ諦めたほうがいいぜ。なにせ、もう二十年も前のことなんだから、今さら手がかりといったって、どこに見つかるわけもないからね。まあ、手ぶらで帰るのが落ちだぜ」

「いや、ぼくはね、おふくろにいつだったか約束したことがあるんだ。ぼくが大きくなったら、きっと兄貴の事件はつきとめて見せるってね。亡くなる時も、おふくろはぼくにそのことをくれぐれも頼んでいたよ。ぼくはそれを聞いて、なんとかしてこの一念を貫かないうちは、パリへは帰れないと、今でもそう思ってるんだ。兄貴が行方不明になった日は、ありゃ間違いのないところ、いつだったの?」

「一八七九年の九月九日だよ」

「じゃ、きょうは祥月命日だ! ——ねえルグラン、どうだろうな、ぼくにすこし考えがあるんだが、ひとつ相談に乗ってくれないかな?」

「ああ、いいとも。何だい、その考えというのは?」

「いや、べつにむずかしいことじゃないんだがね。この先の曲り角まで行ったら、そこからぼくは君に別れて、兄貴の行った道をひとりで行って見たいんだよ。いま兄貴の祥月命日だと聞いたんで、ひょっと思いついたんだがね。ねえ、いいだろう、行っても?」

ルグランは肩をすくめて、「いいどころか、おれもいっしょに行きたいくらいなもんだよ。でも、君がひとりで行きたいというんなら、それでもいいよ。べつにこっちに文句はないよ」

そんなことを言いながら、やがてその曲り角までくると、そこに路標が立っていて、「右、ブルリエ谷。左、サン・マルタン道」としてある。二人はそこでたがいに、「さよなら」の挨拶をかわして、右と左に別れた。——ルグランは来た道をそのまままっすぐにグルナブルへ。

エルヴァンは道を左にとって、これはサン・マルタンへ。

しばらく行くと、エルヴァンのとった道は平坦なところへ出た。そこをまたしばらく行くと、道はだらだらの下り道になり、その先の急な坂道を下りると、川沿いの藪道へ出た。ここがブルリエ谷で、いかにも寂しいところだった。片側は、とうの昔に廃址になった石切場で、そのこちら側に小さな船着場がある。見渡したところ、人家らしいものは川べりに一軒、小さな小屋みたいな家と、川べりから二、三百ヤード離れたこんもりした木立のなかに、白壁の大きな家が見えているだけで、あたり四方、どこを見ても、人が住んでいるようなけはいはなに一つない。坂道を下りきったところに、エルヴァンはしばらく佇んで、物の音一つしないひっそりしたあたりを見まわしながら、なんだか墓場のようなところだと思った。

しかし、うっそうとした木立といい、静かな流れといい、あたりの景色はなんともいえない閑寂な美しさに、森然とひそまり返っている。エルヴァンは思わずその静けさに魅せられたように、しばらくの間うっとりとして、そこに佇んでいた。川べりに、大きな鉄の浮標《ブイ》が雨ざらしになってころがっているそのそばに、大きな石が据えてあったので、エルヴァンはその上に腰をおろした。石だからすこし尻が痛かったが、あちこち座をかえてみたあげくに、いくらか坐りごこちのいいところが見つかったので、かれは浮標に背をもたれながらそこに腰をしずめると、しずかに考えごとに耽りだした。

二十年もまえに、一体ルイの身に何が起ったというのだろう？　この谷あいで、なにか忌わしい最後でもとげたのだろうか？　あるいはこの川で水でも浴びようとして、河童にでもひきずりこまれたのだろうか？　だけど、それなら脱いだ服が残っていたはずだ。それがないところを見ると、どうも誰かに殺されたと見るよりほかにないようだ。こういう人気《ひとけ》のない寂しいところだから、いきなり誰かに襲われて、そのまま誰かに邪魔されるおそれもなく、バッサリ殺《や》られたのかもしれない。

あれこれと考えこんでいるうちに、エルヴァンは、どうも不可解な兄の死の手がかりを求めるとしたら、この谷あいのここよりほかにないという心持が、だんだんぬきさしならないようにはっきりしだしてきた。とその時、どこか自分の身の近くで、なにかガラン、ガランと妙な音がしたのを聞きつけた。あたりを見まわしてみたが、べつにそんな音をたてるような物は何もない。どうもその音が、自分が背をもたれている、赤錆びた大きな浮標の中から聞こえたような気がした。

そんな馬鹿なことがあるわけはないと思ったが、とにかくエルヴァンは、腰かけていた石の上から下りると、妙な音の出どころを確かめてみるために、その赤錆びた大きな浮標の上へよじ登ろうとした。すると足がすべって、あっというまに、かなりの高さのところからもろにあおのけに下へ落っこちた。そして落ちたひょうしに河原の石でしたたかに頭を打った。しばらく頭がガーンとして、そのままかれは目が眩んでしまった。どのくらいそうしていたか分らないが、とにかく気がついた時には、河原の立木の枝ごしに透けて見える空がそろそろ夕づいて、静かな流れの水面が、無数の金魚でも泳いでいるように、夕日にキラキラ輝いていた。そしておかしなことには、そうしたあたりの景色がいつどこで見たか、自分でもはっきりそれは言えなかったが、なぜか前にどこかで一ど、この通りのものを見たような気がした。

起き上がった自分の身のまわりを、狐にでもつままれたように、しばらくぼんやり見まわしていたが、やがてかれはヨロヨロ立ち上がると、落ちていた帽子を拾ってかぶり、河原からもと来た道へ引き返そうと、ひとあし足を踏みだしたとたんに、どこかでギャッという、なにか呻いたような声が聞こえた、声は白壁の家の方角から聞こえたようであった。思いがけない時に、ただならぬ不気味な声を聞いたので、思わずかれは足をとめた。きゅうに胸騒ぎがして、膝がガクガク震えだしてきた。そのまま、しばらくじっと耳を聞きすましていたが、怪しい声は一どだけで、あとは聞こえなかった。

どうしたらいいか、自分でもはっきり決心のつかぬまま、ややしばらく、かれは河原につっ立っていたが、そうしているうちにも、暮るるに早い秋の日は、またたくうちにこの谷あいの空を暗くして、あたりは木の葉一枚落ちる音もなく、耳がしんとするほどの静けさのなかに、頭の上には暮れなずむ木々の黒い枝が、まるで人間の腕かなんぞのように、風もないのにおいでおいでをしているように見える。エルヴァンは心にむらがり起る怪しい妄想を払いのけると、とにかくあんな声がしたからには、なにかあの家にあったのに違いない。なんでもなければ、それに越したことはないが、どうも気にかかる。そう思って、一応たしかめに、むこうに見える白壁の家へ行ってみることにした。

河原づたいに、目あての家へ近づいて行くと、遠目ながらどの窓にも灯影一つ見えず、なんだか異様な静けさが、屋敷全体を包んでいるようであった。あたりにはソヨリとの風もなく、木の葉のそよぐ音も聞こえない。

河原から爪足上がりの細道をのぼっていくと、両がわに広い草地がひらけ、しずかな夕月のかげのなかに黙々と動いている、白い放牛の群が見えた。道ばたのこんもりした立木の上の空には、何匹かの黒い大きな蝙蝠《こうもり》がヒラヒラ輪をかいて舞っていた。そのほかには、動いているものは何もない。すべてが鳴りをしずめて、木も草もなにもかもがじーんと静止しているけはいだった。

玄関の石段の上に立って、ややしばらくエルヴァンはどうしようかとためらっていたが、やがて勇気を出して入口の扉をノックした。が、返事はない。答えるものは深い沈黙ばかりであった。誰もいないのかなと思ったが、しばらく置いて、もう一ど叩いてみた。するとこんどは、だれか出てきたようなけはいがした。それも、妙にこっそりと忍び足で出てきて、そっと窺うように扉のかげに立ったようなけはいであった。ははあ、むこうでも出ようか出まいかとためらっているんだな、と思っていると、いきなり扉がいきおいよく明いて、エルヴァンの目の前に一人の若い女が現われた。ばかにあどけない、かわいい顔をした女である。それが手に持った蠟燭を高くかざしながら、

「どなたです？　なにかご用ですの？」ときいた。

エルヴァンは返事をしようとしたとたんに、きゅうにクラクラッと目がまわって、危うくその場に倒れそうになったのを、やっと扉につかまって身を支えることができた。

「まあ、どうなさったんですの？」と女はひと足うしろにさがって、胡散《うさん》臭そうにエルヴァン

のことをジロジロ見ながら、「どこかぐあいでもお悪いんですか？」「いえ、どこも悪かないんです」とかれはヘドモドしながら、「ただちょっと目まいがしたもんですから。さっき向うで転んで、頭をすこし打ったんです」「まあ、それは……」女は蠟燭の灯を低くして、エルヴァンの顔をのぞきこむと、「あら、血がすこし出てましてよ」

エルヴァンは女の顔をじっと見返して、妙な心持がした。なるほど女は美しい顔だちで、豊かな金髪が肩までふさふさと垂れ、睫毛の長い瞼のかげに、水色のおっとりした目が赤子のような無心さをたたえて、震いつきたいほど可憐な風情《ふぜい》なのだが、それでいてどことなく妖気めいたものが感じられるのに、エルヴァンはなにか戸惑いする思いだった。どこがどうと口にはいえないけれども、なんだかしらないが、この女のどこかに、夕月の中にひっそりと静まりかえっている、人気《ひとけ》のないこの大きな屋敷の不気味さと、一脈相通ずるものがあるような気がした。

妙だなと思いながら、こちらがじっと顔を見ていると、女のほうでも、濃い睫毛の下からじっとこちらの顔を見上げている。その目つきが、なんだか赤の他人ではないような目つきだった。すると、きゅうに女が明るい顔をして言った。

「あなた、すこし休んでいらっしゃいません？　どうぞ、おはいりになって下さい。あちらで休んでいらっしゃる間に、わたくし、なにか召し上がる物をこしらえてきますから」

もちろん、エルヴァンは渡りに舟だった。かれはひと目でこの女にまいっていた。とても、このまますげなく帰ってしまうことはできなかった。ぶしつけとは思ったが、かれは言われるままに、女のあとについて家のなかに上がり、灯火のうす暗い広いホールをぬけて、寒々とした暗い廊下の中ほどにある部屋へ通された。

「こちらで少々お待ちになってて下さいね。すぐにお食事こしらえて来ますから」

「どうも突然上がって、ご厄介かけてすみません。失礼ですが、あなたのお名前は？」

エルヴァンが名前を尋ねると、女は唇を噛んで、しばらく言い渋っていたが、やがて口早に、

「わたくし、マダム・ボニヴォンです」

「えっ、マダム？」エルヴァンは思わず叫んだ。「あなた、結婚なすっていらっしゃるんですか？　だって、まだそんなお年では……」

「いいえ、そうなんですの」マダム・ボニヴォンは、そういって寂しく笑うと、ちらりとエルヴァンの顔を見て、しなやかな片手の甲の赤いミミズ腫れの痕跡を見せた。「エルヴァンさん、わたくしもこのとおり、さっき怪我をしましたの。壁の絵をはずそうとしたら、釘でひっかいて。痛かったんで、思わずキャッと声をあげましたわ。あの声、お聞きになったでしょ？」

「ええ、聞きました。あなただったんですか、あの声は？」

エルヴァンが尋ねた時、女はなにかギクリとしたようだったが、その色は顔に出さずに、おちついた声で答えた。

「わたくし、とても弱虫なんですの。だって、痛いの我慢できないんですもの。でも、すこし大げさすぎたかもしれませんわね」あとまだなにか言おうとした時に、どこかでバタンと扉の

締まる音がした。女がギクッとしたのをエルヴァンは見た。「まだわたくし、ドキドキしてるんですのよ。でも……」といいかけて、女はきゅうにうつむくと、黙りこんでしまった。女の顔には恐怖の色が浮かんだ。

女がそっと目をやったほうを見ると、廊下の釘に男の着る雨合羽がかかっているのが、エルヴァンの目にとまった。その雨合羽が、風もないのに、ゆらりゆらり揺れている。

「おや、おかしいな！」とエルヴァンは叫んだ。「風もないのにあれが動いてますね。どうしたんでしょうね？」

「おおかた、風が吹きぬけたんでしょう」女は呟くように言って、歯の根をガタガタさせながら、「そうだわ、さっきあなたが見えた時、わたくし、台所の扉を明けっぱなしにしてきたんだわ。あなた、ここにいらっして下さいね、私お食事を持ってきますから」

女はそういって、そそくさ部屋を出て行った。そのまま二階へ上がっていく足音が聞こえたが、まもなく二階から声が聞こえてきた。「こちらへいらっしゃいません？　こちらに手を洗うところもありますから」

エルヴァンは部屋を出て、石の廊下からホールへ出ていくと、どこから吹いてくるのか、冷たい風がスーッと頰のあたりを通りすぎ、不吉な夜鳥の鳴く声が外でしていた。この家には、生きている人間はあの女一人しかいないのかなと、エルヴァンはふっとそんな気がした。

二階へ上がって行くと、マダム・ボニヴォンが踊り場のところで待っていたが、いつのまに着かえたのか、彼女が派手な外出着を着ているのに、エルヴァンは驚きの目を見はった。彼女は、炉に燃えさしの薪がチロチロ燃えている部屋の入口に立って、「どうぞ」といってエルヴァンを部屋のなかへ招じた。

「暗いんですけど、ちょっとここでお待ちになってて下さい。灯火を持ってきますから」

言われるままに、部屋の閾《しきい》をまたいだとたんに、エルヴァンはいきなりうしろからドンと突きとばされた。ふいを食らって、前へつんのめりかけた時、うしろの入口の扉がバタンと締まり、鍵穴にガチャリと鍵のかかる音がした。あっという暇もなく、かれはその部屋に締め込みを食ってしまったのである。

とたんに燃えさしの薪が崩れでもしたのか、いきなり炉の火がボンボン燃え立って、暗かった部屋のなかがきゅうにあかあかと明るくなった。その赤い火あかりのなかに、エルヴァンは、知らない男が一人炉の前に、へんなかっこうをして腰かけているのを見て、ギョッと驚いた。男は頭にまっかなハンケチを巻いて、椅子の上へ投げ出されたような、へんなかっこうをしている。はじめ寝ているのかと思ったが、そばへ寄ってみると、あっと震え上がってしまった。頭に巻いたまっかなハンケチの下から、大きな痕《あと》がパックリ口をあいている。男は文字通り、顔を滅多斬りにされて、そこに死んでいるのであった。

エルヴァンは、ふた目と見られぬ恐ろしいその死体を見て、ほとんど失神したように、なすことも知らず、しばらく茫然としてその場に立ちすくんでいた。すると階下でとつぜんバタバタと、ただならぬ人の足音が聞こえだした。それも一人や二人の足音ではない。大ぜいの人数がワイワイ喚きながら、どうやら階段をドタバタ上がってくるけはいである。

なにごとだろうとエルヴァンが聞き耳を立てていると、ワヤワヤ騒ぐ人声のなかに、マダム・ボニヴォンの声とおぼしい声が、大きな声でどなっているのが聞こえた。

「うちの人を殺した奴は、二階の部屋にいるわよ！　私がうまく瞞《だま》して、締め込みを食わしてやったの。大丈夫よ、あいつもう袋の鼠だから、恐いことなんかないわよ。こっちは大ぜいだもの！」

それを聞いて、エルヴァンはとっさに一切を諒解した。畜生！　さては一ぱい食ったか！　あの女、あんな子供みたいな顔をしやがって、手めえが犯した恐ろしい罪を、このおれになすろうというんだな！　なるほど、こうなると、さっきのあのへんな呻り声も、手の甲のひっかき痕も、すっかり読めた！　畜生！　まるで鬼みたいな女だ！

だが、それはいいが、一体どうしたらいいか！　あの女はああ言って、みんなにおれが犯人だと思いこませている。しかし、おれがここの家にこうしていることを、一体なんといって言い開きしたらいいか！　そうだ！　こりゃ逃げるより道はない！

エルヴァンは夢中で窓に駆けよると、手早くガラス戸を押しあけて、たちまち月光の中へ身を躍らした。思ったより二階はたいして高くなく、いいあんばいに藪の中へかれは飛び降りた。あおのけに尻餅をついたが、さいわい怪我もなく、すぐに起き上がると、そのままかれは川をさして一目散に逃げだした。

しばらく行くと、うしろのほうでワイワイ人の声が聞こえた。どうやら跡を追ってくるらしい。エルヴァンは逃げに逃げた。やっとのことで船着場まで逃げおおせると、かれは一策を案じ、河原にころがっている例の大きな浮標の疣《いぼ》に手をかけて、満身の力をこめて浮標をズルズル押しころがし、とうとう水のなかへザブンと突き落とした。突き落とすと、かれはバシャバシャ水の中へはいって、流れに浮いた浮標に登りつき、蓋のとれているてっぺんの口から、浮標のなかへスポリと飛びこんだ。そしてまっ暗な浮標の底に、小さくなってすくなんでいた。

まもなく、追っ手の連中は息せき切って、船着場へ駆けつけてきた。

「しまった！ ひと足遅かったな。野郎、川へ飛びこみやがった。さっきザブンという音が聞こえたろうが？ 畜生、残念したな！ 野郎、どうせ今ごろは河童に齧《かじ》られていらあ！ ざまア見ろ！」

だれも浮標のなかを見ることを考えた者はなかった。一同は、しばらくまっ暗な河原に立って、口々にワイワイ罵っていたが、やがて諦めて、ゾロゾロ引き揚げて行った。大きな話し声がだんだん小さくなり、とうとう聞こえなくなった。

そのあいだ、エルヴァンはまっ暗な浮標の底に、小さくなったまま、興奮のあまりブルブル身を震わしていたが、追っ手の人達が立ち去ったけはいが分ると、はじめてホッとして立ち上がった。浮標の高さは九フィートほどあるから、かれが中に立っても、まだ頭の上にはかなりの空間が残っていた。見上げると、天窓のような円い口から、しずかな夜空に一片の月がこうこうと無心に輝いているのが見える。ところが弱ったことができた。狭い天窓のような口から斜めにさしこむ月あかりで、浮標の中側を手さぐりに探ってみると、手がかり足がかりになるものが一つもない。エルヴァンはなんどか口もとに登りつこうとして、懸命に跳躍してみたが、どうして手がとどかばこそ。おまけに飛び跳ねるたびに、水に浮いている浮標は、前後左右に烈しく揺れるから、足場が定まらず、中心を失ってはだらしなく転《こ》けるばかりであった。

　こりゃ弱ったな。まるでこれじゃ鼠捕りにかかった鼠みたいだぞ。――かれはそう思いながら、しまいには絶望の果、浮標の底にどっかり坐りこんだまま、どうにでもなれと捨鉢な声でも上げたいような気分になった。万感は織るごとく胸に去来するが、どうにもならない。そのうちに疲れ果ていつのまにか寝こんだものと見える。

　どのくらい寝たものか分らないが、いきなり耳もとで、耳が聾になるようなガンガンいう音がしたのに、エルヴァンはびっくりして目がさめた。目がさめてみると、あたりはまっ暗だった。月はいつのまに沈んだのだろう。天窓からは空も見えない。ただガンガンやけに槌でひっぱたくような音が、体にひびいてくるばかりである。エルヴァンはしばらく寝ぼけ頭に、なにごとがおっぱじまったのだろうと考えているうちに、ははあと様子が分った。職工がきて、浮標の頭に蓋をとりつけているのだ。それで、ああやってガンガンと……

　いや待てよ。だとすると、こりゃえらいことになったぞ！　こりゃ、この中に自分のいることを知らせなければ、おれはこの鉄の箱のなかに生埋めになってしまうぞ。生埋めにされれば、そのはては窒息、餓死だ。おれはなにも、そんな目にあうような悪いことはしてやしない。そのくらいなら、ギロチンで死ぬほうがまだましだ！――おーい！――助けてくれ！――おーい！

　どなり立てようとしたが、声が出ない。中から叩こうとしたが、手がいうことをきかない。

蹴ろうとしたが、足の自由がきかない。その間も、ガンガンいうハンマーの音は、のべつ幕なしにしている。浮標の蓋は、そのひびきのたびごとに、一ミリ、二ミリと深く嵌っていくらしい。エルヴァンはもはや狂乱したようになって、泣きながら、あせり狂うばかりだったが、いかんせん、手も足も出なかった。

しばらくすると、ハンマーの音が止んだ。止んだと思うと、こんどはなにか鉄の灼《や》けるような匂いと、ペンキのくさいにおいがしてきた。ああ、いよいよハンダづけにされて、封印されてしまうのか！　エルヴァンの苦悶は今や極点に達した。すると、どういうひょうしか、浮標がとつぜん宙に浮き上がっていくような感じがしだしてきた。なにか大きなクレインみたいなもので、空へ吊り上げられているのだろうか。と、こんどはそれがグーッと下へ降りてくるけはいである。下へ下へと――エルヴァンはそれといっしょに、自分も深い奈落の底へ落ちこんでいくように、それなり気が遠くなってしまった。……

「旦那！　旦那！」と呼ぶ声に、ハッと我に返って、あたりを見まわすと、エルヴァンはどこか知らないが白日の下にあおのけになって寝かされていた。

「旦那！　目がさめましたかい！　よく寝なすったの。もう八時ですぜ」

エルヴァンはムックリ起き上がると、あたりを見まわした。見ると、自分は船着場に坐っていて、自分のすぐそばには、例の赤錆びた大きな鉄の浮標がころがっている。紺のナッパ服を着た職工が五、六人で浮標を解体している。

目に入るものが、まだなんだか夢の続きみたいな心持で、エルヴァンはしばらく茫然としていたが、そのうちにだんだんいろいろのことが意識の上に戻ってきた。ルグランといっしょに歩いていたこと。かれと別れて、この船着場へやってきたこと。浮標の中でへんな音がしたこと。浮標によじ登ったら、あおのけに落っこちて、それからへんな呻り声が聞こえたこと。あの白壁の家での怪事。あれは夢だったのかしら、それとも現実だったのかしら。かれにはそれがどちらともまだはっきり分りかねた。

「おーい、大変だよ! 骸骨だ! 浮標の中に骸骨があるぞ!」とその時職工の一人がどなりだした。「こりゃよっぽど年数のたった骨だぜ。ジャック、おめえはここの主みてえなもんだから、知ってるだろう。この浮標をここへ浮かしてから、何年になるね?」

エルヴァンと話していたジャックという爺さんが答えた。

「そうよ、きょうでちょうど二十年になるのう。おれはその日をはっきり憶えているがな。ちょうどこの浮標をここへ浮けた日の朝、あすこの白壁の家に人殺しがあってよ、科人《とがびと》を追っかける声が聞こえた。殺した奴は、この船着場まで逃げて、どこへ行ったか姿が見えなくなったもんで、おおかた川ン中へ飛びこんだんだろうと、みんなそん時はそう思っていた。だがよ、この骸骨がもしそいつの骨だとしたら、因縁てものは不思議なもんよなあ……」

「まったく、因縁てものは不思議なものだねえ」エルヴァンはしみじみそういって、気の毒な兄のために心のうちで合掌した。

Ⅲ

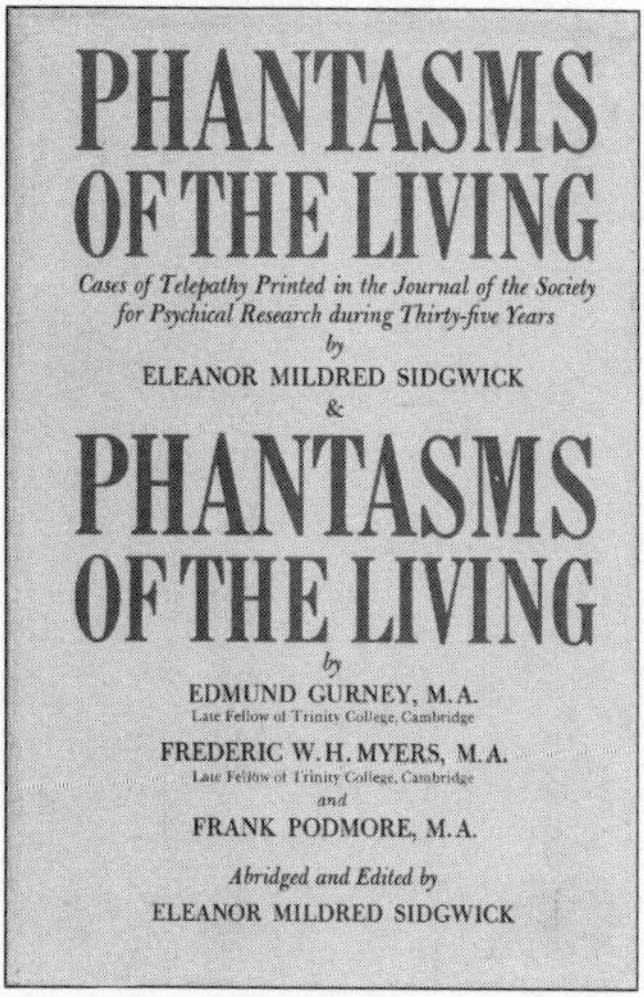

PHANTASMS
OF THE LIVING

Cases of Telepathy Printed in the Journal of the Society for Psychical Research during Thirty-five Years
by
ELEANOR MILDRED SIDGWICK
&

PHANTASMS
OF THE LIVING

by
EDMUND GURNEY, M.A.
Late Fellow of Trinity College, Cambridge
FREDERIC W.H. MYERS, M.A.
Late Fellow of Trinity College, Cambridge
and
FRANK PODMORE, M.A.

Abridged and Edited by
ELEANOR MILDRED SIDGWICK

マイヤーズ、ポドモアほか編『生者の幻影』（平井の蔵書印あり）

ベル・ウィッチ事件

この事件は、十七世紀末葉にマサチュセット州で起った有名な「サレムの魔女」事件以来、アメリカ合衆国における最も不可解な心霊的な怪事件として、世人を震駭《しんがい》させた大きな事件で、それに関する文献も数多く出版されている。いわゆるポルターガイストのほとんどあらゆる諸条件を具備している点が、この事件の最も大きな特徴で、近年では心霊学者、心理学者、精神分析学者の多くがこの事件をとりあげて、それぞれの分野からさまざまな解釈を下している。ここに掲げるのもそのなかの一つで、英国心霊研究会のフォーダー博士の講演を要約したものである。

一九四八年の夏、アメリカ合衆国ニューヨーク州のロチェスター市で、全米交霊教会連盟主催のもとに、近代交霊術の生誕百年を記念する世界大会が開催されました。この大会にロチェスター市が選定されましたのは、そこに近いハイズヴィルという町で、ちょうどその時から百年前の一八四八年三月に、ジョン・D・フォックス、その妻、および三人の娘が住んでいた小さな木造家屋で、世にも不思議な怪事件が起って、それがそもそも近代交霊術の濫觴《らんしょう》となったという、奇しき因縁があるためでありました。

回顧してみますに、およそ何によらず、一つの信仰が世に生れるということは、これは心理学の上から申しても、倫理学の上から申しても、またひろく人文科学の上から申しても、一つの重要な出来事と認めなければなりません。交霊術のばあいもやはりそうでありまして、このジョン・D・フォックス一家に起った怪事件は、百年前に起ったものではありますが、それと同様の不思議な事件がこんにちなお跡を絶たず、依然として、相次いで起っていることを考えますと、この事件の記録は、こんにちでも学問上、ひじょうに重要な意味をもっているのでありまず。その後百年のあいだに、わたくしどもは心理学の立場から、こうした謎の事件への理解に大いに近よったわけでありますが、この点じつは、物理学者、生理学者、生物学者の諸賢は、今もってわれわれに満足なかたちで協力もしてくれなければ、そうかといって抗議もなしえないという現状にあるのであります。

近代交霊術の精神分析的評価、これは申すまでもなく、容易ならざる仕事であります。これから、わたくしが試みようとする研究も、多少ともそれを目ざそうとした試論の一つでありまして、こんにちの心霊術に先立つこと約三十年前の、アメリカ最大の怪談「ベル・ウィッチ」事件を、ただいま申すような学問的見地から、以下再調査してみようと思うのであります。

ドイツ語の「ポルターガイスト」ということばは、これは、一八一七年から二一年にかけて、テネシー州ロバートソン郡のジョン・ベルの農場で怪異が起ったころには、まだ世の中には知られておりませんでした。憑《の》りうつったものを「魔女《ウイッチ》」と名づけましたのは、べつの理由があって名づけた言葉なのであります。いったい、近代の「ポルターガイスト」というやつは、いかほど烈しいいたずらをしようが、あるいは物を破壊したりしましても、人間を殺すということはいたしません。ところが、「ベル・ウィッチ」はそうではない。家長のジョン・ベルを、言語に絶した兇暴な暴れ方でさんざん悩まし苦しめたあげくに、ついに毒死までさせて、それでようやく怪異をやめたという、まことに残忍な、性の悪い悪霊なのであります。ここがいわゆるポルターガイストとは少々違っている点でありまして、「魔女《ウイッチ》」と名づけたわけも、このへんにあるかと思われるのであります。

いろいろの例から見ましても、だいたいにおいて、その家に怪異がおこって、妖怪の力が一家の父親を害することに集中されるような家族は、精神分析の立場から申しますと、かならずそういう家には、おびただしい研究資材を埋蔵しているのが多いのであります。その点、この「ベル・ウィッチ事件」は、とくにユニークな事件だけに、今申しましたようなポルターガイスト問題に対して、精神分析的解釈を一歩でも前進させるという意味において、この事件は、じつに研究に欠くべからざる必須な資料をふんだんに具えているわけであります。

ところで、ここで一応考えておきたいのは、「ベル・ウィッチ事件」の記録者は、これはじつは異例な立場にいたということであります。いわゆる呪術とか妖術の時代はとうに過ぎ去って、冥界から来る使者なんてものを、もはや誰も信じている者はない。そうかといって、生者と死者の間の交流を教える交霊術なんてものも、まだその頃は生れていない。テネシー州の開拓者たちは、当時はみなまだ清教徒でありまして、聖書の教えをひたすら金科玉条として固く守っていた連中でありました。さようなわけでありますから、ジョン・ベル家に憑《の》りうつった悪霊も、その解釈がまことに妙なことになっております。名前は「魔女《ウイッチ》」でありますが、この心霊は、死後再生した人間の霊とか、あるいは死者と交流する心霊とか、そういう仲間の分霊をぜんぜん知っておりません。そのくせ、こんにちの交霊術者が強く主張する現世と来世との交流現象は、りっぱに現わしているのであります。この点だけから見ましても、この事件は大きな価値があるのでありまして、すこし学のある方ならば、この事件が、生者の考えを形づくるのは死者の霊にあらずして、じつは生者の考えが、すべて「超自然的」あらわれの観念内容を形づくるのだということを、端的に語っていることにお気づきになるはずであります。

一　記　録

最初に書かれた「ベル・ウィッチ」の記録は、一八四六年に書かれたものであります。この記録は、悪霊に殺されたジョン・ベルの九人の子供の一人、リチャード・ウィリアム・ベルが書いたものであります。リチャードは三十六歳の時に、遅れ走せながらあとからこの日記を書いたのでありまして、「わが家の災厄」という題をつけております。この手記は刊行を目的に書かれたものではありません。のちにこれはM・V・イングラムの手で挿画入りの小さな本になって、一八九四年に出版されました（原註・M・V・イングラム編著「十九世紀の驚異、ベル・ウィッチ事件の真相」。この文章の引用文は、すべてこの本から採った）。怪異の起ったのがリチャードの六歳の時で、怪異のやんだのが十歳の時。さらに十八歳の時、一八二八年に、「魔女《ウイッチ》」はふたたびまた現われております。

子供の時に受けた印象はさぞかし鮮明だったに違いないとしましても、なにぶんにも二度目の怪異が十八歳の時で、最初の怪異から申せば二十六年も年月がたってから書いたものでありますから、この記録にはいろいろの点でズレがありまして、完全に厳正な記録とは申しがたい上に、どうもイングラムが煽情好きな読者をねらって、いらざる傍題をいろいろとつけているのは、どうかと思われる節々が多いのでありますが、ともあれ、イングラムは一時は地方新聞の編集長もやった人でありますし、幼少の頃からこの事件は熟知していたことですし、ジョン・ベル家の生き残っている人達とも面識があり、証拠集めには労をいとわず東奔西走して、べつに世の批判を仰ぐつもりはなかったにしても、材料の整理には渾身の努力を払っております。一八六七年頃に、早くもかれはリチャードの日記を印刷に付する許可を申し出たところが、これは拒否されて、その後二十数年たった一八九一年に、リチャードの子のアレン・ベルが許可してくれたので、ようやく日の目を見るはこびになったらしいのであります。アレンはその序文の中で、父の素志を次のように述べております。

「父としては、この怪奇事件について、あまりに情ない見当ちがいなかずかずの誤伝が伝えられているので、いずれ年がたてば真相は分るにしても、一家の不幸についての誤解が、このままいつまでも長く言い伝えられるばかりか、さらにあることないこと尾鰭をつけて後の世にまで持ち越されてはやりきれないので、それで書いたものを残しておこうという気になったのでした」

このリチャードの日記は、事件の中心人物であるベッツィー・ベルに向けられた、世人の非難に対する一つの証明書なのであります。同家の評判を疑う者や批難する者が、事件当時はもちろんのこと、「ベル・ウィッチ」が怪異を止めたのちも、そうとう多くあったということは紛れもない事実でありまして、これが著者の積極的な証明をむしろ強めた点もあったかと思われます。もっとも、暴露的な記事は、一八九四年にサタデー・イーヴニング・ポスト紙上に出るまで、どこにも現われておりません。「魔女」が君臨していたあいだに、幽霊退治にのりだした面々は、みなひどい目にあって敗北したということであります。

その次にあらわれた記録は、これは公認記録でありまして、筆者はドクター・チャールズ・ベイリー・ベルで、一九三四年に刊行されました（原註・チャールズ・ベイリー・ベル著「ベル・ウィッチ――謎の心霊」一九三四年刊）。同書のフロント・ページに書いてある肩書によりますと、著者はナッシュヴィル大学医科の脳神経科の専任講師で、ナッシュヴィル市立病院の委託医員をも兼任している人でありまして、序文に、自分の父ドクター・ジョエル・タマス・ベル（一八三一―一八九〇）は、リチャードは事件の当初にはまだ幼少で、心霊の何たるかも解しえず、また心霊が兄のジョンに語った不思議なことどもも理解ができなかったにしても、かれの書いた手記は真実だといって保証していたと書いております。

魔女がリチャードの兄に語った「不思議なことども」と申すのは、宇宙論やいろいろの予言でありまして、この予言のなかには、南北戦争のことや、黒人解放のこと、世界の主導者としての合衆国の勃興、二つの世界の戦争のことから、究極には世界文明がことごとく壊滅することまで含まれております。この最後の世界文明の壊滅というのは、こんにちになって考えますと、原子力の使用によって急速に地球の熱度が高まり、その結果大爆発が起るということを暗示したのかもしれません。

さいわい、それがいつ起るという確実なデータは言ってありませんが、第二次世界大戦についての予言は、四年以内に修正されるということだったのが、そのとおりになりました。はじめ魔女が現われた時、著者チャールズの祖父にあたるジョン・ベルは、二十四歳の年だったのでありますから、この祖父が自分で直接見た証拠をのこしておいてくれたなら、それはもうこの上もない証言になったのでありますが、あいにく著者は、この祖父が息子のジョエル——つまり著者の父親に、これはわが家のだいじな秘史であるぞといって、ひそかに語った話を、ただ受売りしているにすぎません。ところが、事件の主役をつとめているベッツィー・ベルはたいへん長生きをして、著者は十九歳の時に、当時八十三歳の高齢だったベッツィーから「魔女」の活動に関するじかの話を聞いているのであります。

しかしながら、その時すぐに書き留めておいたとしても、なにぶんにもそんな高齢になってからの話でありますから、このベッツィーの話は大して価値はなく、著者の伯父のドクター・ジョンも実正なることを証明しておりません。なるほど、ベッツィーの話は、ベル家のほかの人達や、奉公人や友人の語った話と、本筋においては一致しておりますけれども、これはしかし長年一つ話をなんべんも繰り返して話しているうちに、ほかの人の話と比べたり、話を整理したりして、いわば協力してこしらえ上げた話になっているせいかと思われます。しかしまた一方から申すと、この協力も、証人が生きている間にしたことならば怪しいものに見舞われた事実の最もよい論証であるわけで、ジョン・ベル殺害という最高潮の恐怖を除けば、家族各員の思い出話はそれぞれ、こんにち多く見られるポルターガイスト騒ぎの記述にまったく一致しているのであります。この点だけから見ますと、「魔女」が実在したという点については、この記録は正確なものと思われるのであります。前に申したリチャード・ウィリアム・ベルは、一八四六年に手記を書いているのでありますから、これは交霊的現象を見たはずはありません。呪術が行なわれたという記録は知っていたでしょうが、おそらくこの人は、こんにち交霊術を行なう時の現象とそっくり同じような、「魔女」の声に自分まで浮かされるような、まさかそんな夢みたいなことをその記録のなかに見いだすような人ではなかったろうと思われます。

二　魔女来る

最初騒ぎは、扉や窓を外からドンドン叩いたり、ガリガリひっかいたりすることから始まっております。ところが、灯火をつけると、その音はやんでしまう。そのうちに、部屋のなかへ音は移ってまいりました。幾週も幾月も、目に見えないネズミがベッドの柱をガリガリ齧《かじ》る。同じく目に見えない犬が床を爪でひっかく。天井へなにかバタバタぶつかる。やがてのことに、いきなりベッドを乱暴に引きずり離しでもするような音が聞こえる。そうかと思うと、鎖につないだ犬が二匹で喧嘩しあうような音がする。そのうちに、だんだん音が烈しくなってきて、部屋から部屋へと移動をはじめてまいりました。だれか起きて、音の原因を捜しに出ていくと、物音はパタリと止んでしまうのであります。そんなことが始まって一年ばかりたちますと、音はますます大きくなって、まるで家鳴り震動するようなすごい音になってまいりました。そうこうするうちに、寝る時上にかけている掛布団をひっぱって、ベッドからずり落とされることが始まってきた。唇をチューチュー鳴らす音がしたり、うがいをするような声が聞こえたり、咽喉《のど》がつまって咳払いをするような音がしたりする。時には、重い石がどこからか降って落ちてくるような、えらい音がしたり、椅子を投げつける音、あるいは重い鎖をつけて家具をゴロゴロひっぱるような音、そんなものが聞こえるようになってまいりました。とにかく毎晩新手を加えて、そういうことが起る。そのなかで「誰よりもいちばんそれに悩まされたのが、エリザベス（ベッツィー）でした」（イングラム著、一〇七ページ）

ジョン・ベルと細君は二階でやすみます。ベッツィーは三階に部屋があって、同じ三階にはジョンとドリューリが一つベッドに、ジョエルとリチャードがこれもやはり一つベッドに、それぞれ別の部屋にやすみます。ある晩のこと、リチャードが何者かに髪の毛をひっぱられて、目がさめました。それも、髪の毛をつかんで吊し上げるようにグイとひっぱられたから、脳天の皮が破れたかと思ったほど、痛かったのであります。「つづいて、ジョエルがびっくりして大声を上げたと思うと、エリザベスが自分の部屋でキャッと悲鳴を上げました。エリザベスは床にはいるとまもなく、続けざまに何者かに髪の毛をひっぱられたのです」（一〇七ページ）

事ここに至ったので、家じゅうの者がこれはこのまま内証にしてはおけないということになって、ふだんから親しくしている、すぐ隣りのジェイムズ・ジョンソンさんの手をかりて、怪しいものの正体を見とどけようというので、ジョンソンさんに家へ来てもらいました。怪しい仕打をかげで操っているものが、なかなか物分りの奴だということを発見したのは、このジョンソンさんでありました。ジョンソンさんはいろんな物音を仔細に聞き、ことにだれか前歯の間から息をスースー吸うような音を聞いたので、神のみ名を出して、いいかげんにそんな真似はよせといって、叱りつけたのです。この叱責によって、しばらくの間、物音が止んだと思うと、こんどはさらにまた新しい力を盛り返して始まりだしたから、「エリザベスは、これはますますえらいことになってきたと、気が気でなくなってきました。ときどき彼女は、平手で強くはたかれた跡みたいな赤い跡が頰にあらわれ、あいかわらず悲鳴をあげるほど髪の毛を強くひっぱられることは、毎度のことでした」（一〇九ページ）

目に見えない怪しいものは、こちらからなにか言葉をかけると、その時は止んでしまうので、ジョンソンさんは、こりゃ相手は人語を解する奴だと考えて、ジョン・ベルにすすめて、ほかの友達も何人か呼び、みんなで協力して捜査をしようということになりました。リチャードが書いているところによりますと、この捜査団の主なる仕事というのは、家族の一人々々を厳重に監視することだったようであります。「しかし、こうしてみんなして智恵をしぼったけれども、怪しいことはいよいよ募るばかりで、ことに姉がいちばんひどい目にあうので、父と母は彼女をひとりでおくのは危険と見て、毎夜近所の娘に来てもらっては、彼女といっしょにいてもらいました」(一〇九ページ)。いっそのこと隣りの家へでも預けたら、悩まされずにすむかと思って、エリザベスを隣家へ預けてみましたが、これもなんの験《げん》もなく、怪しいものはお隣りの家までついて行って、家にいる時と同じように苦しめるので、安心にもなんにもなりませんでした」(一一〇ページ)

もうその時分には、うわさは四方にひろまって、ベル家には毎晩、「魔女」になにか物を言わせてみようという弥次馬連中が、大ぜいやってくるようになりました。そういう連中が「壁を叩いたり、鼠鳴きをしたりして呼ぶものですから、そのために怪しいことはますます烈しくなって行きました」(一一一ページ)。そうこうするうちに、こんどは庭先や畑のあたりで、「蠟燭の灯かランプの灯みたいな灯火が、チラチラ見えることが毎度のことのようになり、また、父や男の子たちや手伝いの人達が野良仕事から遅く帰ってくると、誰か人が投げでもするように、木のきれや石ころがどこからか降ってくることが、ちょいちょいあるようになりました。どこから降ってくるのか、方角はぜんぜん分らないのです」(一一一ページ)

もっとも、この「ぜんぜん」というのはじつは嘘で、リチャードの書いたものによりますと、これにはウィリアム・ポーターという人の証言があります。このウィリアム・ポーターという人は、部落のなかの有力者で、もの固い律義な点から見ても、なかなか誠実な紳士であります。この人が毎朝ジョエル・ベルといっしょに学校へまいります。夕方帰ってくる時に、生徒たちは道ばたの茨《いばら》やハシバミの藪を抜けて帰ってまいります。その時、ウィリアム・ポーターがこういうことを申します。

「おい君たち、ここのところでよく木のきれや石をぶつけられるが、ありゃ大して力がはいっていないから、べつにここを通っても怪我する心配はないよ。ときどき棒に印のきずをつけて、石の飛んできたあたりへ投げ返してやると、その棒がまたこっちへ返げ返されてくることがあるぞ」

そこで腕白小僧たちがおもしろがって、さかんに棒に印のきずをつけては投げつけたものですから、とうとうその仕返しを食いました。「夜になると、魔女が、昼間そこの道で起ったことを、洗いざらいお浚いして喋るのです。そこで、ちょいと躓《つまず》いて転んでも、そら、魔女のせいだということになって、ある場所では、魔女が兎の形などになって現われたなどともいわれたりしました」

こういう子供達の魔女に関する言い分は、あとでまた考えてみることにして、ここではまず、声が出てきたということに注目してみたいと思います。つまり、肉体的な表示力がだんだん増強されてきたのであります。たとえば、ベッドの掛布団を「魔女」にひっぱられるような時に、それをひっぱられないように押さえたりしますと、いきなり顔をぴしゃりとはたかれるか、殴られるかいたします。「この殴られる音ははっきり聞こえました。分厚な開いた手でピシャリと打つような音で、その痛さはヒリヒリするくらいでした」（一一二ページ）。恐いもの見たさに家へやってくる連中は、「魔女」になにか言わせてみようといって聞きません。

「そのうちに怪しいものは、なにか物をいう時には、口笛を吹くようになりました。低い、とぎれとぎれな口笛で、どうやらその口笛の音で物を言おうとでもするようなようすでしたが、これがだんだん嵩《こう》じて、しまいにはその口笛の音がしだいに低い囁き声に変り、なにかわけの分らない言葉を言うようになってきました。その声もだんだんじょうずに力のある声になってきて、とうとう低い声ながらはっきりした言葉になり、ほかの物音が聞こえない時には、その意味がちゃんと分るようになってきました」（一一二ページ）

これはじつに驚くべき進歩であります。声はちゃんと声になったのでありますから、もう闇だけに限られなくなりました。「声は灯火のついている部屋でも、暗闇と同じように聞こえ、しまいには昼間でも聞こえるようになりました」（一一三ページ）。ある人達は、ベッツィーが腹話術をやっているのだといって非難いたしました。そこでジョンが医者のきたときに、それを一つテストしてもらいたいと頼みますと、「医者は声の聞こえた時に、ベッツィーの口に手をあてがってみて、この人は怪しい声とは全然関係がないと断言してくれました」なぜベッツィーに対して、こういう非難が持ちだされたのか。このわけは非常におもしろいものなので、以下引用してみましょう。

三　ベッツィーの発作

「姉はこのごろ、しじゅう気絶の発作におそわれるようになりました。そのあとは、きまって息づかいがきれぎれになり、ほとんど窒息するかと思われるような苦しそうな状態がつづいて、ぐったりとなってしまいます。苦しそうにハッ、ハッと喘ぐ、その間に一分ぐらい呼吸が止ったようになり、しばらく意識がなくなったようになって、グッタリと疲れ果て、まるで生きたけしきがなくなってしまうのです。三十分から四十分ぐらい、この発作はつづきますが、そのうちにきゅうにそれがバッタリ止んだと思うと、しばらくしてケロケロ治って、疲労もすっかり消えてしまいます。べつに、『魔女』の手によってこういう発作が起るという確証はありませんが、しかし事実を総合してみるに、ほかにこれという原因はないのです。姉は体軀の堂々とした娘で、この一点（発作）を除けば、まことに頑丈な、健康そのもののような女で、ふだんからヒステリーとかそういったものに罹ったことのない人です。だいいち不思議なのは、この発作は、日が暮れてから『魔女』がいつも現われる時間にきまって起ることで、発作が通りすぎると、そのあとはきまって怪しい声がなにか言いだすのです。グッタリとなっている間は、ひとことも物を言いません。

そのうちに、父がへんな病気にかかりだしてきたのです。これはもっと最初のうちに申しておいたほうがよかったかと思いますが、姉が今いうような発作に襲われるまでは、父はかくべつそのことを苦にもしていなかったのです。病気は『魔女』が現われだした頃から、あるいはそのまえから兆《きざ》していたのですが、とにかく、口のなかがへんな感じがすると言いだしたのです。舌が吊って困る、なんだか上顎と下顎へ棒でもぶっちがえに入れてるようで、ぎごちなくてしようがないというのです。この感じは長いこと続いたわけでもなく、ちょいちょい起るというたちのものでもなく、べつに痛くもなんともないものだから、父もべつに気に止めなかったものと見えます。ところが、怪しいことが度重なるにつれて、病気もだんだん進行してきて、ときどき舌が上顎へ吸いついたようになってしまうので、ひどい時には十時間も十五時間も、父は物をいうことも食べることもできないようになってきました。

そうこうするうちに、『魔女』が父のことをえらく嫌いだしてきました。それはもう、口では言えないような、お話にならない悪口雑言を父に浴びせかけ、『この糞おやじ』などといって、父を苦しめるのです。ところが、このように父の悩みが増してくると、ベッツィーの発作はまもなくケロリと濡れ紙をはがしたように治って、発作の『ほ』の字もいわなくなりました。するとこんどは、父が前よりもいっそう苦しい病気にとりつかれだしたのです。こんどは顔のほうぼうが、やたらむしょうにピリピリ引き吊りだしてきたのです。肉がよじれて踊るように、顔じゅうが引き歪むようで、そのために床に就いたほどでした。この発作はしだいに昂じて、けっきょくこれが父を死に追いやったのでした」（一二八―一三〇ページ）

さて、これからいよいよベル・ウィッチ事件の核心にはいることになります。このベッツィーの気絶に似た発作は、交霊術のほうで霊媒者が自己催眠にかかる、あの始めの状態とぴったり一致しております。彼女はちょうどその時二十歳で、体軀は堂々として、健康そのもののような頑丈な体の持ち主だというのでありますから、明らかにこれは、思春期における自分の性的発情を、あるいはなにかほかのやむにやまれぬ生理的な力を、なんらかの変則な方法で自慰するというタイプの体格であります。そこで直面するのは、次のような問題であります。――

一、ベル・ウィッチ事件は、けっきょく、人をかつぐために連続的にやった、大がかりな嘘話か？

二、この事件における「魔女」とは、ある一つの心霊であるか？　その心霊が自分の要求を言うために、ベッツィーを霊媒に使ったのか？　あるいはまた、ベッツィーの個性から分離したものが、ベッツィーXとして、発作的な狂暴性を発揮したのか？

三、「魔女」あるいはベッツィーXは、なぜジョン・ベルを憎んで殺したのか？　なぜベッツィーに執拗にそれを迫ったのか？

第一問の答は、ややともすると気らくに答えられそうであります。いやしくも、人間が証言しておるのに、嘘話だなんて申すのは、まじめな解釈とは考えられませんが、しかし嘘話にしろ、ベル家とその近隣に、なにか分らないが怪しいものが現われたということは認めなければなりません。では、一体どんなふうにして怪しいことがつくりだされたのか。われわれはこのことを解く義務があります。

どんなふうにしてやったか、それはわたくしにも分りませんが、ただここで言えることは、ベル・ウィッチのつくりだした怪しい現象は、世界中で認められている怪奇現象の順序をちゃんと踏んでいるということであります。そこでわたくしは、そこに含まれている心理学上の問題を考えてみることにいたします。これがいちばんいい解答になるものと考えます。

記録によりますと、ジョン・ベルの病気が、最初に怪しいことが起ったと同時に起っていることが認められます。かれは顔面痙攣にかかったのでありまして、それがだんだんひどくなってヒステリックな発作にまでなってまいりました。この顔面痙攣によって、二つの目的が達せられました。食うことと喋ることがそれによって妨げられたのであります。この喋ることが妨げられたということは、これは重要なことで、食うことは、べつに人に迷惑をかけることはないけれども、喋ることは、これはことに相手の人間になにか疚しいかくしごとがある場合、迷惑をかけることがあります。かくしごとがあって、それをなんとかして暴露《ばれ》ないようにしておくのだったら、顔面痙攣はまさにその要望に答えるものでありましょう。父親の発病がベッツィーの発作と同時に起ったのは、これは果たして偶然の暗合でありましょうか？　わたくしはそう思いません。だいたい、このような事件がそう長い期間にわたって、なんども反復して起っているような時には、当然その両者の間には、なにかしらつながりがあると考えるのが至当でありましょう。かりにもしドクター・チャールズ・ベイリー・ベルが、顔面痙攣の精神的原因に関するフェレンツィの発見を読んでおったならば、おそらくジョン・ベルの病気を、たんに心霊によって起された神経障害だなどとは書かなかったにちがいありません。

ジョン・ベルの発病が「魔女」によるものでなく、わが身でわが身をさいなめている自己攻撃のあらわれだと考えますと、いろいろの人の証言のなかから、あの発病はなにもベルの家だけに限られたことではなかったことが分ってまいります。たとえば、イングラムの引見記のなかに、ミセス・マーサ・ディアドンという、八十五歳になるお婆さんが出てまいりますが、このお婆さんが、ある時、自分の父がジョン・ベルを夕飯によんだら、ジョンが、その時妙なそぶりをしたといって、その時の思い出を語っているところがあります。なんでもジョンはその晩、物もいわずに、しきりと首をふっては、なにか困ったような、いやに気の冴えないようすをしていたと申します。翌日さっそく馬にのって謝りにきていうには、「ゆうべは突然舌がへんなぐあいになって。なんだか口の中へキノコが両側からはえてきて、上顎と下顎を押されるような感じで、口じゅうにそれがひろがって、物も食べられなければ、喋ることもできませんでした」(二五七ページ)

このディアドン家は、ベル家から四、五マイル離れているところに住んでおります。このことがあった時には、まだ「魔女」の話はベル家以外のところにはひろまっていないのでありまして、記録にもありますとおり、「魔女」の怪しい行動は、第一年目には限られた場所だけが悩まされたのであります。

ポルターガイストが最初に現われたときに、ジョン・ベルの無意識のうちに、すでになにものかが蠢動《しゅんどう》していたことが考えられるのであります。この肉体的表示は、エリザベスの思春期に起った生理的変化に密接に関係があるようでありますから、ジョン・ベルの病気は、どうやら自分の娘の無意識から解放されつつあった、心霊の嵐の反響のように見えるのであります。

四　「魔女」の公言

「魔女」が物を言うようになった時から、ジョン・ベルの運命はもうきまったようなものでありました。「私は霊である。私はまえにはしあわせであった。それが紊《みだ》されてから、私は不幸になった」（一一五ページ）。――これが「魔女」がはじめて口をきいた時に言った言葉であります。つづいて魔女は、私がそういう身になったことが今でもジョン・ベルの心を悩ましている、しまいにはそれがかれを殺すことになるだろうと申しております。このことが「魔女」とジョン・ベルの紊れた心と心の間のつながりをなしているわけでありますが、このつながりの特異性については、なんの説明もされておりません。魔女があまりに父親を罵りつづけ、打撃と苛責をもってきびしく責めつづけるので、なんのためにジョン・ベルのことをそうまで憎むのか、魔女自身は知らなかったのだろうとも推測されます。かりに、いうところの魔女が、ベッツィーが父親から受けたショックから生れたものと考えてみますと、ベッツィーの反省が自分の人格如何というところまで行ってなかったとすると、おそらく魔女は、理屈ぬきに、ただむちゃくちゃに父親を憎んだのもむりからぬことであります。ところが、周囲からいろいろのことを言われたものだから、そのために、魔女はちょっと立往生したらしい。それでいろいろうまいことを言ったあげくに、ジョン・ジョンソンという人（この人のことを「魔女」は「おべっか爺」と呼んでおります）に、たいへんな大見得を切っております。「なんじ、よっく聞け。われこそは上天、下天、まった下界の果から果より来れる精霊なるぞ。されば空中にも、家のうちにも、いついかなるところにもおらざる所なく、齢数百万年の劫《こう》を経たるものなり」ざっとこういった調子であります。

こういう自画自讃の大言壮語は、まことに子供っぽいものであります。魔女は最初に、自分はインデアンの霊であると公言しております。そのインデアンの骨がほうぼうへ散らばって、その一つがベル家の抜歯にはいり、これから自分はケイト・バッツ婆さんの魔女になるのだといって、聴衆を震え上がらせたのであります。バッツ婆さんというのは、ちとキ印じみた、一風変った婆さんで、それ以来村の人達から、あれは魔女だといって、だいぶ恐がられました。この嘘で、ベル事件の怪奇味がグッと上がったわけであります。イングラムの書いたものでは、この魔女はケイトと呼ばれておりますが、ドクター・ベルはさすがにこのこじつけには顰蹙《ひんしゅく》して、この記事は自分の著書から略《はぶ》いております。また、「魔女」の経歴に関する、あまり名誉にもならぬ文句も書いておりません。

このことは、いわゆる「魔女一家」――ブラックドッグ、マセマティックス、サイポクリフィ、イェルサレムという、それぞれその名前に応じた四人の魔女に深い関係があるのであります。このかげには、バッツ婆さんが、気脈を通じていた跡が歴然としております。わたくしどもの研究目的のために、とくに注意すべき価値があると思われますことは、ベル一家の人達が、それぞれ特徴のある声で物を言っていたという点であります。たとえばブラックドッグは男性的なきつい声、イェルサレムは少年の声、マセマティックスとサイポクリフィはずっと細い女らしい声、というふうで、みなこれが一様にワイセツな言葉をつかい、ものすごい威嚇を口にして、酒盛りでもするような時には、えらい騒ぎになるのでありました。「ある時なども、この四人はへべれけに酔い、泣き上戸が出る、怒り上戸が出るで、家のなかはウイスキーの匂いでプンプンしていました」(二三四ページ)

これは魔女が自分の堕落を示したものであります。最初は「魔女」もなかなか敬神の念があって、聖書から引いた美しい歌をうたったり、牧師の声をまねて、部落にいる二人の説教家の日曜説教の文句などを聞かしたものでありましたが、だんだんそれが堕落してきたので、みんなに呆れられてしまったのであります。「魔女」は前から独特の能力があったもので、誰の声でも真似ができることと、物事をけっして忘れないことなどは、その能力の一つであります。そういう能力の持ち主でありますから、もし「魔女」が霊媒という考えを身につけておったなら、それこそ大した「心霊の伝達者」になれたにちがいありません。もっとも清教徒の連中には、死者と霊交するなどということは考えられないことでありますから、したがってこの「魔女」には、死者との交霊はないようであります。たとえば、伜《せがれ》のジョンが父親のジョンの死後の消息を知りたいといったら、魔女が言うことに、わしは死んだジョンの声をまねることができるが、死人を欺くことは本意でないから、それはしないと正直に言ったそうであります。そんなことから見ますと、「魔女」は、死者はあとに残された人間には話しかけないと考えていたようであります。

また、こんなこともありました。やはり倅のジョンが、ある時「魔女」から、窓の外に積った雪を見ろといわれたので、見ますと、窓の外の雪が、まるで目に見えない人でも歩いたように踏み散らされているので、これはどうしたのかと尋ねると、「魔女」が、死んだ父親の靴をもってきて、雪の上の足跡にあてて見ろというので、ジョンはそのとおりやって見ますと、まるで合いません。すると「魔女」が、そら見ろ、世間の馬鹿どもたちは、死んだ者は帰ってくると思っているが、そういう馬鹿どもに今のことを見せてやれと、なんども言ったということであります。

このように死者との交渉を強く否定しているところを見ますと、この「魔女」はいったん死んだ者が再生した霊魂ではなくして、どうしても現世に属するものだということが、はっきり分ります。そこで、どうもこれは、生きている人間が、なにか不思議な方法で「魔女」になっているのだと考えざるをえません。しかしながら、「魔女」がだれか生きている人間に依存しているとか、あるいは自分の存在の秘密をうまく匿しおおせているとか、そういうことを自分で意識しているというような表示は、さらにないのであります。同時におもしろいことは、だれも「魔女」が人間の形をしているところを見たものがない。また「魔女」自身、自分の性《セックス》の知識がぜんぜんない。これは注意すべきことであります。それからまた「魔女」は、村の出来事をなんでも知っております。どこに酔っ払いがいたとか、どこの家で子供を鞭で叩いたとか、だれが何を考えているとか、だれそれは前にこうこういうことがあったとか、まるでスパイでもして歩いているように、あらゆることを知っております。ベル・ウィッチに関する二冊の文献書には、こういう実証がじつにたくさん書いてあります。それでみますと、「魔女」は多分に精神感応や透視の能力を持っていることが分るのであります。

五 幻姿現象

あらゆるポルターガイストは、幻姿現象の専門家であります。かれらはなにか怪しい方法で、空中からあっと驚くようなものを現わします。ベル・ウィッチの「魔女」もご他聞に洩れません。母親のベル夫人が自宅で聖書研究会を催すときには、「どこでとれたものか分らないおいしそうな果物が、きっとご馳走に出てきます。しかもそれが、お茶の出る時分になると、テーブルの上だのお客の前掛の中へコロコロ転がって出てくるのです。ベッツィーの誕生日の集りがあった時に、『魔女』が『さあさあ、これからお身たちを驚かして上げるぞよ。見ていてごらん』といったと思ったら、いきなり目の前のテーブルの上に、見えない手によって、オレンジ、バナナ、ブドー、木の実などを盛った、大きな果物籠がひょっこり現われました。『それ、この果物は西インドでなったものだぞよ。わしが自分で行って持ってきたものじゃ』と『魔女』は得意になって言いました」と記録に書いてあります。

また、ベル夫人が病気になった時には、「魔女」はたいそう心配したそうであります。

こんなことを言う声がはっきり聞こえました。――「ルース、気分はどうですか？　さあ両手を出してごらん。わしがいい物を上げますよ」母親が両手を出して手のひらをひろげますと、ひろげた手の上へ、どこからともなくハシバミの実がコロコロ落ちてきました。これは見舞にきた数人の奥さんたちがじっさいに目の前で見たことで、あんまり不思議だったから、どこか天井に穴でもあいているのではないかと思って、みんなして調べてみましたが、天井にはピン一本通る隙間もありませんでした。しばらくすると、また「魔女」が「ルース、なぜハシバミの実を食べないの？」と聞くので、母親が、「食べたいけど、割ることができない」と答えますと、「よしよし、それではわしが割ってあげるよ」と魔女の声が終るか終らないうちに、パリパリと木の実の割れる音がして、中の実が五つ六つ、母親の枕元へコロコロと落ちました。「さあ、お食べ。この木の実は薬になるよ」と「魔女」の声がしきりに勧めました。その次には、ブドーがやはり同じように出てきて、これも薬になるから、早くお食べといって、しきりと勧めるのでした」（一五九ページ）

まだほかにおもしろい幻姿現象があったことを、M・V・イングラムが書いております。それはイングラムがベッツィーのガール・フレンドの一人だった、ルシンダ・E・ロールス夫人に会見した時に夫人から聞いた話で、ある呪医の話であります。その呪医は、ベッツィーになにか怪しげな薬を与えて、これを飲めば、お前の発作はたちどころに治ると言ったのだそうであります。以下がロールス夫人の話であります。――

……お母さんは、ベッツィーが怪しげな薬を飲むことに反対しましたが、ベッツィーは、なにがなんでも飲む、恐ろしい発作をはらうためなら、私は毒でも飲むわといって、とうとうその薬を飲んでしまいました。すると飲んでしばらくたつと、ベッツィーは苦悶しだしました。呪医にいわせると、あの薬をのめばそうなるのだそうでしたが、まもなく胃から大量の吐瀉がありました。吐いた物を見ますと、そのなかにピンと縫針が何本もまじっています。それを見て、魔女のケイト婆さんが、あの呪医は腕のいいやつじゃから、ベッツィーに村中の者が間にあうだけのピンと縫針を吐かしたのじゃよ。もう一服飲ませれば、まだまだ吐くがな、とゲラゲラ笑っていました。呪医は、じっさいにベッツィーの胃の中からピンや縫針が出たものと信じて、自分の施した術のあらたかさに自分で舌を巻いていました。とにかく、嘘もかくしもない、真鍮のピンと縫針だったことは間違いありませんでした。お母さんはそれをひとまとめにして、死ぬまでだいじに取っておいたようでした。私もそのピンと縫針を見ましたが、いくらベッツィーだって、そんなものが胃の中にあったんでは、生きていられる道理がありませんから、おそらくこれは「魔女」が、ベッツィーの吐いた物のなかへ、人に分らないようにピンや縫針を落としたものなのでしょう。それよりほかに考えようがありません。

イングラムの記事のなかに、「ピンは、ときどきみんなの枕のなかや椅子に刺さっていて、頭をつついたり尻をつついたりして、そのつつかれた人には、『魔女』が力を及ぼすと言われていました」（二四八ページ）とあるところを見ますと、よほど「魔女」はピンが好物だったにちがいありません。

六　目には見えないが、五体揃っているか？

「魔女」はいちども生身で現われたことはありません。そのくせ、記録には、目には見えないが、ちゃんと五体揃っていて、触れば手で触れるものだということが、いろいろのばあいに言われております。「魔女」がこの人は大丈夫だと信頼をおいている人達には、ちょうど女の人に平手で撫でられるような、しなやかなすべすべした手が感じられ、「魔女」を怒らした人は、分厚な手でしたたかに殴られるような感触を受けるのであります。

「魔女」の魔力の一つに、ベッツィーの「魔法の橇」という、まるでお伽ばなしみたいな話が残っております。

彼女とほかの娘たちが橇のなかに坐りこむと、「曲り角へ行ったら、しっかり掴まっておれ！」と「魔女」のいう声が聞こえました。やがて橇はひとりでに滑りだして、曲り角へくるとおっぽりだされるくらいのものすごい早さで走って、家のまわりを三度まわって、止まりました。

これはドクター・ベルがベッツィーからじかに聞いた話のなかの一つであります。ふつうの呪術の話にはないような話でありますが、なにしろ七十年も前の出来事を話しているのでありますから、あんまり信用のおける話ではありません。

同じく、「魔女」のしわざだといわれているトリック話の一つに、アンドリュー・ジャクソン将軍の話があります。ジャクソン将軍はベル家を訪問にきたのでありますが、途中で馬がとつぜん立往生をして、馬車が動かなくなってしまいました。坂道でもなんでもない平らな道で、そういうことが起ったのであります。御者は馬を叱ったり、鞭でたたいたりするけれども、馬車はガタリとも動かない。将軍も馬車からおりて、ほうぼう様子を調べてみましたが、なぜ馬がひっぱれないのか、原因がまるで分らない。やがて、将軍は膝をたたいて、「おい、こりゃあてっきり『魔女』のしわざだぞ！」と大きい声でいうと、そばの藪のなかから「よろしい、今馬車を動かしてやるぞ」と「魔女」の声が答えて、まもなく馬車はぶじに走りだしました。

（二三二ページ）

もう一つ、鐘乳洞で名を知られたベル・ウィッチの洞穴というのがあって、ある時男の子たちをつれてベッツィーがこの洞穴へはいったところが、一人の男の子が膝で這いずっているうちに、底なしの穴へズブズブはまってしまいました。もがけばもがくほど、ズブズブ体がめりこむばかりで、持っていた蠟燭は消えてしまうし、だれも助けだしてやることができないで、困っていますと、「いきなりパッと洞穴の中が明るくなって、『よし、今助けだしてやるぞ』という『魔女』の声が聞こえたとたんに、その男の子の両足が、まるで力の強い手で摑まれでもしたように、ズルズルズルと持ち上がって、もうすこしで生埋めになるところを、顔じゅう泥だらけになって助けだされました」

これは、ベッツィーがその場にいたことがはっきり述べられているのでありますから、ジャクソン将軍のばあいよりもましな例でありますが、次のウィリアム・ポーターの話などは、およそ下らん例であります。

いくらしっかり摑まえていても、なんべんも敷布がはずれて、ベッドの裾のほうへまるまってしまうので、よし、こんどきやがったら、ふん捕まえてやろうと思って、いきなりベッドから飛び下りると、「魔女」がまるまった敷布のなかにくるまっているのが見えました。それから私は考えた。「この野郎、とうとう捕まえたぞ。野郎、火のなかへくべてやるから」そう思って、いきなり私は飛びかかって敷布のまるまった奴を「魔女」ぐるみ小脇にかかえ、炉のなかへ投げこもうとしたが、なんだかばかに重くて、へんなにおいがする。部屋の中ほどまでくると、持ちきれないほど重くなってきたから、なんだかおっかなくなって、敷布を床へほうり投げるなり、私は部屋を飛び出しました。そのくさいにおいといったらなかった。敷布のなかからにおうのです。ムカッとして、思わず息がつまりそうになりました。やっと外へ出て、いくらか心持がなおったので、部屋へ戻ってまるまった敷布をふるってみましたが、「魔女」はいつのまにかどこかへ行った後で、敷布は重くもなくなっていたし、へんな臭いもしていませんでした。これが「魔女」を捕えそこなった私の失敗談です。（一四八―一四九ページ）

これで見ますと、怪しい経験のあと、まもなく悪臭はそこになくなっているのでありますから、これはどこまでも主観的なにおいだと考えて差支えないでしょう。重かったという感じも、これも同じく主観的な感じと思われます。抵抗のしかたはごくあたりまえの方法で、べつに形のない怪しい物から受けるようなタイプのものではありません。

七　魔女の恨み

「魔女」がべつに超自然のものではなく、人間並な存在だという見方は、「魔女」がある匂いに対してひじょうに敏感であるということからも、強く裏づけられるのであります。

「魔女」は黒人をひどく嫌って、しばしば、「わしは黒人の匂いが大嫌いだ。あの匂いをかぐと胸が悪くなる」と言っております。「魔女」が鼻を持っていること、あるいは鼻に代るものを持っていることは、ありがたいことに、ベル夫人（ベッツィーの母親）の実験によってはっきり証明されております。

ベル夫人は、アンキーという黒人の奴隷を雇っておりました。アフリカ人の若い女で、肉づきのいい、四肢のよく発達した奴隷でありましたが、体臭がひじょうに強いので、「魔女」の嗅覚にひどく嫌われておりました。そこでベル夫人は、いつもベッドの下へアンキーを寝かし、敷布を床まで垂らして、外からぜんぜん見えないようにしておきましたから、アンキーがそこにいることは、ほかの者はだれも知らなかったのであります。

「そのうちに、みんなで話していると、『魔女』の声が怒ったようにどなりだしました。『ここの家には黒んぼがいるぞ。アンキーのやつだ。ベッドの下で臭いがするぞ。あんなもの、さっさと追いだしてしまえ!』とたんに、ベッドの下で、だれかカッと痰を吐いて、唾《つば》をひっかけるようなけはいがしたと思ったら、アンキーが丸太ン棒でもころがすように、ベッドの下からゴロゴロ転がりでてきました。見ると、顔と頭が白い唾だらけになっています。アンキーはピョンピョンそこらを飛びまわりながら、気ちがいみたいになって叫びました。『お嬢さま、お嬢さま、そんなに唾をおかけになっては、死んでしまいます。ここを出して下さいまし。出して下さいまし』と夢中でどなりながら、奴隷小屋へほうほうの体《てい》で逃げだして行きました」(二四〇ページ)

ベッツィーが自分の家にいる黒人の体臭を嫌っているその反応ぶりを見ますと、どうもベッツィーが好いたり嫌ったりする相手は、「魔女」のそれに一致しているように見えます。これはおもしろいことであります。たとえば、兄弟のなかで、ベッツィーは弟のジョンがいちばんお気に入りであります。そして「魔女」も、ジョンになにかひどいことを言われても、黙ってひっこんでいるのであります。ところが、ほかの兄弟に対してはいつもプリプリして、暇さえあれば強面《こわもて》に出ようとしているのであります。また、エリザベスの母親に対しては、「魔女」はいつもやさしい心配りをしております。母親が一点の非の打ちどころもない女だという考えは、これはベッツィー自身がいだいている考えでありまして、おそらくこの考えは、父親に対する彼女の感情の慰藉になっていたものと思われます。兄弟のうちでジョエルとリチャードはよく打たれておりますし、ドリューリなどは、怪異の存在を恐れるあまり、「魔女」が将来また現われることを心配して、自分はぜったいに結婚をしないと考えたくらいであります。なんといっても「魔女」にいちばん苦しめられたのは、エリザベスと父親でありました。ベッツィーのいちばん困ったことは、ジョシュア・ガードナーという男との婚約が破れたことであります。この二人は、いろいろの点から見て、理想的な似合いの縁組だったのでありますが、「魔女」が口をきくようになった時から、相手の男に強く反対しだしたのであります。イングラムはこう書いております。「はじめ遠くのほうで、やるせないような溜息の声がすると、だんだんそれが近くなってきて、せがむような囁き声が聞こえてきます。『ベッツィー・ベルや、後生だから、ジョシュア・ガードナーはよしておくれ。あの人と結婚してはいけないよ』と、その調子がいかにもなんどりとやさしい声で、どうでも承知をさせねばおかぬという、なにか神がかりみたいな言いかたなので、好き合った当人同志が迷わされたばかりでなく、ひいては村の連中にまで迷惑と騒ぎを及ぼしました」(四九ページ)

そのうちに、「魔女」の言い分がだんだんきびしくなってきました。「その時分にはベッツィーはもうだいぶヒステリックになって、絶望に疲れはてていたので、まわりの友達はみんな困っていました。そういう人達のいるなかで、『魔女』はベッツィーとジョシュアにさまざまなことを言うのでした」「魔女」が弟のジョンだけに言って聞かせた結婚反対の理由によりますと、もしベッツィーがジョシュアと結婚すれば、一日として幸福な安穏な日はないというのであります。それでベッツィーが弟のジョンを偶像視して、ジョンの言うことならなんでも聞くところから、この結婚はぜひ破談にしろということをベッツィーに言え言えといって、「魔女」はしきりとジョンをせっついたのであります。

ベッツィーも弟のジョンのことを偶像視していたとしますと、「魔女」が同じようにジョンのことを偶像視していたわけが、二重にここではっきり分るのであります。また、父親のジョン・ベルが死んだら、「魔女」がベッツィーをいじめることを止めて、むしろ彼女にやさしくなったというのも、これもまたおかしなことであります。もっとも、やさしくなったとはいうものの、こと結婚問題に関しては、依然として「魔女」はいい顔を見せませんでしたから、ベッツィーもあとの祟《たた》りを恐れて、とうとう婚約の指環をジョシュアに返してしまいました。ところがジョシュアはこの時、いやに芝居がかった、しゃらくさいことを言ったというので、だいぶ評判を落としました。「愛するベッツィーよ、わがあこがれの君よ、終生の希望の君よ。こんな離縁話は、自分にとってはこの上もない苦杯だが、ぼくは君のために、まごころかけた二人の約束から君を自由にしてやるために、この盃を一滴もあまさず飲むよ」（二一三ページ）。こういったというのであります。

弟のリチャードも同じような大げさな調子でこの破談を惜しんでおります。

「この極悪非道な、正体の分らない悪魔、人間の肉体を苦しめて、禿鷹みたいに人間の恐怖を餌食にして生きている悪魔は、おのれの非道な術策と残忍な苦しめ方を世間の人たちに見せる、その見本として姉を選んだわけです。ですから、姉の恐がることを絶えずしかけては、おとなしい姉を傷つけたり、ピンを体につき刺したり、体じゅうを殴って痣《あざ》をこしらえさしたり、顔をひっぱたいたり、髪の毛をめちゃくちゃにこんがらかせたり、ありとあらゆる雑多なことをして姉を苦しめさいなんだあげくに、とうとう、若い娘のせっかくのうれしい希望まで水の泡にしてしまったのです」（一七四ページ）

弟の身としてのこうした憤りに、あるいは同情する方もあるかもしれませんが、しかし、一方また、ベッツィーがこの怪奇劇のなかで、自分にふられた役に満足を感じていたことも、争われないのであります。ベル家の知人で、フランク・マイルズという人が、ベッツィーのために「魔女」に食ってかかったという話が、ドクター・ベルに話したベッツィーの話のなかに出てまいります。

「フランクは家を揺るほど、ドシンドシン床を踏み歩いて、なにか出てきたら捕まえてやろうという意気込みでした。たいへんな剣幕で、さあ出て来い、出て来たら只じゃおかねえぞと、それこそ悪口雑言の言いほうだいなので、『魔女』もそれに答えて、金切声をあげ、目に物見せてくれようというので、隙があったら、相手を殴り倒そうとする。いやもう、ものすごい騒ぎになりました。そのうちにフランクは、とてもこの喧嘩で私（ベッツィー）に加勢をしたって駄目だ、そんなことをしたら、ますます事態を悪くするばかりだということに気づいたものですから、それっきり喧嘩から手をひいて、つくづく同情にたえないという顔つきで私のことを見ながら、これだけのことにあなたが耐えているその勇気というものは、こりゃ大へんなものだといって、口をきわめて褒めてくれました」（ベル著、七七ページ）

悪魔に食ってかかった青年から褒められたこの勇気と誇り、これを考えますと、どうもベッツィーは、自分がそういう苦しみを受けなければならないことを、薄々知っていたのではないか。彼女の父親がおとなしく言いなりになっていたように、彼女も自分は苦しみさいなまれるものと、自分で知って諦めていたのではないか。どうもそういう疑念が頭をもたげてきてならないのであります。

八　ジョン・ベルの殺害

ところで、父親のジョン・ベルの発作は、いっこうに治りません。あいかわらず、顔は歪みよじれる、舌はつるで、まるで相好が変ったようになってしまいました。発作は一日から二日続きます。ちかごろでは、「魔女」はだんだん気が荒くなってきて、ずいぶん荒っぽい仕打をするようになってきました。おやじに言うひとことひとことが、まるでひどい呪いと威かしの言葉で、そのくせおふくろに言う言葉は、あいかわらずやさしい、愛情にみちた親切な言葉なのであります。いちど手きびしいものを食うと、父親のほうは一週間ぐらいは床についてしまうという有様であります。やっと気分がすこしよくなると、こんどは表でやられます。はいている靴がなんどもおっ飛ばされたりしました。ちょうどその現場に居合わせたリチャードが証人になって、次のように述べております。

「やがて父は、平手でいやというほど顔を殴られるので、どうも痛くて困るよとこぼしながら、道ばたにころがしてあった材木の上に腰をおろしました。すると、また顔がひどくひきつりだして、恐ろしいほど歪みだしてきました。そのうちにひきつりは顔から全身に移って、まもなく父の靴がすっ飛びました。なんだか、これでもかこれでもかと試されているようで、私は恐くなって震え上がってしまいました。体をよじりもがいている父の様子を見ていると、まるで悪魔が父にのりうつって、そののりうつった悪魔が自分をひと呑みにしそうな気がして、もう恐くて恐くてなりませんでした。すっ飛んだ靴を拾って父にはかせ、紐をしっかり結んでやって、さて立ち上がったとたんに、どこか空のほうから、なにか嘲《あざけ》るような歌が、脅かすような調子で聞こえてきました。そしてケラケラ喜んでいる悪魔の凱歌《がいか》の声が、だんだん消えていくと、発作もしだいに納まって、まだピクピク震えの止まらない父の頬からは、涙がポロポロ流れていました」（一七七ページ）

家へ帰ると、ジョン・ベルはすぐに床へはいり、それからだんだん元気がなくなって行ったのであります。そして一八二〇年十二月十九日に、ジョン・ベルは人事不省におちいっているところを発見されて、そのまま起きることができなかったのであります。倅のジョンが薬戸棚へ薬をとりにいきますと、とりに行った薬瓶はそこになくて、そのかわりに、「なにやら黒っぽい水薬が三分の一ほどはいっている、モヤモヤ煙のこもったような薬瓶がありました」とにかく、すぐに医者を呼びにやりましたが、そのあいだ「魔女」は、なんだかむしょうに嬉しそうな、いやにはしゃいだような声で、「おやじを助けようとしてみたって無駄だよ。私もこんどは、とうとうやっつけてやった。もう二どとおやじは、床から起き上がれやしないよ」といいますから、戸棚にあった薬瓶のことを聞いてみると、「あれかい、あれは私があすこへ置いたのさ。ゆうべ、おやじがグーグー寝ているうちに、私があれを飲ましたんだよ。それが効いたのさ」と「魔女」は答えたそうであります。

やがて医者がきましたので、問題の薬瓶の中身を調べてもらうことにしました。薬瓶のなかへ藁を一本さして、その先についた薬を猫の舌に塗ってみたのであります。すると、たちまち猫は飛び上がったと思うと、二、三回クルクルッとまわって、そのままコロリとそこへ伸びて、死んでしまいました。薬瓶は中身のはいったまま炉の中へ投げこまれ、とたんに、まるで煙硝でもくべたように、青い火がボーッと高く煙出しのなかへ上がったのであります。

ジョン・ベルはそのあくる朝、死にました。「魔女」はそのあいだ、嬉しがってワイワイそこらを騒ぎまわりながら、嘲るような歌をうたいどおしだったそうであります。「埋葬の時、死骸を墓のなかへ納めて、泣く泣く会葬者たちが墓前を立ち去ろうとすると、いきなり『魔女』が大きな声で、『ブランデーでも飲もうじゃないか！』と歌いだして、家族や知人たちが

家へはいるまで歌いつづけていました」（一八〇―一八二ページ）

以上申し上げた記事には、はなはだ不思議なものがあるようであります。「魔女」は、ジョン・ベルの首を絞めるか窒息させるぐらいの力はじゅうぶんにあったはずでありますが、不思議とそれまでにも、父親の体に、多少なりともそういう手は一度も加えておりません。どうも父親が恐かったのではないかと思われます。ですから、父親がもうおっぽりだしておいても、まもなく自然に死ぬというまぎわになって、毒殺という、はなはだ人間並の方法を用いたわけであります。まえにピンや縫針の事件の時や、ウィリアム・ポーターが襲われた臭気でも分るとおり、魔女は吐瀉をさせることが大好きなのですから、毒薬の色、モヤモヤ煙の出る性質などについて、もっと詳しい記述があってよさそうなものだと思うのでありますが、猫の死にぶりを知る助けになるような記事さえ、なにひとつないのであります。もちろん、問題の薬瓶には毒薬がはいっていたのに相違ありません。その毒薬は、服めばただちに人事不省になるもので、「魔女」はそれを服ましたあとで、あんなに喜んではしゃぎまわったのであります。こういう残虐行為は、まず社会的適応性を欠いた、復讐の念に燃えた未成年者か、未開な野蛮人にしてはじめてできるような凶悪な行為であります。しかもその上に、使用した毒薬の瓶を、わざわざ薬戸棚へしまっております。この処置はまことに奇異であります。問題の朝、ジョン・ベルは熟睡しているものと見られて、朝食がすむまで、そのままそっとしておかれたのであります。やがて、人事不省におちいっていることが分りました。ところが「魔女」は、夜なかに自分が薬をのませたのだといっております。猫に服ませたら、たちどころに即死したような毒薬で、それを夜なかに服んだあと、一晩じゅうグーグー眠って、そのあとほぼ一日人事不省をつづけ、それから死んだなんてことが果たしてありうることでありましょうか？　いや、そんなことよりもこの話の一ばんおかしな点は、かんじんの毒薬の瓶が火中に投ぜられて、殺人の証拠が勝手にそこで湮滅《いんめつ》されてしまったことであります。

どうも「魔女」は嘘をいったように思われます。ジョン・ベルは、朝食のあいまに毒殺されたのにちがいありません。毒薬を薬戸棚のなかへおいたのは誰であったにしろ、もしジョン・ベルが熟睡から目をさましていたら、すぐに誰だと分る人だったに違いありません。しかし、ふつうの殺人犯だったら、本物の薬を捨てて、証拠になる毒薬をわざわざ戸棚へしまっておくなんて、そんな馬鹿なことをする奴はないはずであります。してみると、これはどうしても、「魔女」が家族のうちのある特定の人物に、ほんものの薬と思いこませて、その始末をさせるつもりでいたと解するよりほかに、考えようがありません。こう考えると、「魔女」がわざわざ毒薬を捜しに行って、そしてほんものの薬と毒薬を置きかえておいたわけが分ってまいります。しかし、このばあい、だれもアリバイを証明する必要はありません。法律の立場からいうと、「魔女」の声が犯行の責任を自白しており、そのとおりのことになっているのでありますから、たとえ毒薬は家族の一人の手で処理されたとしても、家族の全員は罪をのがれるわけでありります。

ジョン・ベルが殺害されたことで、「魔女」は目的を達したわけであります。リチャードはその目的を次のように言っております。「魔女の出現には、どうやら二つの目的があったようで、一つは父親を死ぬまで迫害すること、も一つは、ベッツィーが夢に描いて喜んでいた幸福を破壊することでした」その年の冬から春にかけて、「魔女」の威嚇はしだいに減ってまいり、とんとそれは「魔女」を生かしておいた感情的な活力がしだいに弱くなっていったようなぐあいでありましたが、最後にあらわれたものは、ひじょうに象徴的な罪の許しをあらわしたもので、ちょうど一家が夕食後炉ばたに団欒していた時に現われたのであります。「なにか大砲の玉みたいなものが煙出しからころがり落ちてきたと思うと、それがボンと煙になって破裂して、その煙の中から声があって、『わしはもう行くぞ。七年たったらまた来る。それまで皆のもの、さようなら』」（ベル著、九三ページ）

この「魔女」の再来は、予言どおり、七年たったら起ったのであります。当時家におった者は、ベル夫人、ジョエル、リチャードの三人で、ベッツィーはすでにほかの男のところへ嫁いでおりました。その時の怪異は、扉や壁をガリガリひっかく音と、敷布をひっぱるだけで、家のものがみんなで相談をして知らんふりしているあいだに、べつにそれ以上の迷惑もひきおこさず、二週間ばかりで「魔女」はあっけなく退散したそうであります。ただその時弟のジョンのところへも二回ほど現われ、「百七年たったら、お前の子孫のところへまた現われるぞ」と約束して行ったということであります。で、この名誉は、ジョンの子孫のドクター・チャールズ・ベイリー・ベルが当然担うはずなのに、百七年たった一九三五年がぶしに何事もなく過ぎたところを見ますと、「ベル・ウィッチ」はついに約束を反古にしたものと思われるのであります。

九　解　明

　さて、以上申し上げた物語について、最後の結論を下さなければなりません。「ベル・ウィッチ」は果して幽霊だったのでありましょうか？　それとも、変態心理の不可解な作用によって現われた、ベッツィーの分身だったのでありましょうか？

　物語を分析してみますに、心霊的な意味からいうと、「魔女」は心霊でも幽霊でもないという証拠がじゅうぶんに提出されております。同類も知らないし、そういう同類と結託もしていないし、また自分がどういうものであるか、あるいはどれだけの力が自分にあるのか、それも証明できない、唯我独尊の存在であります。感情的な態度には、いやに人間らしいところがあります。たとえば、悪いもの、善いもの、強いもの、弱いものに対する態度振舞とか、あるいは見ず知らずの人を恐れるとか、あるいは用心深く疑い深くて、自分の見えない手をつかまえようとする人には、ぜったいに妥協しないとか、そういう点は、まるで人間と感情が同じであります。しかも、J・B・ライン教授が実験報告をされた、人間の心の根源にある精神感応または透視的な知覚力を持っているのであります。これもライン教授が断言された、人間には無意識のうちにそういうものがあるといわれるある種の精神作用によって、外界のものに力を及ぼす、そういう力も持っております。こうして見てまいりますと、ベル・ウィッチに非人間な心があるという証拠は、どこにもないのであります。

前にあげた記録でご存知のとおり、ウィリアム・ポーターは魔女を巻きこんだ敷布を火の中へ投げ入れようとして果さなかったのでありますが、あれがもし成功して敷布を火の中に投じたとしたら、ベッツィー・ベルは一体どうなったでありましょう？ 交霊術のほうの記録には、よく霊媒であらわれたものが摑まえられると、霊媒の身体に危険な反動が起るということが、随所で言われております。

「魔女」がジョン・ベルを烈しく攻撃しなかったのは、この反動を恐れたのでありましょうか？ それとも「魔女」を通して非常に用心深く行動したのは、あれはむしろベッツィー自身の保身的な本能だったのでありましょうか？ こういう夢みたいな想像的な質問にたいしては、われわれは答える術を知りませんけれども、とにかくしかし、記録を忠実に調べてまいりますと、「魔女」はベッツィー・ベルによって出現させられたということ、これはもう疑いの余地のないことであります。

「魔女」には、べつに誇るに足るような個人的な前歴もありませんし、また初めて現われた時以前に、ちゃんと姿形をそなえて、ベル一家とともに暮していたというようなことも、口に出して言っておりません。以上のようなことから考えますに、そこから引き出せる結論は、「ベル・ウィッチはベッツィー・ベルの分身である」という以外にはないのであります。

かりにこの結論が正しいものとしますと、われわれはその分離した個性の働きと力の範囲、またはその分離の性質について、観察をすすめなければなりません。大体ポルターガイスト事件というものは、非常に特異なものでありまして、ふつうにいう第二の人格というような範疇に合致することは、なかなかないのであります。心理学者は分離した人格が形となって現われたり、肉体の圏外でなにかの力が働くなんてことは、頭から信じません。ところが、「魔女」は、ベッツィー・ベルという人物の生理的活動の圏外で、ベッツィーの心的知覚の範囲をのりこえて活動することができ、いろいろそこに異常現象を現出することができたのであります。こうなりますと、われわれは正常・変態両様の心理学上、それにあてはまる理論を何ひとつ持ちあわしていない事実を扱っていることになります。

「不合理な事実は、不合理な理論を要求するものだ」――例の「物言うキツネザル」事件（訳註・一九三一年アイルランド海のマン島に起った、キツネザルが人語を語りだした有名な事件。本稿の著者フォーダー博士は、現地に行き事件を詳細に調査し、その研究報告がある）の際に、英国の有名な心霊学者マックスエル・テリング博士と討論をしたとき、わたくしは博士からこういう忠告を受けたことがあります。博士はその時、あの怪事件の手がかりがあるようなことを匂わしておられましたのを、わたくしはまっこうから反対をしたのでありますが、しかしその後わたくしも幾つかのポルターガイスト事件を親しく調査研究するうちに、次のような説に傾いてまいったのであります。すなわち、多少の除外例はあるとしても、人間の心はその一部が分離されて、その分離したものがひとりで自由自在に働くことができるという説であります。「物言うキツネザル」事件のばあいは、アーヴィングという農夫の分離した心が、キツネザルの心域にはいって、そこで異常な発達をしたのだというのが、テリング博士の所説でありました。

そこでわたくしはいろいろと熟考したのち、こういうことがありはしないかと思いだしたのであります。――非常に大きなショックを受けた場合、そのショックが一種の心霊切断のようなものを起すことはないだろうか。つまり心的組織のたるんだ部分がひきちぎられて、それが形態のない実在――いわば幽霊みたいなものになって、しかし個性の発達はまだ可能であるという、そういう状態で、勝手にフワフワ動きだす。ちょうど自律的な複合体が、むろんぜんぜん別種の、第四次元的な活動でありながら、やはりそういう活動であるのと同じように、人間の精神作用のばあいも、そういうことがありはしないか?

この考えの起りは新しいものではありません。はじめてこれを提唱したのは、わが国心霊研究界の大先輩、F・W・H・マイヤーズ先生でありまして、先生は、これを「精神亀裂特異質」と名づけて、幻影《アパリシヨン》の感応説を修正する意図で、この説を唱えられたのであります。マイヤーズ先生はこれを「心霊的侵入《サイキカル・インヴエイジヨン》」と考えられました。すなわち、相手の個性の要素が分離して、知覚者の周囲に「幻影発生核」を作るのであります。マイヤーズ先生は、これを「潜在意識的な」(無意識の)作用と考えられました。これが当人の幻影を目に見えるものにすると考えられたのであります。ギリシャ語からとって「精神亀裂」という新造語をつくられたのは、つまり、「精神をバラバラに裂く」という意味で、先生はこれによって新しい心理学的事実を発見したと信じられたのであります。

このマイヤーズ先生の意見と、わたくしがさきに申した心霊切断説との違いは、つまり、ポルターガイスト現象は、なにも偶発的な、無意識の作用によって起るのではなくして、個性の分裂によって起るのだ、ということになります。個性の分裂とは、内にきびしい争闘を抑制されている心霊のごく基本的な部分が、タガがゆるんで爆発することであります。このばあい、割れて飛んだ部分は、その発達を、今申した争闘の内容によって厳密に規定されるのでありま す。でありますから、たとえばその争闘内容が、親に対する憎悪とその罪悪感であれば、しぜんポルターガイストは、その二つの感情を復讐と自虐によって打ち出すということになるのであります。

このようなベル・ウィッチの起りというものを考えますと、わたくしどもには、そういう分裂を許し、自体の機能から遊離してその一部分の再生を許すという、精神説を持たなければなりません。わたくしがこの「ベル・ウィッチ」事件を、はじめてさきに述べましたような意味で考えるようになってから、一見はなはだ単純に見えるこの説は、わが国の心霊学界の泰斗であられた故ホエイトリ・ケアリントン博士の心霊現象説にぴったり適合してまいったのであります。博士の説の要点は、心とは知覚と映像とから成り立っているもので、そのほかには何もないというのであります。博士は心の要素を述べるのに、「サイコン」という総括語を用いておられますが、つまり肉体が細胞組織で成り立っているように、心はこの「サイコン」組織で成り立っているのであります。博士の説によりますと、「意識」とは、この「サイコン」間の関連組織に属するものだというのであります。

この理論は、心霊研究に関する諸現象はもとより、精神分析上の諸種のメカニズムにも、すべてに適用されるのであります。「ベル・ウィッチ」を生んだ直接のショックは、破瓜でありました。私見によりますと、この破瓜という事件は、逆に小児幻想を蘇らせ、また実際に損傷をうけた記憶を蘇らせるものであります。ショックが大きいものであるからして、中には体の内部がどこか壊れたのではないかと思って、恐怖にとらわれる少女もあるくらいであります。おそらくベッツィー・ベルなども彼女の清教徒的教育からいって、そんなふうな感じを持ったことでありましょう。ベル家で起ったポルターガイストは、集団ヒステリーというようなことでは解決のつかないことでありますし、とかくポルターガイストの発生はしばしば破瓜と関連の多いことが、すでに心霊研究では一般的に認められていることでもありますので、この推定は必ずしも当を失したものではないと考えるのであります。しかしベッツィー・ベルのばあい、最も興味あることは、そういうショックだの、それから生じた分裂作用ではなくして、彼女の父親に対するあの烈しい憎悪と懲戒であります。そのために、ベッツィーXなるものが彼女を苦しめたのであります。

当時はまだ、「無意識」などということは、いっこうに分っておりませんでした。ベッツィーが父親を憎み、なんとかしてむごい死に方をさしてやりたいと思っていたとしたら、一家はこぞって彼女を非難したにちがいありません。ところが、ベッツィーのかげには、「魔女」という悪魔がついていると考えていた人達は、自分では知らないが、案外正しかったのであります。ベッツィー・ベルは「魔女」として、父親の生命を奪いました。これは「タリアンの法」(訳註・被害者の損害と同じものを加害者に課するという懲罰法。旧約レビ記にあり)にしたがって、彼女が命にかけた希望を、自分の恋をも犠牲にして、行いの上で報復したわけであります。犠牲のほうが先にきてしまいましたけれども、心のうちではとうから殺人を夢に描いていたのであります。無意識者には、罪と罰はしじゅう入れ代りに起ります。わが身を苦しめ、自分の命を危険にさらしたと思うと、こんどは石盤をきれいに拭いて、今まで抑えていたものを手放しにして本性をあらわすのであります。

療法という立場だけから申しますと、ベッツィーの殺人と迫害とは、二つながら不可欠なものであります。心理療法というものがまだ知られていなかった時代でありますから、それがベッツィーを救う唯一の自然療法だったのであります。あの悲劇的事件がもしなかったら、ベッツィー・ベルはあんなに長生きはできず、おそらく、少女時代の気持のままに閉じこめられていたことでありましょう。彼女の心理記録というものがもしあったとしたら、きっとそれは大へんな貴重な記録になったに相違ありません。そういうものが残っていたら、「魔女」の声でつかったワイセツな言葉や、七年たったらなぜ「魔女」がまた帰ってきたかということや、ベッツィー・ベルがとうの昔に死んでしまった一九三五年には、なぜ「魔女」が予言どおり現われなかったかというわけなどが、きっと明らかになったにちがいありません。

最後にもう一つ、お答えすべき問題が残っております。なぜベッツィー・ベルは自分の父親に対して、あのような非道な怨みをいだいたのでしょうか？　これに対するわたくしの解答は、あるいは机上の空論と思われるかもしれませんし、大方の諸賢、ことに道徳堅固な方々には、以ての外の妄説と指弾されるかもしれませんが、しかしわたくしの説は、及ばずながら多年の精神分析上の臨床経験に基いているものであって、けっして空理空論ではないことをご承知いただきたいと思います。

ベッツィー・ベルは、まだ小さな子供の時分に、自分の生みの父親に犯されたのであります。父親のジョン・ベルは、多くの中年の父親がしばしばするように、自分の娘と私通し、その記憶が年ふるにつれて、両者の心にしだいに恐怖感を募らせてきたのであります。清教時代は人間の純潔性というものを保証しないし、小児を保護することもしません。おとなと子供が性交していたということが、のちの神経症と精神異常を生むための最も悪性な創口になったわけでありあります。ベッツィー・ベルのばあいは、抑制が破瓜のショックの起るまでうまく行っていたのであります。彼女の心が分裂しだしたのは、おそらく自分の理性を救うためだったのでありましょう。とにかく、どういうぐあいだか分りませんが、この分裂してフワフワ舞いだした心の破片が、分裂してからもなお、彼女の魁偉《かいい》な体格に支持されて、自律的な複合体となり、それがしぜんと独立した個性に結晶組織しはじめたのであります。それとともにベッツィー・ベルはああいう恐るべき生涯へはいって行ったのであります。

解説

平井呈一

本全集の最終巻にあたる「実話篇」が、ほかの巻の担当訳者のつごうで、きゅうに今月に繰上げ配本することになった。じつは編者としては、はじめこの「実話篇」は、だいたいほかの「小説篇」が全部刊行を終了したあとでお目にかけるつもりでいたのであるが、まあしかし、七月は芝居、映画も盆興行で、日本では昔から恒例《こうれい》の怪談シーズンのことだから、この番狂わせは、案外怪我の功名ということになるかもしれない。

いったい、幽霊、物の怪《け》、妖怪、こういう超自然の怪異が西欧の文学にあらわれたのは、ずいぶん古いことのようで、その淵源《えんげん》を尋ねると、遠くアッシリア、エジプトあたりの古代まで溯らなければならないらしい。が、そのほうの穿鑿《せんさく》はしばらくおくとして、いわゆる怪談実話――幽霊その他の怪異を実見したという経験をしるした、俗にいうReal Ghost StoryとかTrue Ghost Storyとかいうものがあらわれだしたのは、そう古いことではないようである。怪談の好きなことでは他の民族にひけをとらないイギリスなんかでも、十六世紀の文人トーマス・ナッシュの「雑録」のなかにある、「夜の恐怖、一名、幽霊考」あたりを嚆矢《こうし》とするのがだいたい定説になっているようであるが、これは今読んでみるといかにも素朴きわまるもので、見霊談としては大して価値のあるものではない。それよりも、それから百年ほどのちにあらわれた、ジョゼフ・グランヴィルの"Saducismus Triumphantus"「魔女幽霊論」(一六八一年)というのが、叙述が精細で、事実の闡明《せんめい》につとめている点、こんにち読んでもけっこうおもしろい。グランヴィルという人はチャールズ二世在世当時の宮廷牧師であるが、よほど心霊問題に関心をもっていた人らしい。この本は一部と二部に分れていて、一部は幽霊論考で、二部はその例証として、自分の実見した幾つかの怪異事件をくわしく記録している。そのなかで、「テッドワースの鼓手」というのが、当時イギリス中で評判になった事件らしい。ウィルトシャの奉行がテッドワースの町で、無宿者の小泥棒を召捕って牢に入れたところ、吟味の際、この男は、自分はもとクロンエルの麾下《きか》の鼓手をつとめていた者だといって、一張の陣太鼓を所持していたから、奉行はこれを没収して、当時のしきたりで町の代官にこの品を預けた。ところが、この太鼓が怪異をあらわしだしたのである。まもなく、代官ジョン・モンペッソンの屋敷では、夜な夜なこの太鼓がひとりでにドンドコ鳴りだして、やかましいし気味が悪いし、おちおち眠ることができない。怪しい太鼓の音は、深夜町じゅうに聞こえわたるほどの大きな音だから、町民はいうにおよばず、近在近郷までえらい評判になった。怪異はそればかりではない。代官屋敷では、真夜中すぎると、家じゅうの寝台がひとりでに宙に持ちあがったり、ガタガタ振動したりする。そうかと思うと、家の棟や天井裏で、えたいの分らぬ不気味な物音がドスンドスン聞こえる。たちまちのうちに、代官屋敷は恐怖の家になってしまった。今でいえばりっぱなポルターガイストだが、グランヴィルは噂をきいて自分で調査に出かけ、代官屋敷に逗留《とうりゅう》して怪しい事態をつぶさに観察して、見たままの事実を克明《こくめい》に活写しているのであるが、もちろん十七世紀の昔のことだから、その幽霊論の要旨の素朴浅狭なのは致しかたないとしても、その即物的な精密な筆致は、怪異ドキュメンタリの古典として珍重されてよいものであろう。それと同じ意味で、そのすこし後に書かれたディフォー（ロビンソン・クルーソーの作者）の「ヴィールズ夫人」（一七〇五年）なども、世間ではゴースト・ストーリーの濫觴《らんしょう》のように言っているけれども、その報道的な叙述形式からいうと、実話的要素の濃厚なものといえる。まあ、このへんのところを皮切りにして怪奇実話は次におこる十九世紀の全盛期にはいって行ったと見るのが妥当だろう。

十九世紀にはいると、まずキャザリン・クロー女史の"The Night Side of Nature"（一八四八年）をふりだしに、リー博士の"The Other World"（一八七五年）"More Glimpses of the World Unseen"（一八七八年）"Glimpses in the Twilight"（一八八五年）"Sights and Shadows"（一八九四年）、ジョン・イングラムの"Haunted Homes of Great Britain"（一八八六年）、ジョン・トレゴーサの"News from the Invisible World"（一八三八年）、ジェッシー・ミッドルトンの"The White Ghost Book""The Grey Ghost Book"と、ちょっと挙げただけでも十指にちかい燎乱《りょうらん》ぶりである。ちょうどこの時代は、科学精神の擡頭、「どこからどこへ」の物の究極を追求する哲学的探求心の影響から、人間死後の生命、霊魂のゆくえというようなことに人心の興味があつまった時代で、中世以来の暗い迷信を近代科学がまだ完全には払拭しきれない過渡期のところへ、一方にはダニエル・ホームだのユーサピア・パラディオみたいな霊媒者の怪人物があらわれたりして、やれ降神術だ、透視術だ、千里眼だといって、奇怪なスピリチュアリズムが世潮を攪乱《かくらん》し、あるいはまた、メスメルの動物磁気論によって催眠術が流行したり、ほとんど世界中が心霊的な新しい驚異に狂奔した時代である。オリヴァ・ロッジやフレデリック・マイヤーズ博士やウィリアム・ジェイムズなどという、当時の思想界の一流人物が肝入りになって、心霊研究協会なるものがイギリスに創設されたのも、やはりこの時代（一八八二年）なら、一方小説界で、オカルティズムに取材したリットンの小説や、コリンズやレ・ファニュの怪奇スリラーが喜ばれ、ブラム・ストーカーの「ドラキュラ」（一八九七年）が出て一世を震駭《しんがい》させたのもこの時代なのである。二、三年前に物故したイギリスの怪奇研究家の権威モンタグ・サマズ博士などは、このヴィクトリアン時代こそ怪奇趣味の黄金時代だったと述懐しているが、古い時代の最後の開花期であったことは事実だろう。文学はここから急転直下、世紀末のデカダンにとびこみ、やがてそこから「近代」が花ひらくのであるが、実話怪談のほうでクロー女史以下の直系を継いでいるものといっては、今世紀に入ってはわずかにエリオット・オドンネル一人ぐらいなものであろう。英国第一のゴースト・ハンターと折紙をつけられているだけあって、著書は四十冊以上におよび、その広汎な知識と経験、実話のコツをよく心得ている点で、この人の右に出る者はないようである。〝Ⅱ〟には、この人のもののほかに、サーストン・ホプキンスのものから幾つか採録しておいた。ホプキンスという人は、銀行家から好きでこの道にはいった人で、篤実な老学究といった感じである。

怪奇小説はどこまでもファンタジーの創造の世界だが、怪奇実話はどこまでも事実の世界のおもしろみなので、いわゆる実話のワクからは多少はみだすかと思ったが、〝I〟には記録風なもの、〝II〟には実話、〝III〟には参考の意味で、現代の心理学、精神分析学が「怪異現象」というものをどう解釈づけているかという見本に、ナンドー・フォーダー博士の講演を訳出しておいた。博士はイギリスの精神分析学者で、「神秘学の諸問題に関する精神分析的研究」、「ポルターガイストの精神分析的解釈」の二論文は画期的な卓説とされている。

収録作品のなかに、現在からすれば穏当を欠く表現がありますが、古典として評価すべき作品であることに鑑み、初刊時の訳文のまま掲載しました。

（編集部）

新版解説——平井呈一と〈世界恐怖小説全集〉

東　雅夫

　このほど〈東西怪奇実話〉の第一弾として、平井呈一編訳によるアンソロジー『世界怪奇実話集　屍衣の花嫁』を、約六十年ぶりに上梓するはこびとなった。新たに編まれる続刊『日本怪奇実話集　亡者会』と併せて、西と東の怪奇実話の競演を御堪能いただけたら幸いである。

　本書の旧版は、昭和三十四年（一九五九）七月に、前年の夏から配本が開始された〈世界恐怖小説全集〉（東京創元社）の第十二巻（第十回配本）として刊行されている（初刊時の書名は『屍衣の花嫁　世界怪奇実話集』）。この〈世界恐怖小説全集〉は、創元推理文庫の定番アンソロジーとして名高い〈怪奇小説傑作集〉全五巻などの元本であるが、刊行から六十余年を経た今では、古書店などで現物に接する機会もめっきり少なくなったので、次にその陣容を掲げておこう（各巻の収録作や月報の豪華寄稿者などの細目は、創元推理文庫版『真夜中の檻』の解題を参照されたい）。

1　『吸血鬼カーミラ』レ・ファニュ／平井呈一訳
2　『幽霊島』ブラックウッド／平井呈一訳

3『怪奇クラブ』マッケン／平井呈一訳
4『消えた心臓』M・R・ジェイムス、ハーヴィー、ハートレー／平井呈一、大西尹明訳
5『怪物』ビアース、ラヴクラフト／大西尹明訳
6『黒魔団』ホイートリ／平井呈一訳
7『こびとの呪』E・L・ホワイト、ホーソーンほか／橋本福夫、中村能三訳
8『死者の誘い』デ・ラ・メア／田中西二郎訳
9『列車〇八一』シュオッブ、ノディエ、メリメほか／青柳瑞穂、澁澤龍彥訳
10『呪の家』ベズィメーノフ、ゴーゴリ、レーミゾフほか／原卓也訳
11『蜘蛛』エーベルス、クライスト、ホフマンほか／植田敏郎訳
12『屍衣の花嫁――世界怪奇実話集』平井呈一訳（予告時の副題は「世界恐怖実話集」）

ご覧のように、1から5まで英米怪奇小説を代表する大家の代表作集を並べ、6と8にエンタメ系と純文系それぞれの代表的怪奇長篇を配し、英米文豪怪談の名作短篇をまとめた拾遺集的な7を補完。さらに9のフランス篇、10のロシア篇、11のドイツ篇で英語圏以外の怪奇幻想小説の有名どころをも押さえ、最終巻として実話篇にあたる12で締めくくるという、心憎いばかり目配りの利いた布陣といえよう。戦前から令和の現在に至るまで、これだけのグローバルな規模とトータルな視点を有する海外怪奇小説叢書は、他に類を見ない。

そして特に明記はされていないが、叢書全体の見取図を引いたのが、英米怪奇小説翻訳の名

匠・平井呈一であることは、英米篇（1〜8と12）に付された解説（7と12を除き創元推理文庫版『真夜中の檻』所収）の端々に、シリーズの編纂方針に関する言及があること、および全巻の半数近い翻訳を、平井が独りで手がけていることからも歴然だろう。
ところで『東京創元社　文庫解説総目録〔資料編〕』に掲載されている「厚木淳《あつきじゅん》インタビュー」には、次のような注目すべきくだりがある。

これは余談になりますけど《世界大ロマン全集》の『魔人ドラキュラ』を僕に薦めてくれたのは乱歩先生なんですよ、面白そうだから、やれと。さあ、この訳者は誰がいいかと思ったときに、平井呈一さんの名前が浮かんだのは、ラフカディオ・ハーンの『怪談』をやってたからなんだよ。たったそれだけ。『怪談』をやってるから、嫌いだとは言わないだろうと（笑）、はなはだ心細い理由で依頼に行った。そのとき分かったのは、平井さん、ブラム・ストーカーも『ドラキュラ』も、まったく知らなかった。だから、むしろ『ドラキュラ』を訳してから、あまり専門家もいなさそうだから、おれがひとつ十九世紀のゴシック・ロマンの専門家になってやろうかなと思ったんだね。平井さんがホラーを意識的に読みだしたのは、その後ですよ。

すでに昭和七年（一九三二）に佐藤春夫の下訳者としてポリドリ「吸血鬼」の翻訳を手がけている平井が、『ドラキュラ』を知らなかったというのは意外な気もするが、インターネット普及以前の旧世界、ましてや第二次世界大戦前後とあっては、そうした海外文学に関する情報の偏りは無理からぬところかも知れない（『魔人ドラキュラ』の訳者あとがきで、平井自身も未知の作家作品だったことに言及している）。しかも戦前の平井がもっぱら傾倒していたのは、江戸文学や十九世紀末の英文学だった（東京創元社のPR誌『創元』一九五九年八月号は「恐怖小説」特集号で「お化けの好きな三人の先生」――江戸川乱歩、中島河太郎、平井呈一ほかによる座談会「西洋怪談を語る」が掲載されている。この中で乱歩が「平井さんは文学的なものが好きだからな」と発言しているのは示唆的だろう）。

ちなみに東京創元社草創期の名伯楽だった厚木は、〈世界恐怖小説全集〉の担当編集者でもあった。右の証言から察するに、昭和三十一年（一九五六）刊の『魔人ドラキュラ』、翌年刊の江戸川乱歩編『怪奇小説傑作集Ⅰ』の翻訳を平井に依頼した流れで、〈世界恐怖小説全集〉の参謀役として平井を抜擢した可能性が高い。

おそらく平井は、当時「怪談入門」（雑誌『宝石』連載／平凡社ライブラリー『怪談入門　江戸川乱歩怪異小品集』所収）などのエッセイで海外ホラーへの見識をいち早く示し、また東京創元社の御意見番でもあった大乱歩のバックアップも得ながら、ラヴクラフトによる先駆的な欧米怪奇小説通史『文学と超自然的恐怖』（ちくま文庫『幻想文学入門』所収）などを導きの糸としつつ、きわめて短期間に、ゴシック・ロマンスからパルプ・ホラーにおよぶ泰西怪奇小説の全容を跡づけていったものと察せられる。

そして、その探究作業は、本書の編者解説にも明らかなとおり、小説作品のみならず、その背景を成すスピリチュアリズムやオカルティズム、民俗学などの領域にまで及んでいたのだった。澁澤龍彦の先駆的名著『黒魔術の手帖』が乱歩所縁《ゆかり》の『宝石』に連載されるのが、昭和三十五年（一九六〇）から翌年であることを考えると、平井の先見の明は歴然であろう。

さて、かく申す私自身が〈世界恐怖小説全集〉と最初に出逢ったのは、忘れもしない中学時代、学校図書館の「開かずの間」であった……などというと怪談めくが、要するに生徒の立ち入りが禁止されている教職員専用の書庫においてだった。図書委員の役得というべきか、司書の先生が不在のときに忍びこむのを密かな愉しみにしていた私は、その一隅に古い岩波文庫やハヤカワ・ポケミスに混じって、恐怖小説全集が数冊、取り残されたように並んでいるのを発見したのだ。

すでに〈怪奇小説傑作集〉や創元推理文庫版の『吸血鬼カーミラ』『怪奇クラブ』を読んで味をしめていた私は、ほほう、これが帆船マークの元本かしらん……などと一端《いっぱし》のマニア気取りで（背伸びしたいお年頃）好奇心に駆られてページを繰り、巻末に掲げられた全巻の内容を一瞥して……驚愕した。こんな物凄い全集が、自分が生まれた頃に（全集が発刊された昭和三十三年は私が生まれた年でもある）出ていたとは！　とはいうものの、いくら図書委員でも、教職員書庫の本を借り出すことは御法度だ。あのときくらい、図書館の本を失敬したい誘惑に駆られたことはない（未遂である、念のため）。

だがしかし、怪奇小説の神は私を見捨てなかった。

これまた忘れもしない高校時代、親同伴で初めて神田神保町の古書店街に参入した私は、とある店の一隅に（いちばん上の棚に鎮座していた。後光が射していた）〈世界恐怖小説全集〉の全巻揃いが置かれているのを目にして……憑かれたように首を上向けたまま微動だに出来なくなった。そして、息子の異変に気づいて声をかけた母親に「来月の小遣い、前借りしたいんだけど……」と声低に告げたのだった。帰りのＪＲ横須賀線車中で、買ったばかりの「恐怖小説」をむさぼり読む我が子の姿に何を思っていたのか、今となっては知る由もないが。

実を申せば、このとき一気読みした未読（文庫未収録）の巻の中で、最も印象深かったのが、ほかでもない『屍衣の花嫁』だったのだ。その内容紹介文に曰く――

> 推理小説ファンが最後に犯罪実話に落ちつくように怪奇小説愛好家も結局は、怪奇実話におちつくのが常道である。なぜなら、ここには、なまの恐怖と戦慄があるからだ。世界的に有名なミセス・クローの「ナイトサイド・オヴ・ネイチュア」をはじめ、世界怪奇の実話の傑作を集めた異色の一巻！

「怪奇実話におちつくのが常道」「なまの恐怖と戦慄」「異色の一巻！」……こんな惹句を並べられたら、飛んで火に入る夏の虫。誘蛾灯に吸い寄せられるがごとく、初心《うぶ》なおばけずき高校生が舌なめずりして飛びつくのは目に見えている。

果たして同書は、私がそれまで知らなかった新鮮な魅力に満ちていた。

古風な幽霊談に新鮮も妙だが、事実なのだから致し方がない。レ・ファニュしかりマッケンしかりハーヴィーやハートリーまたしかり、それまでに自分が接して感銘を覚えた英米怪奇小説の仄暗き原風景――とりわけ世界有数の幽霊大国である古き佳き大英帝国の日常に息づく怪異の有り様を、本書のそこ此処にまざまざと垣間見る心地がしたのである。

それと同時に、怪異を通して鮮明に浮かび上がる英国社会の世態人情、それらを育んできた霧深き幽暗な風土にも、堪らない魅力を感じた。

そうしてまた、一大怪奇小説叢書の最終巻に、あえて「実話篇」たる本書を配した平井の深謀遠慮に、心からなる敬服の念を抱いたのだ。

今にして思えば、私が怪談専門誌『幽』の起ちあげ（二〇〇四）に際して、怪談小説、怪談漫画と並んで怪談実話を前面に押しだす編集方針を執るに至ったそもそもの原点は、本書との出逢いにあったと申しても過言ではなかろう。

ところが――平井による心霊怪奇実話探究の蘊蓄《うんちく》が最も詳しく、寛いだ語り口で開陳されている「西洋ひゅーどろ三夜噺《ばなし》」（初出は雑誌『牧神』第三号の「幽霊奇譚」特集、後に創元推理文庫版『真夜中の檻』所収。本書の「解説篇」としても必読である）の中で、本書について「あまり反響はなかったようだった」「日本の怪奇ファンもまだまだだなと思った」などと、編訳者みずからぼやいているように――哀しいかな本書は、初刊以来の六十年間というもの、なぜか一度として復刊の機会に恵まれなかったのである。

令和の日本で怪談実話がブームの様相を呈しつつある現在、実に半世紀以上も先駆けて、本家英国の怪奇実話を系統的に、達意の訳文で紹介した名アンソロジーたる本書が、〈東西怪奇実話〉と銘打たれた新たな装いのもと、ここに再臨することを歓んでくださる同好のおばけずき諸賢は、決して少なくないものと信じたい。

本書の内容については、編者自身による「訳者註」や「解説」に委曲が尽くされているが、旧版刊行後の邦訳情報若干を最後に補足しておきたい。

第一部の冒頭三話は、編者がクラシックな怪談実話集として「いちばん信頼度の高いもの」と「西洋ひゅーどろ三夜噺」で太鼓判を捺している名著『ハリファックス卿怪談集』が出典だが、同書からは後に小品「ボルドー行きの乗合馬車」が、倉阪鬼一郎の手で訳出されている（ちくま文庫『怪奇小説日和』所収）。これは短いけれどもたいそう謎めいた話で、実は私も学生時代に翻訳を試みて、まだ謄写《ガリ》版印刷だった同人誌版『幻想文学』第二号（一九七九）に掲載したことがある、懐かしい作品だ。

ちなみに本稿を書くため、架蔵の原書を久しぶりに取り出して、おやと気のついたことがあった。雑誌掲載時の「西洋ひゅーどろ三夜噺」には、編者所蔵とおぼしき（その多くには、扉に「平亭」という蔵書印が、見返しに平井の別名義である「中菱一夫蔵書」の署名があるため識別可能）書影多数が掲載されているのだが、その中の『ハリファックス卿怪談集』の書影をよく見ると、背の部分が傷んでいることに気づく。その剥落の具合が、驚くなかれ、我が架蔵本と瓜ふたつなのだ。どうやら私は平亭先生旧蔵の一冊を、知らずして入手していたらしい。

これには然るべき理由がある。昭和五十一年（一九七六）に平井が急逝した数年後、神田神保町の某古書店に、「平亭」の蔵書印がある怪奇小説の原書が大量に入荷し、当時、大学のある早稲田と神保町の古書店街にせっせと日参していた私は、それこそ目の色を変えて買い漁《あさ》ったものだ（本書に掲載した書影は、いずれも架蔵の平井翁蔵書から選んだ）。

『ハリファックス卿怪談集』は別の洋書店で、続篇と二冊セットで購入したもので、蔵書印や署名の類もなかったため、それと気づかなかったのだが、時期的には確かに符合している……そう思って、やはり同じ頃に買い漁った心霊方面の原書を確認したところ、そのうちの何冊かに「平亭」マークが捺されていることが判明、ますます平井が本書編纂に際して利用した旧蔵書である可能性が高まる結果となった。あのときの大学生が、四十年近くを経て、その復刊に携わる巡り合わせになろうとは……奇縁というほかあるまい。

第二部にまとめて訳出されているオドンネルについては、著書『*Animal Ghost*』が『動物に霊界はあるか　世界動物怪異実例の研究』という邦題で、平成二年に緑書房から全訳されているほか、ソノラマ文庫のアンソロジー『魔の生命体』に「開かずの間の秘密」、『魔の誕生日』に「過去からの電話」という二篇の怪奇短篇小説の邦訳がある。

また、第三部のナンドー・フォーダーについては、著書『*The Haunted Mind*』が『心霊の次元』と題され、昭和六十年に国書刊行会より刊行されていることを付言して結びとしよう。

二〇二〇年七月　金沢の墓地にキリコ燈籠ゆらめく宵に

検印
廃止

編訳者紹介　1902年東京に生まれる。早稲田大学中退。67年、〈小泉八雲作品集〉12巻完成により日本翻訳文化賞を受賞。主な訳書は『吸血鬼ドラキュラ』『吸血鬼カーミラ』『怪奇小説傑作集1』など。著書に『真夜中の檻』。76年没。

東西怪奇実話
世界怪奇実話集
屍衣の花嫁

2020年9月30日　初版

編訳者　平《ひら》　井《い》　呈《てい》　一《いち》

発行所　(株)　東京創元社
代表者　渋谷健太郎

162-0814/東京都新宿区新小川町1-5
電　話　03・3268・8231-営業部
　　　　03・3268・8204-編集部
URL　http://www.tsogen.co.jp
暁印刷・本間製本

乱丁・落丁本は、ご面倒ですが小社までご送付ください。送料小社負担にてお取替えいたします。

ISBN978-4-488-56409-4　C0193

巨匠·平井呈一の名訳が光る短編集

A HAUNTED ISLAND and Other Horror Stories

幽霊島

平井呈一怪談翻訳集成

A·ブラックウッド他
平井呈一 訳
創元推理文庫

◆

『吸血鬼ドラキュラ』『怪奇小説傑作集』に代表される西洋怪奇小説の紹介と翻訳、洒脱な語り口のエッセーに至るまで、その多才を以て本邦における怪奇翻訳の礎を築いた巨匠・平井呈一。

名訳として知られるラヴクラフト「アウトサイダー」、ブラックウッド「幽霊島」、ポリドリ「吸血鬼」、ベリスフォード「のど斬り農場」、ワイルド「カンタヴィルの幽霊」等この分野のマスターピースたる13篇に、生田耕作とのゴシック小説対談やエッセー・書評を付して贈る、怪奇小説読者必携の一冊。